KB043994

세계 서스펜스 추리여행 ❷

스페셜 컬렉션

세계 서스펜스 추리여행❷

2014년 8월 01일 1판 1쇄 인쇄
2014년 8월 05일 1판 1쇄 펴냄

지은이 ㅣ 너대니얼 호손 외
옮긴이 ㅣ 박선경
기 획 ㅣ 김민호
발행인 ㅣ 박현석

펴낸곳 ㅣ 현인
등록 ㅣ 제 2010-12호
주소 ㅣ 서울 도봉구 덕릉로 349, 409-906호
전화 ㅣ (010) 2012-3751
팩스 ㅣ (0505) 977-3750
이메일 ㅣ gensang@naver.com
ISBN 978 –89-97831-07-4 03840

세계 서스펜스 추리여행 ❷

스페셜 컬렉션

너대니얼 호손 외 지음 박선경 옮김

동서고금을 통틀어 괴담이라 부를 수 있을 만한 작품은 헤아릴 수도 없이 많다. 작가라 불리는 사람들은 대부분 괴담을 썼다. 이는 괴담류의 이야기가 작가를 포함한 모든 사람들의 흥미를 끄는 것일 뿐만 아니라 어떤 면에서는 상상력의 극치라고 할 수 있기 때문일 것이다.

그런 작품들 가운데서 가장 뛰어난 작품만을 고른다는 것은 결코 쉬운 일이 아니다. 그렇기 때문에 여기서는 선배 작가 중 이런 분야의 글에 많은 관심을 가져왔고, 또 자신도 몇몇 뛰어난 글을 쓴 분이 선별한 작품을 바탕으로 구성을 조금 바꾸고 약간의 첨삭을 가해 소개하기로 했다. 그 선배 작가도 애초에 작품을 선별할 때 꽤나 애를 먹은 듯한데 그랬기에 우선은 작가 위주로 좋은 평가를 얻고 있는 이들을 고르고, 그 가운데서 다시 작품을 골라 소개한 듯하다. 그렇기 때문에 소개한 작품 대부분이 고전에 치우친 것은 어쩔 수 없는 일이라고 이야기했다.

　하지만 모든 이들의 흥미를 끄는 이야기 가운데서도 모든 이들이 인정한 고전만 힘들이지 않고 읽을 수 있으니 독자 입장에서는 이보다 더 좋은 일도 없을 듯하다. 우선은 선배 작가의 혜안을 믿고 있기 때문에, 구성만 약간 바꿨을 뿐 삭제를 가한 부분은 없으며 이 책에서 두 번째로 소개한 에드거 앨런 포의 「검은 고양이」 한 작품만 더했음을 밝혀둔다.

　선배 작가의 말에 의하면 유령 이야기(고스트 스토리)만으로는 단조로움에 빠질 우려가 있기 때문에 유령은 등장하지 않는다 할지라도 괴기한 사건을 다룬 작품도 함께 실었다고 한다. 예를 들어서 호손의 작품으로는 「해리슨 박사의 유령」이 있지만 여기에는 「라파치니의 딸」을 실었다. 또 스톡턴의 「유령의 이사」처럼 유머러스한 작품을 더한 것도 역시 단조로움을 피하기 위해서였다고 한다.

　하지만 이렇게 다양한 작품을 선별함으로 해서 우리는 오히려 그간 접하지 못했던 작품을 이 책을 통해서 새로이 만날 수 있게 됐다.

실제로 「라파치니의 딸」도 그렇고 「유령의 이사」도 그렇고 기존의 유령 이야기와는 달리 매우 특이한 분위기를 자아내는 작품이다.

또 안드레예프의 작품은 예술성이 매우 높아 대중적으로는 어떨까 싶어 약간 망설였으나 일반적인 괴담과는 달리 죽음에서 되살아난 라자루스라는 사람을 상징으로 '죽음'에 대한 인간의 공포를 박력 있게 묘사한 것으로 이런 작품도 하나쯤은 읽어주셨으면 하는 바람에게 「라자루스」를 선별했다고 한다.

나 역시 작업을 하면서 이 작품이 갖고 있는 힘에 왠지 모르게 압도당한 듯한 느낌이 들었다. 그 동안 이름만 들어왔지 작품을 읽어보지 못했던 그에게 커다란 관심을 갖게 됐다. 시간이 나는 대로 그의 작품에 접해볼 생각이다.

그리고 선배 작가는 다른 이유로 포의 작품을 여기에 선별하지는 못했지만, 이런 종류의 소설집에 포의 작품이 빠진다는 것은 역시 생각하기 어려운 일이기 때문에 포의 작품 가운데서도 우리에게 가장 널리 알려진 「검은 고양이」를 실었다. 그리고 포의 계승자라 할 수 있는 비어스의 「요물」도 실려 있으니 두 사람의 작품을 비교하며 읽는 것도 하나의 재미가 될 수 있을지 모르겠다.

마지막으로 중국에도 괴담이 아주 많아 이것도 선택에 꽤 애를 먹었다고 하는데 여러 가지 이유에서 「모란등기」를 택했다고 한다. 이는 우리에게도 잘 알려진 『전등신화』 속의 한 작품이다.

　　이렇게 해서 동서고금의 괴담 가운데서도 수작이라 할 수 있는 것들만 한자리에 모아놨으니 그들의 이야기에 귀를 기울여보시기 바란다.

_옮긴이

■ | 차례

라파치니의 딸

—오베핀의 작품 가운데서

너대니얼 호손(Nathaniel Hawthorne, 1804~1864)

미국의 소설가. 집안에 퀘이커 교도 박해에 가담한 사람, 마녀재판의 판사, 근친상간 혐의로 박해받은 사람 들이 있었기에 그 영향으로 선과 악과 죄를 다룬 종교적 내용의 작품이 많다. 대표작으로는 『주홍글씨』, 『일곱 박공의 집』 등이 있다.

1

먼 옛날의 일이다. 조반니 구아스콘티라는 한 청년이 파도바 대학에서 학문 연구를 계속하기 위해 멀리 이탈리아 남부 지방에서 올라왔다.

주머니 사정이 매우 좋지 않은 조반니는 한 오래된 집의 윗부분에 있는 음침한 방에서 하숙을 하기로 했다. 그곳은 한 파도바 귀족의 저택이었던 듯 입구 위에 지금은 완전히 낡아 버린 한 집안의 문장이 걸려 있는 것이 보였다. 자국 이탈리아의 유명하고 위대한 시를 알고 있던 청년 나그네는 이 집에 살고 있는 가족의 조상 중 한 명, 아마도 그 소유자였던 사람은 단테의 붓에 의해 그 인페르노 연옥의 영원한 가책의 상반자로 묘사된 자일 것이라고 생각했다. 이러한 회상과 연상이, 처음으로 고향을 떠난 젊은이에게서 매우 흔히 볼 수 있는 여수와 한데 뒤섞여 조반니를 자신도 모르게 한숨 짓게 만들었다. 그리고 초라하고 처량한 방 안을 여기저기 둘러보았다.

"어머, 세상에."라고 나이 든 리자베타 부인은 이 청년의 인품이 매우 훌륭하다는 사실에 감탄했기에 이 방을 살기 편한 곳인 것처럼 보이기 위해 노력하며 말을 걸었다.

"젊은 사람의 가슴에서 한숨이 나오다니, 이게 대체 어떻게 된 일이죠? 당신은 이 오래된 집을 음침하다고 생각하고 있는 건가요? 하지만 저 창밖으로 머리를 내밀어보세요. 나폴리에서처럼 반짝반짝 빛나는 햇빛을 올려다볼 수 있을 테니."

조반니는 나이 든 부인의 말에 따라 그저 기계적으로 밖을 향해 머리를 내밀었으나 파도바의 햇살이 이탈리아 남부의 햇살처럼 화창하다고는 생각지 않았다. 하지만 햇살은 창 아래 정원으로 쏟아져 여러 가지 식물들에게 은혜의 빛을 내려주고 있었다. 그 식물들은 매우 세심한 주의를 기울여 돌보고 있는 것처럼 보였다.

"이 정원은 댁의 것인가요?"라고 조반니가 물었다.

"그게 말이죠. 저런 식물 같은 거 말고 그보다 훨씬 더 좋은 채소라도 심으면……."하고 나이 든 리자베타 부인이 대답했다. "아니요. 저희 집 정원이 아니에요. 저 정원은 자코모 라파치니 선생님이 손수 가꾸고 계세요. 그 선생님은 유명한 의사로 틀림없이 멀리 나폴리까지 이름이 알려져 있을 거예요. 선생님은 저 식물을 매우 강한 매력을 가진 약으로 증류하신다고들 하는데, 때때로 선생님께서 일하시는 모습이 보여요. 또 어떨 때는 따님까지 나와서 정원에 피어 있는 귀한 꽃을 따 모으는 것이 보이기도 해요."

이제 노부인은 이 방에 대해서 전부를 말했기 때문에 청년의 행복을 빌며 밖으로 나갔다.

조반니는 특별히 할 일도 없었기에 창 아래의 정원을 언제까지고 내려다보고 있었다. 그 정원의 모습을 보고 이 파도바의 식물원은, 이탈리아에서는 물론 세계의 어느 곳보다도 빨리 만들어진 것 중 하나라고 판단했다. 만약 그렇지 않다면, 물론 이것은 그다지 신빙성은 없을지 모르나, 예전에는 부호 일족의 오락장 같은 것이었을지도 모른다.

정원 중앙에는 흔히 볼 수 없을 만큼 정교한 조각으로 장식된 분수 터가 있었다. 그것도 지금은 엉망으로 부서져버려 그 잔해는 원형을 거의 알아볼 수 없을 정도가 되었지만 물만은 지금도 여전히 뿜어져 올라와 햇빛에 반짝반짝 아름답게 빛나고 있었다. 그 물이 졸졸 흘러 떨어지는 조그만 울림이 위에 있는 청년의 방 창까지도 들려왔다. 그 분수는 영원불변한 영혼으로, 그 주위에 있는 유위전변(有爲轉變)에는 조금도 신경을 쓰지 않고 끊임없이 노래하고 있는 것처럼 여겨졌다. 마치 어느 시대에는 대리석으로 샘터를 만들고, 또 어떤 때에는 그것을 헐어 땅바닥에 내던져버리는 유위전변의 모습도 모른다는 듯……

물이 떨어지는 연못 주위에 여러 가지 식물이 무성하게 자라 있는 모습을 보고 있자니 커다란 나뭇잎과 아름다운 꽃의 영양으로는 충분한 수분의 공급이 중요하다는 생각이 들었다. 연못 중앙에 있는 대리석 화병 속에 특히 눈에 띄는 관목 한 그루가 있었다. 그 나무에는 수많은 보랏빛 꽃이 피어 있었는데 꽃은 모두 보석과도 같은 광택과 화려함을 간직하고 있었다. 이러한 꽃들이 무리를 이루어 눈부신 장관을 연출하고 있었기에 설령 햇빛이 들지 않는다 할지라도 정원을 밝게 비추기에는 충분할 것 같다는 생각이 들었다.

흙이 있는 곳에는 전부 나무와 풀이 심어져 있었다. 그것들은 풍성한 아름다움이라는 면에서는 그 관목보다 약간 떨어졌지만 그래도 매우 단정한 모습을 생생하게 볼 수 있었다. 또한 그 초목들은 하나같이 각자의 특징을 가지고 있었는데 재배자인 과학자는 그러한 사실을 잘 알고 있다는 듯 어떤 것은 고풍스러운 여러 조각으로 장식한 항아리 속에 놓여 있었으며, 또 어떤 것은 평범한 화분 속에 심어져 있었다. 그들 중 어떤 것은 뱀처럼 땅 위를 기어 다니고 있었으며, 혹은 하늘 높이 마음껏 기어 올라간 것도 있었다. 또 어떤 것은 베르툼누스 조각상 주위를 화환처럼 감싸고 있었으며, 옷자락처럼 늘어진 가지는 그 조각상을 완전히 덮고 있었다. 그것들이 참으로 멋지게 배열되어 있었기에 조각가에게 있어서는 최고의 연구재료가 아닐까 여겨졌다.

　조반니가 창가에 서 있자니 나뭇잎이 우거진 뒤쪽에서 무엇인가 스치는 소리가 들려왔기에 그는 누군가가 정원 안에서 일하고 있다는 사실을 깨달았다. 잠시 후 그 모습을 드러냈는데 그것은 평범한 노동자가 아니라 검은 학자의 옷을 몸에 두른, 키가 크고 마른 몸에 흙빛 피부의 나약해 보이는 사내였다. 그는 중년을 넘어서 머리는 반백이었으며 역시 반백의 듬성듬성한 수염을 기르고 있었는데 그 얼굴에는 지식과 교양의 흔적이 눈에 띌 정도로 가득 묻어 있었다. 단 그의 청년 시절에도 따뜻한 인간미는 결코 드러나지 않았을 것이라 여겨지는 인물이었다.

　이 과학자적인 정원사는 더할 나위 없는 열정으로 차례차례 모든 관목을 살펴보고 있었다. 그는 그 식물들 속에 숨겨져 있는 성질을 살피고 그 창조적 원소에 대한 관찰을 행해 무엇 때문에 이 잎은 이런 형태를 하고 있는지, 저 잎은 저런 형태를 하고 있는지, 그리고 그 때문에 그 꽃들이 서로 색채와 향기를 달리하고 있는 것이라는 사실을 발견하려 하고 있는 듯했다. 그런데 그 자신은 식물에 대한 조예가 그렇게 깊음에도 불구하고 그와 그 식물들 사이에는 조금의 친밀함도 없는 듯했으며, 그와는 반대로 오히려 그는 식물에 닿거나 냄새 맡는 일을 철저히 피하기라도 하는 것처럼 주의를 기울이고 있었다. 그것이 조반니에게 아주 불쾌한 인상을 심어주고 있었다.

　과학자적 정원사의 태도는 예를 들자면 맹수나 독사나 악마와 같은 것, 조금이라도 방심하면 무시무시한 재해를 가져다주는 것, 해로운 영향을 주는 것들 속을 걷고 있는 사람의 그것과 같았다. 정원 가꾸기는 인간의 노동 중에서도 가장 단순하고 순수한 것이며, 또 인류가 아직 순결했던 당시 조상들의 노동과 희열이었기 때문에, 지금 이 정원을 가꾸는 사람의 참으로 불안하다는 듯한 모습을 보고 있자니 청년은 왠지 일종의 이상한 공포가 느껴졌다. 그렇다면 저 정원을 현세의 에덴동산이라 할 수 있는 걸까? 그 해독을 알면서도 스스로 가꾸고 있는 저 사람은 과연 아담일까?

　이러한 의심을 품게 하는 정원사는 관목의 마른 잎을 제거하고 무성한 잎을 손질하기 위해 양손에 두꺼운 장갑을 껴서 그 손을 보호하고 있었다. 그의 장신구는 단지 장갑뿐만이 아니었다. 정원을 걸어 대리석 분수 부근에 보라색을 늘어뜨리고 있는 그 눈부신 관목 옆으로 가더니 그는 일종의 마스크와도 같은 것으로 자신의 입과 코를 가렸다. 그 나무의 온갖 아름다움은 그저 그 무시무시한 해독을 감추기 위한 것이기라도 하다는 듯……. 그래도 여전히 위험하다는 사실을 알고 있기 때문인지 그는 뒷걸음질쳐서 마스크를 벗더니 소리를 올려 누군가를 불렀다. 하지만 그 목소리는 매우 약해서, 몸에 어떤 병이라도 가지고 있는 사람 같았다.

"베아트리체, 베아트리체!"

"네, 아버지. 무슨 일……."하고 맞은편 집의 창에서 풍부한 성량의 젊은 목소리가 들려왔다.

그 목소리는 열대지방의 일몰처럼 풍요로운 것이어서 조반니는 자신도 모르게 보라색과 빨간색과, 매우 유쾌한 어떤 향기까지도 문득 가슴에 떠올렸다.

"아버지, 정원에 계신가요?"

"그래, 정원에 있다, 베아트리체."라고 아버지가 대답했다. "잠깐 도와줬으면 한다."

조각 문양이 달린 문으로 이 정원의 가장 아름다운 꽃에도 결코 뒤지지 않을 정도로 풍성한 풍취를 지닌, 태양처럼 아름다운 한 아가씨가 모습을 드러냈다. 그 손에는 눈이 번쩍 뜨일 정도로, 그 이상 강렬한 색채는 도저히 눈으로 볼 수 있을 것 같지 않을 정도로 매우 짙은 색채를 띤 꽃을 쥐고 있었다. 그녀는 생명력과 건강한 힘과 정력이 충만해 있는 것처럼 보였다. 많은 양의 그러한 특질들이 그녀의 처녀 지대 안에 제한되고, 압축되고, 또 강하게 응축되어 있는 것처럼 보였다.

하지만 정원을 내려다보는 동안 조반니의 생각은 틀림없

이 일종의 병적 상태가 된 듯했다. 그 미지의 아름다운 사람이 그에게 준 인상은 하나의 꽃이 더 피어난 것이 아닐까 하는 것이었다. 그 인간의 꽃은 그들 식물의 꽃과 자매여서 똑같이 아름답고, 또 그것보다 훨씬 더 아름답고, 게다가 장갑을 껴야만 만질 수 있고, 또 마스크 없이는 가까이 다가갈 수 없는 꽃과 같았다. 베아트리체가 정원의 작은 길로 내려섰을 때 그녀는 자신의 아버지가 매우 용의주도하게 피했던 몇몇 식물의 냄새를 아무렇지도 않게 맡고 또 아무렇지도 않게 만지는 것이 보였다.

"애, 베아트리체."라고 아버지가 말했다. "보렴, 우리의 가장 소중한 보물을 위해서 해야 할 일이 아주 많구나. 나는 몸이 약해서 저기에 함부로 다가갔다가는 목숨을 잃을 우려가 있단다. 그래서 이 나무는 너에게 전부 맡겨야 할 것 같다만……."

"그렇다면 전 기쁘게 맡겠어요."라고 다시 아름다운 목소리로 외치며 그녀는 그 눈부신 관목을 향해 허리를 숙이고 그것을 끌어안듯 두 팔을 벌렸다.

"네, 그래요. 애, 나의 멋진 동생아. 너를 기르는 건 이 베아트리체의 일이란다. 그러니 너의 입맞춤과……, 그리고 내 생명의 그 향기로운 호흡을, 내게 주어야만 해."

그 말에 담겨 있는 것과 같은 다정함을 자신의 태도에도 드러내며 그녀는 그 식물에 필요하리라 여겨지는 만큼의 충분한 주의를 기울여 서둘러 일을 하기 시작했다.

조반니는 높다란 창에 몸을 기대며 자신의 눈을 비볐다. 아가씨가 그 사랑하는 꽃을 돌보고 있는 것인지, 또는 꽃의 자매들이 서로에게 애정을 보이고 있는 것인지 전혀 분간을 할 수가 없었다. 하지만 그 광경은 바로 끝나버리고 말았다. 라파치니 박사가 정원 가꾸기를 끝낸 것인지, 혹은 그 혜안으로 조반니가 있다는 사실을 깨달은 것인지. 어느 쪽인지는 알 수 없었으나 아버지는 딸의 손을 잡고 정원에서 떠나버렸다.

밤은 이미 가까이로 다가와 있었다. 열어놓은 창으로 정원의 식물들이 발산하는 숨 막힐 듯한 향기가 스며들어오는 듯했다. 조반니는 창을 닫고 침대로 들어가 아름다운 꽃과 아가씨에 대해서 생각했다. 꽃과 아가씨는 서로 다른 존재이면서도, 또 같은 존재였다. 그리고 그들은 모두 어떤 신비한 위험을 머금고 있었다.

하지만 아침 햇살은 태양이 저물어 있는 동안에, 또는 밤의 그림자 사이에서, 혹은 흐려지기 쉬운 달빛 속에서 피어나는 어떠한 잘못된 상상도, 혹은 판단까지도 완전히 바로잡아주는 법이다. 잠에서 깨어난 조반니가 가장 먼저 한 일은 창을 열어 그 정원을 자세히 살펴보는 일이었다. 그것은 어젯밤의 꿈에 의해 매우 신비한 느낌으로 다가왔었다. 이른 아침의 햇살은 꽃과 잎에 묻어 있는 이슬을 반짝이게 해서 그들 진귀한 꽃 전부에 각각의 반짝이는 아름다움을 더해주면서도 모든 것을 아무런 이상할 것도 없는 평범한 일상으로 보이게 해주었다. 그 빛 가운데서 그 정원도 현실 속의 명백한 사실로 모습을 드러냈을 때, 조반니는 놀라기도 하고 또 약간 부끄럽기도 했다. 이 삭막한 도회의 한가운데서 이처럼 아름답고 사치스러운 식물을 마음껏 내려다볼 수 있는 특권을 얻었다는 데 그 청년은 커다란 기쁨을 느꼈다. 그는 저 꽃을 통해서 자연을 접할 수 있을 것이라고 마음속으로 생각했다.

한눈에도 병약해 보이고 생각에 지쳐버린 것처럼 보이는 자코모 라파치니 박사도, 그리고 그 아름다운 딸도 지금은 거기에 보이지 않았기에 조반니는 자신이 그 두 사람에게서 느낀 신비로움을 어느 정도까지 그들의 인격에 입혀야 하는 건지, 또 어느 정도까지를 자신의 기적과도 같은 상상에 입혀야 하는 건지 쉽게 결정할 수가 없었다. 하지만 그는 이 모든 사건 전체에 대해서 가장 합리적인 견해를 보여야겠다고 생각했다.

그날 그는 피에트로 발리오니 씨를 찾아갔다. 그는 의과대학의 유명한 교수이자 의사였다. 조반니는 이 교수에게 보내는 소개장을 가지고 있었다. 교수는 상당히 나이가 많았는데 거의 왕성하다고 해도 좋을 정도로 쾌활한 성격을 가지고 있었다. 그는 조반니에게 식사를 대접했는데 특히 투스칸 와인 한두 병을 비워 취기가 약간 돌기 시작하자, 자유롭고 즐거운 대화로 조반니를 유쾌하게 해주었다. 조반니는 서로가 같은 과학자이고 또 같은 도시에 살고 있으니 둘 사이에는 반드시 친분이 있을 것이라 생각하고 적당한 기회를 봐서 라파치니 박사의 이름을 언급해 보았으나 교수는 그가 상상하고 있던 것만큼 흔쾌히는 대답해주지 않았다.

"신성한 인술(仁術)을 가르치는 교수가……." 하고 피에트로 발리오니 교수가 조반니의 물음에 답했다. "라파치니처럼 매우 뛰어난 의사에게 적당하다고 여겨지는 칭찬에 대해, 그것을 훼손하는 말을 하는 것은 좋지 않은 일이겠지. 하지만 말일세 조반니 군, 자네는 오랜 친구의 아들일세. 자네처럼 유망한 청년이 훗날 어쩌면 자네의 생사를 장악하게 될지도 모를 사람을 존경하는 잘못된 생각을 품게 되는 것을 묵인해도 되는 걸까 하는 내 양심에 대해서 약간은 답을 해두어야겠네. 실제로 존경할 만한 라파치니 박사는, 딱 한 가지 예외는 있으나 틀림없이 이 파도바뿐만 아니라 이탈리아 전국에 걸친 그 어떤 유능한 박사에게도 뒤지지 않을 만큼 훌륭한 학자일 거야. 하지만 의사로서의 그 인격에는 커다란 흠이 있어."

"어떤 흠입니까?" 하고 청년이 물었다.

"의사에 대해서 그렇게 알고 싶어 하다니, 자네의 심신 어딘가에 병이 있는 건 아니겠지?"라고 교수가 웃으며 말했다. "하지만 라파치니는—나는 그를 잘 알고 있기 때문에 사실이라고 말할 수 있네만— 인류에는 전혀 관심이 없고 오로지 과학에만 마음을 빼앗겼다는 소리를 듣고 있다네. 그를 찾아간 환자는 새로운 실험 재료로써만 그의 흥미를 끌 뿐일세. 그의 위대하고 깊은 지식에 겨자씨만큼의 지식을 더하기 위해서 그는 인간의 생명, 그 가운데서도 자신의 생명, 혹은 그외의 자신과 가장 가까운 사람의 생명까지도 늘 희생으로 삼고 있다네."

"저도 그는 실제로 무시무시한 사람이라 생각하고 있습니다."라고 라파치니의 냉정하고 외골수적인 지적 태도를 마음속으로 그려보며 조반니가 말했다. "하지만 숭배해야 할 교수이자, 또 참으로 숭고한 정신 아닙니까? 과학에 대해서 정신적 사랑을 그렇게 쏟아 부을 수 있는 사람이 얼마나 되겠습니까?"

"적어도 라파치니가 취한 견해보다, 치료술이라는 좀 더 건전한 견해를 취하지 않는다면…… 아아, 신이시여. 그만두게 해주소서."라고 교수가 약간 흥분하며 대답했다. "모든 의학적 효력은 우리가 식물 독제(毒劑)라고 부르는 것 안에 함축되어 있다는 것이 그의 이론일세. 그는 자신의 손으로 식물을 배양해서, 자연적으로 발생하는 독보다 훨씬 더 유해하고 끔찍한 각종 새로운 독약을 개발했다고까지 일컬어지고 있네. 그건 그가 직접 쓰지 않는다 할지라도 영원히 이 세상의 재앙이 될 물건이야. 의사가 그와 같은 위험물을 쓰면 예상보다도 해독이 적은 일이 일어날 수 있다는 것도 부정할 수 없는 사실이기는 하네. 때로 그의 치료가 놀라울 정도로 커다란 효력을 발휘하고, 혹은 발휘한 것처럼 보이는 것도 우리는 인정하지 않을 수 없을 거야. 하지만 조반니 군, 솔직히 말해서 만약 그가……, 자신이 행한 실패에 대해서 엄격한 책임을 진다면 그의 얼마 되지 않는 성공도 신용을 얻지는 못할 걸세. 게다가 그 성공이라는 것도 틀림없이 우연한 결과에 지나지 않았을 거야."

만약 이 청년이 발리오니와 라파치니 사이에 전문적 내용에 관한 논쟁이 오래도록 계속되고 있으며, 일반적으로 그 논쟁은 라파치니에게 유리하다고 인정받고 있다는 사실을 알고 있었다면 발리오니의 의견을 크게 참작했을 것이다. 혹시 독자 중에 스스로 판단하고 싶으신 분이 계신다면 파도바 대학 의과에 보관되어 있는 두 과학자의 논문을 살펴보시기 바란다.

라파치니의 극단적인 과학연구열에 관한 이야기를 잘 생각해본 뒤 조반니가 대답했다.

"잘 모르겠습니다만, 선생님. 그 사람이 어느 정도 의술을 사랑하는지 저는 잘 모르겠습니다만, 틀림없이 그 사람에게는 훨씬 더 사랑스러운 무엇인가가 있을 겁니다. 그 사람에게는 딸이 하나 있습니다."

"아하." 하고 교수가 웃으며 외쳤다. "이제야 비로소 자네의 비밀을 알 것 같군. 자네도 그 딸에 대한 이야기를 들은 모양이군. 그 딸에 대해서는 파도바의 모든 젊은이들이 떠들어대고 있지만 운 좋게도 그 얼굴을 본 사람은 아직 몇몇밖에 되지 않는다네. 베아트리체에 대해서 나는 별로 아는 게 없어. 라파치니가 자신의 학문을 그녀에게 전부 가르쳐주었다는 사실과, 그녀는 젊고 아름답다는 소문이네만 벌써 교수의 자리에 앉을 수 있을 만한 자격을 가지고 있다는 사실, 단지 그것만을 들었을 뿐일세. 그녀의 아버지는 틀림없이 내 자리를 그녀에게 물려주어야겠다고 생각하고 있을 거야. 그 외에도 하찮은 소문 두어 가지가 더 있기는 하지만 말할 가치도 없고 들을 가치도 없는 것이라네. 자, 조반니 군, 포도주잔을 비우도록 하게."

2

조반니는 마신 와인에 몸이 약간 뜨거워져서 자신의 하숙으로 돌아왔다. 술 때문에 그의 머리는 라파치니와 아름다운 베아트리체에 대한 생각으로 가득했다. 돌아오는 길에 우연히 꽃집 앞을 지났기에 그는 새로이 꽃다발을 하나 사왔다.

그는 자신의 방으로 올라가 창문 옆에 앉았는데 자신의 그림자가 창의 벽 높이를 넘지 않도록 했다. 그렇게 해서 그는 거의 들킬 염려도 없이 정원을 내려다볼 수 있었다. 아래쪽에 인기척은 없었으나 그 신비로운 식물은 따뜻한 햇볕 속에서 마치 동정과 친밀함을 나타내듯 때때로 조용하게 서로 고개를 끄덕였다. 정원 중앙의 부서진 분수 가장자리에는 그것을 뒤덮듯 모여 있는 보라색 꽃을 단 눈부신 관목이 자라고 있었다. 꽃은 땅 위에서 반짝였으며 연못 위에 비친 그것이 다시 반짝반짝 반사되었기에 연못물은 그 강한 반사로 색을 머금은 빛을 띠며 넘쳐나는 것처럼 보였다.

앞서 이야기한 것처럼 처음 정원에는 아무도 없었다. 그런데 잠시 후—그때 조반니가 반은 바라고 반은 두려워했던 것처럼— 고풍스러운 무늬가 있는 문 아래로 사람의 모습이 나타났다. 그리고 그녀는 식물이 늘어서 있는 사이를 걸었는데, 달콤한 향기를 먹으며 살았다던 옛날이야기 속의 사람처럼 식물의 여러 가지 향기를 맡으며 걸었다. 다시 베아트리체를 보게 된 청년은 그녀가 자신의 기억보다 훨씬 더 아름다웠기에 놀라지 않을 수 없었다. 그녀는 햇빛 속에서 반짝이고 있었으며, 또 조반니가 은밀하게 생각하고 있었던 것처럼 정원의 그늘이 짙은 오솔길을 밝게 비칠 정도로 눈부시게 빛나고 있었다.

그녀의 얼굴은 이전보다 훨씬 더 분명하게 보였다. 그리고 그는 천진난만하고 부드러운 아가씨의 표정에 완전히 마음을 빼앗겨버리고 말았다. 그녀가 그런 성질을 가지고 있으리라고는 생각지도 못했기에 그녀는 과연 어떤 성격을 가진 사람인지 그는 새로이 상상을 해보게 되었다. 그는 잊지도 않고 그 아름다운 아가씨와 분수 밑에서 보석처럼 아름다운 꽃을 피우고 있는 관목의 유사점을 다시 관찰하고 상상했다. 그 유사점은 그녀의 옷 장식과 선택한 색의 배합에 의해서 베아트리체가 환상적 기분을 더욱 자극한다는 데 있었다.

관목으로 다가가 그녀는 마치 열렬한 애정을 품고 있는 것처럼 두 팔을 크게 벌려 그 가지를 그러모으더니 참으로 친밀하다는 듯 끌어안았다. 그 친밀함은 그녀의 얼굴을 그 잎 속에 숨기고, 반짝이는 곱슬머리 전부를 그 꽃 가운데로 묻어버릴 정도였다.

"나의 자매여! 네 숨결을 내게 주렴!" 하고 베아트리체가 외쳤다. "나는 이제 평범한 공기는 싫어졌으니. 그리고 너의 이 꽃도 주렴. 나는 소중히 가지를 꺾어 내 가슴 옆에 단단히 달아둘 테니."

라파치니의 아름다운 딸은 이렇게 말하고 관목 가운데서

도 가장 아름다운 꽃 한 송이를 꺾어 자신의 가슴에 달려 했다. 그런데 바로 그때, 어쩌면 술 때문에 조반니의 의식이 혼란스러웠던 것일지도 모르겠으나, 혹시 그렇지 않다면 참으로 이상한 일이 벌어졌다. 오렌지색 조그만 도마뱀이나 카멜레온처럼 생긴 동물이 오솔길을 기어서 우연히 베아트리체의 발밑으로 다가갔다.

조반니가 보고 있던 곳은 멀리 떨어져 있었기에 그렇게 작은 것은 도저히 보이지 않았으리라 여겨지지만 그래도 그의 눈에는 꽃을 꺾은 곳에서 한두 방울의 액체가 도마뱀의 머리 위로 떨어진 것처럼 보인 것이었다. 그러자 그 동물은 곧 격렬하게 몸을 뒤틀더니 햇빛 아래서 움직임을 멈춰버리고 말았다. 베아트리체는 이 놀라운 일을 보고 슬퍼하는 것 같기는 했으나 특별히 놀라지도 않고 조용히 십자가를 그었다. 그런 다음 그녀는 한 치의 망설임도 없이 그 무시무시한 꽃을 따서 자신의 가슴에 달았는데, 그러자 그 꽃은 순식간에 진홍색으로 변해 진짜 보석처럼 반짝이며 이 세상의 그 어떤 것도 줄 수 없을 것 같은 독특한 매력을 그 옷과 용모에 더해주는 것이었다. 조반니는 깜짝 놀라서 창으로 내밀었던 머리를 얼른 집어넣고 몸을 떨며 혼잣말을 했다.

"내가 지금 제정신인 건가? 제대로 된 의식을 가지고 있는 걸까? 저 사람은 대체 뭐란 말인가? 아름답다고 해야 하는

걸까, 혹은 아주 무섭다고 해야 하는 걸까?'

베아트리체가 아무것도 눈치채지 못한 사람처럼 정원을 거닐다 조반니의 창 밑으로 다가왔기에 그녀에 의해 자극받은 격렬한 호기심을 만족시키기 위해서 그는 창 너머로 얼굴을 내밀지 않을 수 없었다. 바로 그때 정원의 울타리를 넘어서 아름다운 벌레 한 마리가 날아왔다. 틀림없이 시내를 방황하며 살다 라파치니의 정원에 있는 관목의 강한 향기에 멀리서부터 유혹당하기 전까지는 어디서도 신선한 꽃을 발견하지 못했던 것이리라.

그 반짝이는 벌레는 꽃에 앉지 않고 베아트리체에게 마음을 빼앗긴 것인지 역시 공중을 날아다니며 그녀의 머리 부근을 맴돌았다. 그것은 아무리 생각해봐도 조반니가 잘못 본 것임에 틀림없을 테지만, 어쨌든 그는 그렇게 상상했다. 베아트리체가 어린아이와도 같은 즐거움으로 그 벌레를 바라보자 그 곤충은 점점 기운을 잃어가더니 그녀의 발밑으로 떨어져버리고 말았다. 그리고 그 빛나는 날개를 부르르 떠는가 싶더니 결국은 목숨이 끊어져버리고 말았다. 대체 어떻게 된 일인지 그 이유를 알 수 없었지만, 아마도 그녀의 숨결에 닿았기 때문이리라. 베아트리체는 다시 십자가를 긋더니 벌레의 사체 위에 웅크리고 앉아 커다란 한숨을 내쉬었다.

조반니가 더욱 놀라 자신도 모르게 몸을 움직이자 그 기척을 느끼고 그녀가 창을 올려다보았다. 그녀는 청년의 아름다운 머리—이탈리아적이라기보다는 오히려 그리스적으로 아름답고 단정한 용모와 금색으로 빛나는 곱슬머리를 가지고 있었다—, 그 머리가 중공을 맴돌던 그 벌레처럼 자신을 열심히 바라보고 있다는 사실을 깨달았다. 조반니는 지금까지 손에 들고 있던 꽃다발을 거의 무의식중에 아래로 던졌다.

"아가씨." 하고 그가 말했다. "여기에 청결하고 건전한 꽃이 있습니다. 부디 조반니 구아스콘티를 위해서 그 꽃을 달아주시기 바랍니다."

"고마워요."라고 마치 일종의 음악이 넘쳐나듯 성량이 풍부한 목소리로 반은 어린아이처럼, 반은 여인답게 기쁜 표정을 지으며 베아트리체가 대답했다. "당신의 선물을 받아드릴게요. 그에 대한 답례로 이 아름다운 보라색 꽃을 드리고 싶지만 제가 던져도 당신이 계신 곳까지는 가지 않을 거예요. 구아스콘티 님, 감사의 말씀을 드리는 것만으로 용서해주세요."

그녀는 땅바닥에서 꽃다발을 들어 올렸다. 낯선 사람의 인사에 답을 하는 등, 아가씨다운 조심성을 잃었다는 사실에 내심 부끄러움을 느꼈는지 그녀는 정원을 지나 서둘러 집 안으로 들어가 버렸다. 그것은 겨우 몇 초 동안의 일이었으나 그녀의 모습이 문 밑으로 보였을 때 그 아름다운 꽃다발은 이미 그녀의 손 안에서 시들어가고 있는 것처럼 보였다. 하지만 그것은 어리석은 상상으로 그렇게 멀리 떨어진 곳에 있으면서 신선한 꽃이 시들어가는 모습을 어떻게 알아볼 수 있었겠는가?

이 일 이후 청년은 한동안 라파치니의 정원에 면한 창문 가까이 가는 것을 피했다. 만약 그 정원을 바라보면 어떤 혐오스럽고 추괴한 사건이 거듭해서 그의 눈에 비칠 것이라고 생각한 모양이었다. 그는 베아트리체와 알게 되었기에 어떤 이해하기 어려운 힘의 영향을 받게 되었다는 사실을 스스로도 어느 정도는 깨닫게 되었다. 만약 그가 진심으로 위협을 느꼈다면 가장 현명한 방법은 이 파도바를 잠시 떠나는 것이리라. 두 번째로 좋은 방법은 낮에 본 베아트리체의 다정한 모습에 가능한 한 익숙해져서 그녀를 극히 평범한 여성이라고 생각하게 되는 것이리라. 특히 그녀를 피하는 동안, 조반니는 절대로 그 이상한 여성에게 접근해서는 안 된다. 그녀와 친밀한 교제가 가능할지도 모른다는 상상을 끊임없이 거듭하고 있는 그의 변덕이 언젠가 진실성을 띠고 다가올 우려가 있기 때문이었다.

조반니는 깊은 사고력을 가지고 있지 않으며—지금 그것을 측정해본 것은 아니나— 민첩한 상상력과 남부지방의 열정적인 성격을 가지고 있었다. 그러한 성질은 언제나 열병처럼 그를 흥분시켰다. 베아트리체가 무서운 특질, 그가 목격한 바에 의하면 그 무시무시한 호흡과 아름답지만 독성을 가진 꽃과 닮았다는 특질을 가지고 있든 가지고 있지 않든, 적어도 그녀는 매우 맹렬하고 신비로운 독약을 그 몸 안에 감추고 있는 듯했다. 그녀의 농염함은 그의 마음을 어지럽게 하지만 그것은 사랑이 아니다. 그리고 그는 그녀의 육체에 넘쳐나는 것처럼 보이듯, 그녀의 정신에도 역시 유독한 원소가 잠재되어 있을 것이라 상상했지만 그것은 공포가 아니었다. 그것은 사랑과 공포 두 가지가 낳은 것으로 그 두 가지 성질을 모두 갖추고 있는 것이었다. 다시 말해서 사랑처럼 불타오르고, 공포처럼 떨게 만드는 것이었다.

조반니는 무엇을 두려워해야 하는 건지 몰랐으며, 또 그보다 무엇을 바라는 것인지 더욱 알 수가 없었다. 그리고 희망과 공포가 끊임없이 그의 가슴 속에서 다투고 있었다. 번갈아가며 한 감정이 다른 감정에게 정복당하는가 싶다가도 다시 일어나 새로이 싸움을 시작했다. 어두운 것이든 밝은 것이든 단순한 감정은 행복한 것이다. 활활 타오르는 지옥의 불꽃을 내뿜는 것은 두 감정의 처절한 싸움이다.

때로 그는 파도바 시내나 교외를 정신없이 돌아다녀 열병과도 같은 정신을 가라앉히려 노력했다. 그 걸음걸이는 머리의 박동과 보조를 같이했기 때문에 마치 경쟁이라도 하고 있는 것처럼 점점 빨라져갔다. 어느 날 도중에 그의 앞을 가로막는 사람이 있었다. 인품이 천해 보이지 않는 한 남자가 그를 보고 발걸음을 돌리더니 숨을 헐떡이며 뒤따라와 그의 팔을 잡았다.

"조반니 군. 이보게, 조반니. 잠깐 기다리게. 자네는 나를 잊었는가? 내가 자네처럼 다시 젊어졌다면 나를 잊었다 해도 어쩔 수 없는 일이지만……"하며 그가 불러 세웠다.

그는 발리오니 교수였다. 이 교수는 영리한 사람으로, 타인의 비밀을 너무 깊숙이 꿰뚫어보는 듯했기에 첫 만남 이후 그는 이 사람을 은연중에 피하고 있었다. 그는 자신 속 내면의 세계에서 외부 세계를 가만히 바라보아 자신의 망상에서 깨어나려 노력하며 환상 속에 있는 사람처럼 말했다.

"네, 저는 조반니 구아스콘티. 그리고 당신은 피에트로 발리오니 교수. 그럼, 안녕히 가십시오."

"아니, 잠깐 기다려보게, 조반니 구아스콘티 군."하고 교수가 미소와 함께 청년의 모습을 열심히 들여다보며 말했다. "어떻게 된 일인가? 나는 자네 아버지와 친하게 지내며 자랐는데 그 아들은 이 파도바의 거리에서 나를 만났으면서도 모르는 척하고 지나가도 된단 말인가? 조반니 군, 헤어지기 전에 한 가지 하고 싶은 말이 있으니 잠깐 기다리게."

"그럼, 빨리……. 선생님, 제발 빨리……."하고 조반니가 매우 답답하다는 듯 말했다. "선생님, 제가 바쁜 것이 보이지 않으십니까?"

그가 이렇게 말하고 있을 때 검은 옷을 입은 사내가 건강하지 못한 사람처럼 몸을 앞으로 웅크린 채 힘없이 걸어오고 있었다. 그 얼굴은 전체적으로 매우 병적이어서 흙빛을 띠고 있었으나 날카롭고 적극적인 이지의 번뜩임이 가득했기에, 그를 본 사람이 있다면 육체적 허약함은 잊고 오로지 놀랄 정도의 정력만을 느꼈을 것이다. 그는 길을 지나며 발리오니 교수와 멀리서 냉랭한 인사를 주고받았으며, 만약 이 청년의 내면에 뭔가 주목할 만한 것이 있다면 무엇이든 꿰뚫어보겠다는 듯한 날카로운 시선으로 조반니를 뚫어져라 바라보았다. 그럼에도 불구하고 그 용모에는 특유의 차분함이 있었으며, 이 청년에 대해서도 인간적이라기보다는 그저 사색적인 흥미를 느끼고 있는 것처럼 보였다.

"저 사람이 라파치니 박사일세."라고 그가 지나가고 난 뒤에 교수가 속삭였다. "저 사람이 자네 얼굴을 알고 있는가?"

"제가 알고 있는 건 아닙니다."라고 조반니가 그 이름을 듣고 놀라며 대답했다.

"저 사람은 틀림없이 자네를 알고 있어. 저 사람은 분명히 자네를 본 적이 있어."라고 발리오니가 흥분해서 말했다.

"어떤 목적을 가지고 저 사람은 자네를 연구하고 있어. 나는 그 사람의 모습을 보면 알 수 있어. 그가 어떤 실험을 위해서 어떤 꽃의 냄새로 죽인 새나 쥐나 나비 등을 볼 때 그의 얼굴에 차갑게 드러나는 것과 완전히 같은 느낌이야. 그 용모는 자연 그 자체처럼 깊이를 가지고 있지만, 자연이 가지고 있는 사랑의 따스함은 없어. 조반니 군, 자네는 틀림없이 라파치니의 실험재료 중 하나야."

"선생님, 저를 바보로 아십니까? 그런 좋지 않은 실험은……." 하고 조반니가 화난 듯 외쳤다.

"아아, 이보게, 잠깐 기다리게." 라고 집요한 교수가 다시 말했다. "그건 말이지 조반니 군. 라파치니가 자네에게 학술적인 흥미를 느낀 걸세. 자네는 무시무시한 마수에 걸려든 거야. 그렇다면 베아트리체는……, 그녀는 이 비밀에 대해서 어떤 역할을 맡고 있는 걸까?"

하지만 조반니는 발리오니 교수의 집요함에 견디지 못하고 달아났기에, 교수가 그의 팔을 다시 잡으려 한 순간에는 이미 그 자리에 없었다. 교수는 청년의 뒷모습을 눈도 깜빡이지 않고 바라본 채로 머리를 흔들며 혼잣말을 했다.

"일이 이렇게 돼서는 안 되는데……. 저 청년은 내 오랜 친구의 아들이니 나는 의술로 보호할 수 있는 한은 어떠한 위험도 저 사람에게 가하게 해서는 안 돼. 또 라파치니가 저 청

년을 내 손에서 앗아가 그 혐오스러운 실험의 재료로 쓴다는
건, 너무나도 끔찍한 짓이야. 그의 딸도 감시해야겠군. 세상
에서 가장 박학한 라파치니여. 나는 아마도 너를 꿈에도 생각
지 못했던 곳으로 몰아붙이게 될 것이다."

　　조반니는 길을 멀리 돌아서 어느 사이엔가 마침내 자기
하숙의 입구에까지 와 있었다. 그가 입구의 문턱을 넘으려던
순간 노부인인 리자베타를 만났다.

　　그녀는 일부러 꾸며낸 듯한 웃음을 지으며 그의 주의를
끌려 했으나 그의 격앙된 감정은 곧 냉정해졌고 마침내 망연
히 사라져버렸기에 그 목적을 달성하지는 못했다. 그는 미소
짓고 있는 주름투성이 얼굴을 정면으로 바라보고 있기는 했
으나 그 얼굴을 보고 있는 것이라고는 여겨지지 않았다. 그랬
기에 노부인은 그의 외투를 낚아챘다.

　　"이봐요, 이봐요."하고 그녀가 속삭였다. 아직 그 얼굴 가
득 미소를 짓고 있었기에 그녀의 얼굴은 몇 세기를 지나 꾀죄
죄해진 괴이한 목상처럼 보였다.

　　"제 말 좀 들어보세요. 정원으로 들어가는 비밀 문이 있
어요."

　　"뭐……."라고 조반니는 무생물이 생명을 부여받아 뛰어
오른 것처럼 갑자기 뒤를 돌아보며 외쳤다. "라파치니의 정
원으로 들어가는 비밀의 문……."

"쉿, 쉿. 그렇게 큰 소리를 내서는 안 돼요."라고 리자베타가 자신의 손으로 그의 입을 막으며 말했다. "그래요. 그 위대한 박사님의 정원으로 들어가는 비밀의 문이 있어요. 그 정원에서는 멋진 관목의 숲을 전부 볼 수 있어요. 파도바의 젊은이들은 모두 그 꽃 속으로 들어가려고 돈을 내고 있어요."

조반니는 금화 하나를 그녀의 손에 쥐어주었다.

"그 길을 가르쳐줘요."라고 그가 말했다.

아마도 발리오니와의 대화 때문일 테지만, 이 리자베타 부인의 말은 라파치니가 그를 끌어들이려 한다고 교수가 상상하고 있는 듯한 음모—그것이 어떠한 성질의 것이든 간에—와 어떤 관련이 있는 것이 아닐까 하는 의심이 그의 마음을 스치고 지나갔다. 하지만 그러한 의문은 조반니의 마음을 일단 흔들어놓기는 했으나, 그를 억제하기에는 충분하지 못한 것이었다. 베아트리체에게 접근할 수 있다는 사실을 안 순간, 그렇게 하는 것이 그의 생활에 절대 필요한 것인 양 여겨졌다.

그녀가 천사든 악마든, 그런 건 더 이상 문제가 아니었다. 그는 완전히 그녀의 손아귀 안에 있었다. 그리고 그는 영원히 작아져 가는 범위 안으로 내몰려 결국에는 그가 예상조차 하지 못했던 결과를 초래하게 될 법칙에 따르지 않으면 안 되었다.

그런데 신기하게도 그는 갑자기 한 가지 의문이 들었다. 자신의 이 강한 흥미는 환상이 아닐까? 이렇게 불안정한 위치로까지 돌진해 들어가도 지장이 없으리라 여겨질 정도로 그것은 깊고 확실한 성질을 가진 것일까? 그것은 단순히 청년의 머릿속 망상으로 그의 마음과는 아주 조그만 관계밖에 없거나, 혹은 전혀 관계가 없는 것 아닐까? 그는 의문이 들어 망설이며 뒷걸음질을 치려 했으나 다시 마음을 다잡고 앞으로 나아갔다.

주름투성이 안내인이 여러 개의 복잡한 오솔길을 지나 마침내 한 문을 열자, 나뭇잎이 살랑살랑 바람에 흔들리고 햇빛이 잎 사이로 눈부시게 반짝이는 것이 보였다. 조반니는 더욱 앞으로 나가 숨겨진 문 위에 들러붙어 문을 가리고 있는 관목의 덩굴을 헤치고 라파치니 박사 정원의 광장에 있는 자기 방 창 밑에 섰다.

우리도 종종 경험하는 일이지만, 불가능하리라 여겨졌던 일이 일어나거나 지금까지 꿈처럼 생각했던 일이 실제로 벌어지면 환락, 혹은 고통을 예상하며 거의 무아의 경지에 빠진다 할지라도 오히려 마음이 차분해져서 냉정할 정도로까지 대담해지는 법이다. 운명은 그처럼 우리를 거스르는 것을 기뻐한다. 이러한 경우에는 정열이 때를 얻은 것처럼 위세를 부리고, 그것이 사건과 아주 잘 조화를 이루게 되면 언제까지고 그 사건의 그늘에 정체해 있게 되는 법이다.

　지금의 조반니가 바로 그러한 상태에 놓여 있었다. 그의 맥박은 매일 뜨거운 피로 물결치고 있었다. 그는 베아트리체를 만나서, 그녀를 아름답게 비추는 동양적인 햇살을 받으며 이 정원에 그녀와 마주 보고 서서 그녀의 얼굴을 한도 없이 바라봄으로 해서 그녀의 생활에 관한 수수께끼를 이루고 있는 비밀을 알아내겠다는, 가능할 것 같지도 않은 일을 생각하고 있었다. 그런데 지금 그의 가슴속에서는 신비로운, 이러한 경우에 어울리지 않는 평정함이 솟아오르고 있었다. 그는 베아트리체나 그의 아버지가 근처에 있지 않을까 싶어 정원을 둘러보았으나 자기 혼자밖에 없다는 사실을 알고는 식물의 비평적인 관찰을 하기 시작했다.

　어떤 식물, 아니 모든 식물의 자태가 그에게는 불만이었다. 그 현란함도 너무나도 강렬하고 정열적이어서 부자연스럽게 느껴질 정도였다. 예를 들어 어떤 사람이 혼자서 숲 속을 헤매고 있는데 그 수풀 속에서 마치 이 세상의 것이라 여겨지지 않는 얼굴이 나타나 그를 노려보았을 때처럼, 그 기분 나쁜 모습에 놀라지 않는 관목은 거의 없었다. 또 어떤 것은 여러 가지 과(科)에 속하는 식물을 혼합해서 만들어놓은 아닐까 여겨지는 인공적인 형태로 감수성이 예민한 그의 본능을 자극했다. 그것은 더 이상 신이 창조한 것이 아니라, 그저 인간이 그 아름다움을 어설프게 모방해서 타락한 생각에 따라 만들어낸 것에 지나지 않았다. 그것들은 틀림없이 한두 번의 실험 결과 개개의 식물을 혼합해서 이 정원의 모든 식물과 다른 이상한 성질을 가진 것으로 만들어내는 데 성공한 것들이리라. 조반니는 두어 개의 식물만을 모아 보았는데, 그것은 유독식물이라는 사실을 그가 예전부터 잘 알고 있던 종류들이었다.

이런 고찰에 깊이 빠져 있을 때 문득 옷깃 스치는 소리가 들려왔다. 돌아보니 베아트리체가 조각이 달린 문에서 모습을 드러냈다.

3

이러한 경우 조반니는 어떠한 태도를 취해야 하는 것인지. 정원에 숨어든 것에 대한 변명을 해야 하는 것인지. 혹은 스스로 바란 일은 아니라 할지라도 라파치니와 그 딸에게는 무단으로 여기에 들어왔다는 사실을 자인해야 하는 건지. 그런 것에 대해서는 특별히 생각해보지 않았기에 그 순간 약간 당황했으나 베아트리체의 태도를 보고 그의 마음은 얼마간 차분해졌다. 물론 누구의 안내로 여기에 들어와도 좋다는 허락을 받았는지를 묻는다면, 거기에는 여전히 약간의 불안이 없는 것도 아니었다. 좁은 길을 가볍게 걸어오던 그녀는 부서진 분수 부근에서 그를 발견하고 역시 놀라는 표정을 지었으나, 그 얼굴은 또 친절하고 유쾌한 표정으로 반짝이고 있기도 했다.

"당신은 꽃의 감식가로군요."라고 베아트리체는 그가 창을 통해서 던져준 꽃다발을 가리키고 미소 지으며 말했다. "그러니 아버지께서 모으신 진귀한 꽃에 매혹되어 좀 더 가까이서 보고 싶다고 생각하신 것도 이상한 일은 아니네요. 만약 아버지가 여기에 계셨다면 이러한 관목의 성질이나 습관 등에 대해서 여러 가지 신기하고 재미있는 이야기를 들려주셨을 텐데……. 아버지는 그런 연구에 평생을 바치셨어요. 그리고 이 정원이 아버지의 세계에요."

"당신도 그렇지 않은가요?" 하고 조반니가 말했다. "세상의 평판에 의하면 당신도 수많은 꽃과 향기에 조예가 아주 깊다고 하던데요. 그러니 저의 선생님이 되어주시지 않으시겠습니까? 그렇게 해주신다면 저는 라파치니 선생님의 가르침을 받을 때보다 훨씬 더 열정적인 학생이 되리라 생각됩니다만……."

"그런 말도 안 되는 소문이 돌고 있나요?"라고 베아트리체가 음악적인 유쾌한 웃음을 지으며 물었다. "제가 아버지를 닮아서 식물학에 정통했다고, 세상에서는 그렇게 얘기하고 있나요? 농담이시겠죠. 저는 물론 이 꽃 속에서 자라기는 했지만 색과 냄새 외에는 아무것도 몰라요. 그 빈약한 지식마저도 종종 사라져버리는 것 같다는 느낌이 들 때가 있어요. 여기에는 여러 가지 꽃들이 있는데 너무 야단스러워서 그것을 보고 있으면 저는 왠지 화가 나요. 그러니 학술에 관한 저의 이야기는 부디 믿지 마세요……. 당신의 눈으로 직접 보신 것 외에 제 말 같은 건 아무것도 믿지 마세요."

"저는 제 눈으로 본 것 전부를 믿지 않으면 안 되나요?"라고 조반니는 예전에 보았던 광경이 떠올라 망설이며 날카로운 목소리로 물었다. "아니요, 당신은 제게 너무 많은 것을 바라고 있어요. 부디 당신의 입술에서 나오는 것 외에는 믿지 말라고 말씀해주세요."

베아트리체는 그의 말을 이해한 것처럼 보였다. 그녀의 뺨이 새빨갛게 달아올랐다. 게다가 그녀는 조반니의 얼굴을 가만히 바라보고 있었는데 그가 불안한 듯 의혹의 눈으로 보는 것에 대해서 마치 여왕과도 같은 오만함으로 그를 마주 보았다.

"그렇다면 그렇게 말씀드리기로 하죠. 당신이 저를 어떻게 생각하고 계시든 그것은 잊어주세요. 설령 외부의 감각이 사실이라 할지라도 그 본질에 있어서는 다른 부분이 있을지도 몰라요. 하지만 베아트리체 라파치니의 입술에서 나오는 말은 마음 깊은 곳에서 나오는 진실의 말들이니 당신은 그것을 믿으셔도 될 거예요."

그녀의 용모에서는 열정이 반짝이고 있었다. 그 열정은 진실 자체의 빛인 것처럼 조반니의 의식 위에서도 반짝였다. 하지만 그녀가 그런 말을 하는 동안 그 주위의 공기 속으로 끊어질 듯 끊어질 듯 짙은 냄새가 감돌았기에 청년은 이유를 알 수 없는 반감이 들어 그 공기를 가능한 한 마시지 않도록 노력하고 있었다.

그 냄새는 꽃의 향기이리라. 하지만 그녀의 말을 마치 가슴 깊은 곳에 담아두기라도 했던 것처럼, 그렇게 신비로움으로 넘쳐나게 한 것은 베아트리체의 호흡이었을까? 일종의 겁쟁이와도 같은 마음은 조반니의 가슴에서 사라지고 없었다. 그는 아름다운 아가씨의 눈을 통해서 수정과 같이 맑은 그 영혼을 본 듯한 느낌이 들었기에 더는 의혹과 공포를 느끼지 못했다.

베아트리체의 태도에 나타나 있던 정열의 색이 사라지고 그녀는 쾌활해졌다. 그리고 외딴 섬에 사는 소녀가 문명국에서 온 항해자와의 대화를 통해서 느끼는 것과 같은 순수한 기쁨이, 이 청년과의 만남에 의해서 새로이 솟아나고 있는 것처럼 여겨졌다.

틀림없이 그녀의 모든 경험은 그 정원 안에만 한정되어

있었다. 그녀는 햇빛과 여름의 구름 같은 단순한 사물에 대해서 이야기했다. 그리고 도회에 관한 것이나 멀리 있는 조반니의 집, 친구, 어머니, 자매 등에 대해서 물었다. 그 질문은 전혀 세상적이지 않고, 유행 같은 것과는 완전히 거리가 먼 것이었기에 조반니는 아기에게 이야기를 들려주는 듯한 투로 대답했다.

그녀는 지금 막 처음으로 햇빛을 올려다본 새로운 시냇물이 그 가슴에 비친 천지의 모습에 경이로움을 느끼고 있는 것과 같은 태도로 그의 앞에서 자신의 마음을 털어놓았다. 또 깊은 수원지에서는 여러 가지 생각이 솟아올랐으며, 마치 다이아몬드나 루비가 그 샘의 거품 속에서 반짝이고 있기라도 한 것처럼 보석과도 같은 빛을 가진 공상이 솟아올랐다.

청년의 마음속으로 때때로 회의가 스치고 지나갔다. 그는 오누이처럼 이야기를 나누어 그녀를 인간인 듯, 아가씨인 듯 여기게 하려는 어떤 자와 서로 나란히 걷고 있는 것이 아닐까 하는 생각이 들곤 했다. 그 사람에게는 무시무시한 성질이 나타난다는 사실을 그는 실제로 목격했기에, 그 공포의 빛을 이상화하고 있는 것이 아닐까 여겨졌다. 하지만 이러한 생각은 극히 일순간의 것이었으며, 그녀의 매우 진실한 성격이 그로 하여금 아주 간단히 친밀함을 느끼게 했다.

이런 자유로운 교제를 하면서 그들은 정원 안을 돌아다

녔다. 나무들 사이를 몇 바퀴고 돈 뒤에 부서진 분수 근처로 가자 그 옆에는 눈부신 관목이 있었고 아름다운 꽃이 아직도 활짝 피어 있었다. 그 관목에서는 베아트리체의 호흡에서 나는 것과 같은 냄새가 피어오르고 있었는데 그것은 비교가 되지 않을 정도로 한층 더 강렬한 것이었다. 조반니는 그녀의 시선이 그 관목으로 향한 순간 그녀의 심장이 갑자기 격렬하게 고동치기 시작했는지 괴롭다는 듯 그 가슴을 한쪽 손으로 누르는 것을 보았다.

"조금 전까지 처음으로 너를 잊고 있었어."라고 그녀가 관목에게 속삭였다.

"제가 대담하게도 당신의 발밑으로 던진 꽃다발 대신 당신이 이 살아 있는 보석 중 하나를 주시겠다고 약속한 것을 기억하고 있습니다. 오늘 만나게 된 기념으로 지금 그것을 따게 해주세요."라고 조반니가 말했다.

그가 관목 쪽으로 한 걸음 다가가며 손을 내밀자 베아트리체가 그의 심장을 비수로 찌르는 것처럼 날카로운 목소리를 올리며 달려왔다. 남자의 손을 잡은 그녀는 가녀린 몸에 모든 힘을 실어 그를 당겼다. 조반니는 그녀의 손이 닿자 전신의 섬유를 찔린 것 같은 느낌이 들었다.

"그걸 만져서는 안 돼요. 당신의 목숨을 잃을 거예요. 그건 무시무시한 거예요."라고 그녀가 고뇌에 찬 목소리로 외쳤다.

　이렇게 말하는가 싶더니 그녀는 얼굴을 가리고 남자 곁을 떠나 조각이 새겨진 문 안으로 달려 들어가 버리고 말았다. 조반니는 그 뒷모습을 바라보았는데 거기에는 라파치니 박사의 마르고 쇠약한 모습과 창백한 영혼이 있었다. 언제부터였는지는 모르겠으나 그가 입구 안쪽에서 이 광경을 지켜보고 있었던 것이다.

　자신의 방으로 돌아와 혼자가 되자마자 처음 그녀를 봤을 때 이후 지금까지도 사라지지 않은 모든 매력과, 지금은 여성의 부드러운 온정으로 둘러싸인 베아트리체의 모습이 그의 정열적인 명상 속으로 되살아났다. 그녀는 인간적이었다. 그녀는 모든 다정함과 여성스러운 성질을 부여받았다. 그녀는 숭배에 가장 어울리는 여성이었다. 그녀는 틀림없이 고상하고 용감한 사랑을 가질 수 있는 사람이었다. 그가 지금까지 그녀의 육체 및 인격의 현저한 특징이라 생각하고 있던 여러 가지 특성을 지금은 잊은 것일까? 혹은 교묘한 정열적 궤변에 의해 마술의 금관 속으로 옮겨져 버린 것일까? 그는 베아트리체를 더욱 칭찬받아야 할 사람, 어디에도 비할 데 없는 사람으로 여기게 되었다. 지금까지 추하게 보였던 모든 것이 이제는 전부 아름답게 보였다. 만약 그와 같은 변화는 있을

수 없는 것이라 할지라도, 추한 것들은 몰래 빠져나와서 낮에
는 전혀 의식할 수 없는 어두운 장소에 모여 있는 막연한 생
각 속으로 모습을 감춰버리고 말았다.

조반니는 이렇게 그날 밤을 보냈다. 라파치니의 정원이
꿈에 나타났기에 그는 새벽이 그 정원에 잠들어 있는 꽃을 깨
울 때까지 편안히 잠을 잘 수가 없었다.

시간이 되자 태양이 올라 청년의 눈꺼풀에 그 빛을 던졌
다. 그는 괴로운 듯 눈을 떴다. 잠에서 완전히 깨어났을 때 그
는 화상을 입은 것 같은 따끔따끔한 통증을 오른손에서 느꼈
다. 그것은 그가 보석과도 같은 꽃을 하나 따려고 한 순간 베
아트리체가 쥔 바로 그 손이었다. 손바닥에는 네 손가락의 흔
적인 듯한 보라색 자국이 있었으며 손등 위에는 가느다란 엄
지손가락 자국인 듯한 것이 남아 있었다.

사랑은 얼마나 강한 것인지. —설령 그것이 상상 속에서
만 번성하고 마음 깊은 곳까지는 흔들지 못하는 허울뿐인 거
짓된 것이라 할지라도— 옅은 안개처럼 사라져가는 마지막
순간까지도 얼마나 강하게 그 신념을 지속시키는지. 조반니
는 자신의 손에 손수건을 감으며 어떤 재앙이 찾아올지 근심
스러웠으나 베아트리체를 생각하면 그 아픔도 곧 사라져버
리고 말았다.

첫 번째 만남 이후, 두 번째 만남은 실로 운명이라고 해야

할 만큼 피하기 어려운 것이었다. 그것이 세 번째, 네 번째로 거듭됨에 따라서 정원에서의 베아트리체와의 만남은 더 이상 조반니의 일상생활에서 일어나는 우연한 일이 아니라 생활의 전부가 되어버렸다. 그는 혼자 있을 때면 기쁜 만남에 대한 예상과 회상에 빠져 있었다.

라파치니의 딸도 역시 그와 다르지 않았다. 그녀는 청년의 모습이 나타나기를 기다렸다가 그 옆으로 달려갔다. 그녀는 그가 어렸을 때부터의 친구였고 지금도 역시 그런 사이라도 되는 양 아무런 거리낌도 없이 대담하게 행동했다. 혹시 어떤 사정으로 그가 어쩌다 약속 시간까지 오지 않으면 그녀는 창 밑에 서서 방 안에 있는 그의 마음에 울릴 것 같은 달콤한 목소리로 그를 불렀다.

"조반니……. 조반니……. 뭘 꾸물거리는 거예요. 어서 내려오세요."

그것을 들으면 그는 서둘러 밖으로 나가 독이 있는 에덴 동산으로 내려갔다.

그렇게 친밀한 사이였음에도 불구하고 베아트리체의 태도에는 아직 이해할 수 없는 부분이 있었다. 그녀는 언제나 예의 바른 행동을 취하고 있었기에 그것을 깨야겠다는 생각이 남자의 상상 속에서 일어나지 않을 정도였다. 모든 외면상의 일을 관찰해보면 그들은 분명히 서로를 사랑하는 사이였다. 그들은 길거리에서 속삭이기에는 너무나도 신성하다는 듯 서로의 비밀을 마음에서 마음으로 눈을 통해 전달했다. 그들의 마음이 오래도록 감춰져 있던 불꽃의 헛바닥처럼 말이 되어 나타날 때는 정열이 불타오르는 대로 사랑을 이야기하는 적조차 있었다. 그래도 입맞춤이나 악수나, 혹은 연애가 요구하고 신성시하는 가벼운 포옹조차 시도하려 들지 않았다. 그는 그녀의 반짝이는 곱슬머리 한 가닥에조차 손을 댄 적이 없었다. 그의 앞에서 그녀의 옷은 미풍에 움직이는 적조차 없었다. 그 정도로 그들 사이에는 육체적 장벽이 현저하게 존재하고 있었다.

가끔 남자가 이 한계를 넘어설 것 같은 유혹을 받은 것처럼 보일 때면 베아트리체는 매우 슬프다는 듯, 또한 매우 엄격한 태도로 몸을 떨며 멀리 떨어지려는 듯한 모습을 보였다. 그리고 그를 접근하지 못하도록 하기 위해 아무런 말도 하지 않을 정도였다. 그럴 때면 그의 마음속에서 솟아올라 가만히 그의 얼굴을 바라보는 섬뜩하고 무시무시한 의혹에 놀랐기에 그 연애는 아침 안개처럼 희미해져가고 그 의혹만이 남았다. 하지만 그 순간의 어두운 그림자 뒤에서 베아트리체의 얼굴이 다시 빛날 때면 그가 그토록 공포심을 갖고 바라보던 신비한 인물과는 전혀 다른 사람으로 변해 있었다. 그가 알고 있는 한 그녀는 틀림없이 아름답고 순결한 처녀였다.

조반니가 앞서 발리오니 교수를 만난 뒤로 상당한 시일이 흘렀다. 어느 날 아침, 그는 뜻밖에도 그 교수의 방문을 받아 불쾌한 생각이 들었다. 그는 지난 몇 주일 동안 교수에 대해서는 생각조차 하지 않았을 뿐만 아니라, 차라리 언제까지고 잊고 싶었다. 그는 오래도록 계속된 자극에 지쳐 있기는 했으나, 지금 자신의 감정 상태에 진심으로 동정해주는 사람이 아니면 만나고 싶지 않았다. 하지만 그러한 동정을 발리오니 교수에게 기대하기는 어려웠다. 교수는 한동안 시내에 관한 일과 대학에 관한 일에 대해서 가볍게 이야기한 뒤 다른 화제로 옮겨갔다.

　　"난 요즘 한 고전적 저자의 글을 읽고 있네만, 그 가운데서 매우 흥미로운 이야기를 발견했다네."라고 그가 말했다. "자네도 알고 있을지 모르겠네만, 그건 한 인도 황제의 아들에 관한 이야기일세. 그가 알렉산더 대왕에게 미녀를 한 명 보냈지. 그녀는 새벽처럼 사랑스럽고 황혼처럼 아름다웠으나 다른 사람과 매우 다른 점은 그 숨결이 페르시아의 장미화원보다 더 향기롭고 그윽한 향취를 띠고 있다는 점이었어. 젊은 정복자에게서는 흔히 볼 수 있는 일이지만 알렉산더는 그 아름다운 이국의 여자를 보자마자 단번에 사랑에 빠져버리고 말았다네. 그런데 마침 그 자리에 있던 한 현명한 의사가 그녀에 관한 끔찍한 비밀을 꿰뚫어보았다네."

"그건 어떤 비밀입니까?"라고 조반니가 교수의 시선을 피하듯 아래쪽을 내려다보며 물었다.

발리오니가 강한 어조로 이야기를 이어갔다.

"이 아름다운 여자는 태어났을 때부터 독약으로 길러졌다. 따라서 이 여자의 본질에는 독이 숨겨져 있으며 그 몸은 가장 위험한 유독물이 되었다. 다시 말해서 독약이 이 여자의 생명의 요소가 되어버린 것이다. 이 여자는 그 독소의 냄새를 공중에 내뿜고 있기 때문에 그녀의 사랑은 독약이다. 그녀의 포옹은 죽음이다. 대충 이런 얘기네만, 자네 생각은 어떤가? 참으로 신기하고 놀라운 이야기 아닌가?"

"어린애 장난 같은 얘기 아닙니까?"라고 조반니는 화가 난다는 듯 의자에서 일어서며 말했다. "존경하는 선생님께서, 좀 더 중요한 연구도 있으실 텐데 그런 한심한 이야기를 읽으실 여유가 있으시다니, 놀랐습니다."

"이보게, 그런데 이 방에서는 뭔가 이상한 냄새가 나는데."라고 교수가 불안하다는 듯 주위를 둘러보며 말했다. "자네 장갑의 냄새인가? 희미하기는 하지만 좋은 냄새로군. 하지만 결코 마음이 편안해지는 냄새는 아니야. 이런 냄새를 오래 맡으면 나는 기분이 나빠질 거야. 꽃 냄새 같기도 한데 이 방에는 꽃이 없군."

교수의 말에 창백해진 얼굴로 조반니가 대답했다.

"아닙니다. 그런 냄새는 나지 않습니다. 그건 교수님 마음의 미혹입니다. 냄새라는 것은 감각적인 것과 정신적인 것을 아우른 하나의 요소이기 때문에 우리는 때로 거기에 속곤합니다. 어떤 냄새를 떠올리면 거기에 존재하지 않는 것이라도 실제로 존재한다고 착각을 하기 쉬운 법입니다."

발리오니가 말했다.

"맞아. 하지만 나의 상상은 확실하기 때문에 그런 장난을 치는 경우는 매우 드물다네. 만약 내가 어떤 냄새를 떠올렸다 해도 그건 내 손가락에 밴 조제약의 좋지 않은 냄새일 거야. 소문에 의하면 존경하는 나의 친구인 라파치니는 아라비아의 약보다도 더 좋은 냄새로 약에 맛을 더한다고 하더군. 아름답고 박학한 베아트리체도 틀림없이 아버지와 마찬가지로 아가씨의 숨결처럼 좋은 냄새가 나는 약을 환자에게 주겠지. 그걸 먹는 자는 재난을 맞이하게 돼."

조반니는 여러 가지 감정이 다투고 있다는 사실을 얼굴 표정에서 감출 수가 없었다. 교수가 순결하고 다정한 라파치니의 딸을 지적해 이야기한 말투가 그의 마음에 혐오감을 심어주었다. 하지만 자신과는 전혀 반대가 되는 견해를 보이고 있는 교수의 암시가 마치 수백, 수천의 악귀가 이빨을 드러낸 채 그를 향해 웃고 있는 것 같은 어두운 의혹을 이끌어낸 것이었다. 그는 애써 그 의혹을 억누르며 연인을 진정 믿는 마음으로 발리오니에게 대답했다.

"교수님. 당신은 아버지의 친구셨습니다. 그렇기에 그 아들도 우정을 가지고 대하시려는 거겠지요. 저는 진심으로 교수님을 존경하고 있습니다. 하지만 저희 사이에는 말로 표현해서는 안 될 화제가 있다는 사실을 생각해주시기 바랍니다. 교수님은 베아트리체를 모르십니다. 그렇다고 해서 잘못된 추측을 하셔서는 안 됩니다. 그녀의 성격에 대해서 실례가 되는 경솔한 말씀을 하시는 것은 그녀를 모독하는 일입니다."

"조반니. 가엾은 조반니."라고 교수가 냉정한 연민이 드러난 표정으로 대답했다. "나는 그 가엾은 아가씨에 대해서 자네보다 훨씬 더 잘 알고 있다네. 지금부터 자네에게 독살자 라파치니와 그 유독한 딸에 관한 사실을 들려주기로 하겠네. 그래, 유독자이기는 하지만 그녀가 아름다운 것만은 사실이야. 아아, 계속 들어보게. 설령 자네가 화를 내며 내 백발을 전부 뜯어낸다 해도 나는 결코 입을 다물지 않을 거야. 그 인도 여자에 관한 옛이야기가 라파치니의 깊고 무시무시한 학술에 의해서 아름다운 베아트리체의 몸에 현실로 나타난 거야."

조반니가 흐느끼는 소리를 내며 자신의 얼굴을 감쌌으나 발리오니는 말을 계속했다.

"그녀의 아버지는 이 학술에 대해 광적일 정도로 몰두했기에 자신의 딸을 희생으로 삼는 것조차 주저하지 않았다네. 공평하게 말하자면 그는 증류기로 자신의 마음을 증발시켜 버린 것이 아닐까 여겨질 정도로 학술에 대해서는 충실한 사람일세. 그건 그렇고 자네의 운명이 어떻게 될 것인가 하는 문제 말인데……, 의심할 여지도 없이 자네는 어떤 새로운 실험의 재료로 선택된 거야. 그 결과는 틀림없이 죽음일 게야. 아니, 더욱 끔찍한 운명일지도 몰라. 라파치니는 자기 눈앞에 학술상의 흥미를 끄는 것이 있으면, 그 어떤 것이든 조금도 주저하지 않아."

"그건 꿈이야. 꿈에 지나지 않아."라고 조반니가 조그만 목소리로 중얼거렸다.

교수가 말을 이었다.

"이보게, 하지만 비관할 필요는 없어. 지금이라면 아직 늦지 않았어. 우리는 틀림없이 그녀가 아버지의 광적인 열정에 의해서 잃은 평범한 성질을 비참한 딸을 위해서 되찾아줄 수 있을 걸세. 이 조그만 은꽃잎을 보게. 이것은 유명한 벤베누토 첼리니가 만든 것으로 이탈리아 가운데서도 가장 아름다운 여인에게 사랑의 선물로 보내도 부끄럽지 않을 만한 것이야. 게다가 이 속에는 더할 나위 없이 존귀한 것이 들어 있는데, 이 해독제를 한 방울이라도 먹으면 그 어떤 극약이라도 무해해지지. 의심할 여지도 없이 라파치니의 독약에 대해서도 충분한 효력을 발휘할 게야. 이 존귀한 약을 넣은 꽃잎을 자네의 베아트리체에게 보내도록 하게. 그리고 확실한 희망을 가지고 그 결과를 기다리도록 하게."

발리오니는 정교하고 조그맣게 만들어진 은 꽃잎을 테이블 위에 올려놓고 나갔다. 그는 자신의 말이 청년의 마음에 좋은 효과를 나타내기를 기대했다.

"지금이라면 아직은 라파치니를 막을 수 있을 거야."라고 그는 계단을 내려가며 득의의 미소를 지었다. "솔직히 그에 대해서 사실을 이야기하자면 그는 놀라운 사람이야, 실로 신비로운 사람이야. 하지만 그 실행 방법을 놓고 보자면 하찮은 돌팔이의사야. 예로부터 전해오는 의사의 좋은 법칙을 존중하는 우리로서는 그냥 두고 볼 수 없는 일이야."

4

앞서도 이야기한 것처럼 조반니가 베아트리체와 교제하는 동안, 때때로 그녀의 성격에 대한 어두운 의심의 그림자가 그를 감싸곤 했다. 그래도 그는 어디까지나 그녀를 순수하고 천진하고 가장 애정이 넘치는, 거짓 없는 여성이라고 생각했기에 조금 전 발리오니 교수가 주장한 것과 같은 모습은 그의 본래 생각과 일치하지 않는 것으로 매우 기이하고 믿을 수 없는 것이라 여겨졌다.

사실 그 아름다운 아가씨를 처음 보았을 때는 꺼림칙한 느낌도 들었다. 그녀가 만지자마자 곧 시들어버린 꽃다발, 그녀의 숨결 외에는 그 어떤 분명한 매개물도 없었는데 태양이 반짝이는 공기 속에서 숨을 거둔 곤충, 그러한 것들은 지금도 생생하게 기억하고 있었으나 그 모두가 그녀의 순결하게 빛나는 성격 속으로 녹아들어 더는 사실로서의 효력을 발휘하지 못했으며, 어떠한 감정이 사실을 증명하려 해도 오히려 그것을 잘못된 망상이라고 인정하게 되어버렸다.

세상에는 우리가 눈으로 보고, 손으로 만질 수 있는 것보다 훨씬 더 진실되고 또 실제적인 것이 있다. 그런 아전인수 격의 논거를 바탕으로 조반니는 베아트리체를 신뢰했다. 그것은 그의 깊고 커다란 신념에서 온 것이라기보다는, 오히려 그녀의 고결한 특성에 의한 필연적인 힘에서 오는 것이었으나, 이제는 지금까지 정열에 심취하여 꼭대기까지 오른 높은 곳에 멈춰서 있는 것을 그의 정신이 허락하지 않았다. 그는 무릎을 꿇고 세속적인 의혹 앞에 항복했으며, 그 때문에 베아트리체에 대한 순결한 심상을 더럽혔다. 그녀의 정체를 꿰뚫어본 것은 아니었으나 그는 믿을 수 없게 되었던 것이다.

그는 그것을 한번 시험하면 모든 면에 있어서 그를 만족시킬 만한 어떤 단호한 시험을 시작해야겠다고 결심했다. 그것은 어떤 기이한 영혼 없이는 거의 존재할 수 없을 것이라 여겨지는 무시무시한 특성이 과연 그녀의 본질 속에 있는지 없는지를 시험해보는 일이었다. 멀리서 바라봤을 때는 어쩌면 도마뱀이나 곤충이나 꽃에 대해서 그의 눈이 그를 속인 것일지도 몰랐다. 하지만 만약 베아트리체가 겨우 두어 걸음 떨어진 곳에서 새로 핀 싱싱한 꽃을 손에 들고 나타나는 모습을 본다면 더 이상 의심할 필요는 없으리라. 이렇게 생각했기에 그는 서둘러 꽃집으로 달려가 아직 아침 이슬이 반짝이고 있는 꽃다발 하나를 샀다.

지금은 그가 매일 베아트리체를 만나는 시간이었다. 정원으로 내려가기 전에 그는 잊지 않고 자신의 모습을 거울에 비춰봤다. 그것은 아름다운 청년에게서 흔히 볼 수 있는 허영심 때문이기도 했고, 예전에는 정열이 불타오르는 순간에 나타나던 일종의 경박한 감정과 거짓된 성격의 표출이기도 했다. 그는 거울을 가만히 바라봤다. 지금까지 그의 용모에 이처럼 풍성한 아름다움이 나타난 적은 없었다. 그 눈에도 지금까지 이렇게 쾌활한 빛은 없었다. 그 뺨에서도 지금까지 이렇게 왕성한 생명의 빛이 불타오른 적은 없었다.

'적어도 내 몸에는 아직 그녀의 독이 흘러들지는 않은 모양이군. 나는 꽃이 아니기 때문에 그녀가 쥐어도 죽지는 않을 거야.' 라고 그는 생각했다.

그는 아까부터 손에 들고 있던 꽃다발로 시선을 가져갔다. 그리고 그 이슬에 젖은 꽃이 벌써 시들기 시작한 것을 본 순간, 말로 표현할 수 없는 공포와 전율이 그의 전신을 감쌌다. 그 꽃은 바로 어제까지만 해도 싱싱하고 아름다운 모습을 간직하고 있었다.

조반니의 얼굴에서 핏기가 사라져 대리석처럼 하얗게 변했다. 그는 거울 앞에 서서 아주 끔찍한 것의 모습이라도 바라보는 눈빛으로 자신의 영상을 바라보았다. 그는 방안 가득 감돌고 있을 것만 같은 냄새에 대해서 발리오니 교수가 한 말을 떠올렸다. 내 호흡에 독기가 서려 있는 것이 분명하다. 그는 몸서리를 쳤다. 자신의 몸을 보고 떨었다.

잠시 후 정신을 차린 그는 신기하다는 듯 거미 한 마리를 바라보기 시작했다. 거미는 그 방의 예스러운 돌출장식을 오가며 정교하게 줄을 엮어 부지런히 집을 짓고 있었다. 그것은 낡은 천장에서부터 언제나 대롱대롱 매달려 내려올 정도로 매우 활발한 거미였다.

조반니가 그 거미에게로 다가가 깊고 긴 숨을 내쉬자 거미는 갑자기 자신의 일을 멈추었다. 그 줄은 이 조그만 장인의 몸에서 일어나고 있는 전율 때문에 흔들리고 있었다. 조반니는 거미를 향해 더욱 깊고 더욱 긴 숨을 다시 내쉬었다. 그는 마음 깊은 곳에서 솟아오르는 독살스러운 감정으로 가득

차 있었다. 그는 악의에서 그런 행동을 하고 있는 것인지, 단순히 화가 나서 그런 행동을 하고 있는 것인지 자신으로서도 알 길이 없었다. 거미는 다리를 괴롭다는 듯 떨다가 창문 앞으로 죽어 떨어졌다.

"저주를 받았단 말인가. 내 숨결만으로도 이런 벌레가 죽을 정도로 너는 유독하게 되었단 말인가?"라고 조반니가 조그만 목소리로 스스로에게 말했다.

그 순간 정원 쪽에서 풍요롭고 다정한 목소리가 들려왔다.

"조반니……. 조반니……. 벌써 약속 시간이 지났잖아요. 뭘 꾸물거리시는 거예요? 얼른 내려오세요."

조반니는 다시 중얼거렸다.

"그래. 내 숨결에도 죽지 않는 생물은 저 여자뿐이야. 차라리 죽일 수 있다면 좋으련만……."

그는 달려 내려가 곧 베아트리체의 다정하게 반짝이는 눈앞에 섰다.

그는 분노와 실망감에 사로잡혀 단번에 그녀를 시들어버리게 해야겠다고 생각했으나, 그녀의 실제 모습을 접하고 나니 바로 떨쳐내기에는 너무나도 강렬한 매력을 지니고 있었다. 그는 종종 자신을 종교적 냉정함으로 인도해준 그녀의 미묘(美妙)한 자비로운 힘을 생각했다. 순수하고 맑은 샘물이 그 바닥까지 투명한 모습을 그의 심안에 분명하게 비쳤을 때 그녀의 가슴에서 정열이 솟아오르던 것을 떠올렸다. 그는 이 모든 추악한 비밀은 세속적인 착각에 지나지 않는다고 생각했다. 그 어떤 불길한 기운이 서려 있는 안개가 그녀 주위를 감싸고 있다 할지라도 실제의 베아트리체는 신성한 천사라고 생각했다. 그는 물론 그렇게 강하게 믿을 수는 없었지만 그래도 그녀의 모습은 그에 대해서 조금도 그 매력을 잃지 않았다.

조반니의 분노는 약간 사그라졌으나 언짢음과 냉담한 태도까지 숨길 수는 없었다. 베아트리체는 예민한 영감으로 그와 자신 사이에 넘을 수 없는 어두운 간격이 가로놓여 있음을 바로 깨달았다. 두 사람은 슬프다는 듯 말없이 함께 걸었다. 대리석 분수 부근까지 가자 그 중앙에는 보석과도 같은 꽃이 달린 관목이 자라고 있었다. 조반니는 마치 식욕을 느낀 사람처럼 열심히 그 꽃의 냄새를 맡으며 기뻐하다 문득 그런 자신의 모습을 깨닫고 깜짝 놀랐다.

"베아트리체. 이 관목은 어디서 온 거죠?"라고 그가 갑자기 물었다.

"아버지께서 처음으로 만드셨어요."라고 그녀가 간단히 대답했다.

"처음 만드셨다…… 만들어냈다는 말인가요?"라고 조

반니가 되풀이하듯 말했다. "베아트리체. 그게 대체 무슨 소리죠?"

베아트리체가 대답했다.

"아버지는 놀랄 정도로 자연의 비밀을 잘 알고 계시는 분이세요. 제가 이 세상에 태어났을 때, 그와 동시에 이 나무가 흙 속에서 싹을 틔웠어요. 저는 그저 평범한 아이였지만 이 나무는 아버지의 학문, 아버지의 지식이 낳은 아이였어요. 그 나무에 가까이 가셔서는 안 돼요."

조반니가 그 나무에 조금씩 다가가는 것을 보고 그녀가 조마조마하다는 듯 말했다.

"그 나무는 당신이 꿈에도 생각지 못할 성질을 가지고 있어요. 저는 그 나무의 숨결을 마시며 그 나무와 함께 자랐어요. 그 나무와 저는 자매예요. 저는 인간을 사랑하는 것처럼 그 나무도 사랑해왔어요. ……어머, 당신은 그런 의심을 품고 계시지 않으셨나요? ……거기에는 무시무시한 운명이 있었어요."

순간 조반니가 그녀를 보며 매우 어둡고 불쾌한 표정을 지었기에 베아트리체는 한숨을 쉬며 몸을 떨었으나 남자의 다정한 마음을 믿고 있었기에 그녀는 다시 마음을 다잡았다. 그리고 단 한순간이나마 그를 의심했다는 사실을 부끄럽게 생각했다.

"거기에는 무시무시한 운명이 있었어요."라고 그녀가 다시 말했다. "아버지께서 끔찍할 정도로 학문을 사랑하신 결과 저를 인간의 모든 운명에서 멀어지게 하신 거예요. 그래도 신께서는 마침내 당신을 보내주셨어요. 나의 소중하고 소중한 조반니……. 가엾은 베아트리체는 그전까지 얼마나 외로웠었는지요."

"그게 괴로운 운명이었나요?"라고 조반니가 그녀를 응시하며 물었다.

"바로 얼마 전에 얼마나 괴로운 운명인지를 알게 되었어요. 그래요, 그 전까지 제 마음은 감각을 잃고 있었기에 특별히 아무것도 느끼지 못했었어요."

"제길!" 하고 그가 독기 넘치는 모멸과 분노로 발끈하며 외쳤다. "너는 자신의 고독을 참지 못해, 나까지도 모든 따뜻한 인생에서 떼어내 차마 입에 담기도 싫은 끔찍한 세계로 데려가려 했단 말이냐?"

"조반니……."

베아트리체가 그 크고 빛나는 눈을 남자의 얼굴 쪽으로 돌리며 말했다. 그의 말이 가진 힘이 상대방의 마음까지는 도달하지 못했기에 그녀는 단지 벼락에라도 맞은 것 같은 느낌만이 들었다.

이제 조반니는 이성을 잃고 분노에 휩싸여 마구 소리를

질러댔다.

"그래, 맞아. 독부! 네가 그렇게 만든 거야. 너는 나를 저주로 쓰러뜨렸어. 내 혈관을 독약으로 가득 채운 것도 네 짓이야. 너는 나를 너와 마찬가지로 증오스럽고 혐오스러운 인간, 죽은 것이나 다를 바 없는 추한 인간으로 만들어버렸어. 세상에서도 가장 꺼림칙하고 신기한 괴물로 만들어버린 거야. 자, 다행스럽게도 우리의 숨결이 다른 것에도 그런 것처럼 서로의 목숨을 앗을 수 있다면 한없이 증오스러운 입맞춤을 한번해서 서로 죽어버리기로 하자."

"제게 대체 무슨 일이 일어난 겁니까, 마리아님! 부디 저를 불쌍히 여겨주시기 바랍니다. ……이 가엾은 실연의 자식을……."

베아트리체가 마음속에서 솟아오르는 목소리로 낮게 흐느끼듯 말했다.

"네가……. 네가 지금 기도를 한단 말이냐?'라고 조반니는 여전히 악마적인 모멸감을 담아 외쳤다. '너의 입술에서 나오는 그 기도는 공기를 '죽음'으로 더럽히고 있어. 그래, 맞아. 같이 기도하자. 같이 교회로 가서 그 문 앞의 성수에 손을 담그자. 우리 뒤에 온 사람들은 모두 그 독 때문에 목숨을 잃고 말 거야. 하늘에 십자가 긋는 시늉을 하자. 그러면 신성한 심벌을 그리는 흉내를 내며 밖으로 저주를 흩뿌릴 수 있을 거야."

"조반니……."

베아트리체가 조용히 말했다. 그녀는 너무 슬픈 나머지 화조차 낼 수 없었다.

"당신은 어째서 그렇게 무서운 말 속에 저와 함께 당신까지 끌어들이려 하시는 건가요? 그래요, 저는 당신이 말씀하신 것처럼 끔찍한 사람이에요. 하지만 당신은 그렇지 않아요. 이 화원에서 나가 당신과 같은 사람들 속에 섞여, 다른 사람들이 몸서리를 치는 저 같은 것은 문제 삼지 말아 주세요. 가련한 베아트리체 같은 괴물이 예전에 땅 위를 기어 다녔다는 사실 따위 깨끗이 잊어주세요."

"끝까지 모르는 체하겠단 말이지?'라고 조반니는 눈썹을 찌푸리며 그녀를 보았다. "이걸 보라고. 이 힘은 틀림없이 라파치니의 딸에게서 얻은 거야."

거기에는 목숨을 잃게 될지도 모를 화원의 꽃 냄새에 이끌린 여름 벌레 한 무리가 먹을 것을 찾기 위해 조반니의 머리 위에 모여 공중을 맴돌고 있었다. 잠시 후, 몇 그루의 관목에 이끌려 날아든 것과 같은 힘에 의해서 그에게도 이끌리고 있다는 사실을 분명히 알 수 있었다. 그는 그들 사이로 숨을 내쉬었다. 그러자 적어도 스무 마리쯤 되는 곤충들이 땅 위로 떨어져 숨을 거두었고 그는 베아트리체를 돌아보며 쓸쓸하다는 듯 미소를 지어 보였다.

베아트리체가 외쳤다.

"알았어요, 알았어요. 이건 아버지의 무시무시한 학문 때문이에요. 아니요, 아니요, 조반니……. 그건 제가 그런 게 아니에요. 결코 제가 아니에요. 저는 당신을 너무나도 사랑한 나머지 아주 잠깐 동안만 당신과 함께 있고 싶었을 뿐이에요. 그리고 당신의 모습을 제 마음에 남겨둔 채 작별을 고하려 했던 거예요. 조반니……. 제발 저를 믿어주세요. 비록 제 몸은 독약에 의해 길러지고 있지만 마음만은 신께서 만드신 것이기에 나날의 양식으로 사랑을 열망하고 있었어요. 그런데 저희 아버지가……, 아버지가 학문에 대한 동정, 그 무시무시한 동정으로 저희를 연결 지으신 거예요. 네, 이제 그만 저를 멀리 차버리세요, 짓밟아버리세요, 목숨을 앗아버리세요. 당신께 그런 말씀을 들었으니 죽음 따위는 조금도 두렵지 않아요. 하지만……, 하지만, 그런 짓을 한 건 제가 아니에요. 행복한 세상을 위해서 제가 그런 일을 할 리가 없잖아요."

조반니는 자신의 분노가 입술에서 폭발하는 대로 그냥 내버려두었었기에 지금은 지쳐서 마음이 가라앉아 있었다. 그의 마음속에서 베아트리체와 자신과의 밀접한, 그리고 특수한 관계에 대해 슬퍼하는 부드러운 감정이 솟아오르기 시작했다. 말하자면 그들은 더할 나위 없이 고독한 상태에 놓인

셈으로 사람들이 많이 모이면 모일수록 더욱 고독해지리라. 만약 그렇다면 그들 주위에 펼쳐진 인간의 사막은 이 고립된 두 사람을 한층 더 밀접하게 결합시키게 될 것이다. 자신이 평범한 성질로 되돌아가 베아트리체의 손을 잡고 그녀를 이끌어줄 희망이 아직은 남아 있지 않을까 하고 조반니는 생각하게 되었다.

하지만 베아트리체의 깊고 깊은 사랑이 조반니의 온갖 험담에 의해 그토록 가슴 아픈 상처를 받은 후에도 이 세상의 결합, 이 세상의 행복이 있을 수 있다고 생각했다면 그것은 참으로 완고하고 이기적이고 천박한 마음일 것이다. 아니, 그런 소망은 애초부터 생각할 수도 없는 것이었다. 그녀는 사랑에 깨져버린 마음을 간직한 채 현세의 경계를 고통스럽게 넘지 않으면 안 된다. 그녀는 마음의 상처를 낙원의 샘물에 담그고, 또 불멸의 빛에 비추어 그 슬픔을 잊지 않으면 안 된다.

하지만 조반니는 그 사실을 눈치채지 못했다.

"사랑하는 베아트리체……."

그녀는 평소와 다름없이 그가 가까이 다가오는 것을 두려워했으나, 그는 이상한 충동에 휩싸여 그녀에게 다가갔다.

"내가 세상 누구보다도 사랑하는 베아트리체. 우리의 운명은 아직 그렇게 절망적인 것은 아닙니다. 보세요. 이건 훌륭한 의사가 인정한 묘약입니다. 그 뛰어난 효능은 마치 신과도 같다고 합니다. 이건 당신의 무시무시한 아버지가 당신과 제 몸에 이런 재앙을 가져다준 것과는 전혀 반대가 되는 요소로 이루어진 겁니다. 이건 신성한 풀을 증류해서 취한 것이에요. 어떻습니까? 같이 이 약을 먹어 우리 몸의 재앙을 씻어내지 않겠습니까?"

"그걸 제게 주세요."

남자가 가슴에서 꺼낸 은으로 된 작은 꽃잎을 받으려 손을 내밀며 베아트리체가 말했다. 그리고 한껏 힘을 주어 덧붙였다.

"제가 마실게요. 하지만 당신은 그 결과를 기다려주세요."

그녀가 발리오니의 해독제를 입술에 댄 바로 그 순간, 입구 쪽에 라파치니의 모습이 나타나더니 대리석 분수가 있는 쪽으로 천천히 다가왔다. 가까이 다가올수록 이 창백한 과학자는 매우 자랑스럽다는 듯한 태도로 아름다운 청년과 아가씨를 바라보고 있는 것처럼 느껴졌다. 그것은 마치 하나의 그림, 혹은 한 무리의 조각상을 완성하기 위해 평생을 바친 예술가가 드디어 그것을 완성하여 커다란 만족감에 잠긴 듯한 모습과도 같았다.

그는 잠시 멈춰 서서 구부정한 몸을 일부러 힘껏 폈다. 그는 자신의 아이들을 위해 행복을 비는 아버지와 같은 태도를 취하며 그들 위로 두 손을 뻗었으나 그것은 그들의 생명의 흐름 속에 독약을 주입한 바로 그 손이었다. 조반니는 몸을 떨었다. 베아트리체는 신경질적으로 몸부림을 쳤다. 그녀는 한 손으로 가슴을 눌렀다.

라파치니가 말했다.

"베아트리체. 너는 이제 이 세상에 혼자 있지 않아도 된단다. 너의 자매인 그 관목에서 보석과도 같이 귀한 꽃을 하나 따서 네 신랑의 가슴에 달라고 해보아라. 그건 더 이상 그에게도 유해하지 않을 게야. 나의 학문의 힘과 너희 두 사람의 동정으로, 나의 자부심이자 승리의 딸인 너처럼 이 사람의 몸의 조직도 바꾸어 지금은 보통 남자들과는 다른 사람이 되었단다. 그러니 다른 모든 사람들은 두려워할지라도 너희 두 사람은 안전하다. 앞으로 사이좋게 살아가도록 해라."

"아버지, 아버지는 어째서 이렇게 비참한 운명을 저희에게 주신 거죠?"

베아트리체가 힘없는 목소리로 말했다. 그녀는 조용히 말했으나, 그 손은 아직도 가슴을 누르고 있었다.

"비참하다고······."하며 아버지가 외쳤다. "대체 무슨 생각을 하는 게냐? 어리석은 아이로구나. 네게 반대하면 그 어떤 힘도 네 적을 지켜줄 수 없을 만한 천부의 능력을 주었는데 비참하다고 생각하는 게냐? 가장 강력한 자라도 한 번의 숨결로 제압할 수 있는데 비참하다고 말하는 게냐. 너는 아름다움과 두려움을 함께 가지고 있는데 그것을 비참하다고 말하는 게냐? 그렇다면 너는 모든 악을 폭로 당해도 힘 한번 쓸 수 없는 나약한 여자의 처지가 더 낫다고 생각한다는 게냐?"

딸이 땅바닥에 무릎을 꿇고 조그만 목소리로 말했다.

"저는 두렵게 여겨지기보다는 사랑을 받고 싶어요. 하지만 이제 와서 그런 건 아무래도 상관없어요. 아버지, 저는 이제……. 아버지가 제 몸에 심으려 했던 재앙이 꿈처럼, ……이 독이 있는 꽃의 냄새처럼 사라져버리는 곳으로 가겠어요. 에덴동산의 꽃 가운데, 제 숨결에 독이 스며들게 할 꽃은 없겠지요. 그럼 안녕히 계세요, 조반니……. 당신이 하신 증오의 말씀은 납덩이처럼 제 마음속에 남아 있어요. 그것도 제가 천국으로 올라가면 전부 잊을 수 있을 거예요. 아아, 당신의 체질에는 제 체질 속에 있던 것보다 더 많은 독이 처음부터 감춰져 있던 건 아닐까요."

현세에서의 그녀의 모습은 라파치니의 뛰어난 수완에 의해서 매우 합리적으로 만들어졌기 때문에 독약이 그녀의 생명 자체였던 것과 마찬가지로 효능이 뛰어난 해독제는 곧 '죽음'이었다.

이렇듯 인간의 발명과 거기에 맞서는 성질의 희생양이 되어, 이처럼 오용된 지식의 노력에 따른 운명의 희생양이 되어, 가엾은 베아트리체는 아버지와 조반니의 발밑에 쓰러지고 말았다.

바로 그때 피에트로 발리오니 교수가 창을 내다보며 승리감과 공포심이 뒤섞인 듯한 목소리로 외쳤다. 그는 벼락을 맞은 것처럼 놀란 과학자를 향해서 커다란 목소리로 말했다.

"라파치니……. 라파치니……. 이것이 자네 실험의 결말이란 말인가?"

북극성호의 선장

아서 코난 도일(Arthur Conan Doyle, 1859~1930)

영국의 작가, 의사, 정치가. 추리소설, 역사소설, SF소설 등을 다수

발표했다. 특히 『셜록 홈즈』 시리즈의 작가로 잘 알려져 있으며, 현

대 미스터리 작품의 기초를 쌓았다. 그 외의 소설로는 『잃어버린 세

계』, 『마이카 클라크』 등이 있다.

1

　9월 11일, 북위 81도 40분, 동경 2도. 우리는 여전히 장대한 빙원의 한가운데 정박 중이다. 우리의 북쪽으로 펼쳐져 있는 한 빙원에 우리는 닻을 내렸는데 그 빙원은 우리 영국의 1개 군과도 맞먹을 만한 크기다. 좌우 양쪽으로 얼음의 면이 지평선 저 멀리까지 끝도 없이 펼쳐져 있다. 오늘 아침, 항해사가 남쪽에 빙괴의 조짐이 있다고 보고했다. 만약 그것이 우리의 귀환을 방해하기에 충분한 두께를 형성한다면 우리는 커다란 위험에 처하게 되는데, 들리는 소리에 의하면 식량은 이미 약간 부족한 상태라고 한다. 때는 마침 시즌의 끝 무렵이어서 긴 밤이 다시 나타나기 시작했다. 오늘 아침. 배 앞쪽 돛대의 가장 밑에 있는 활대 바로 위에서 별이 다시 반짝였다. 이는 5월 초 이후 처음 있는 일이었다.

　선원들의 얼굴에는 불만의 빛이 가득하다. 그들 대부분은 청어 어획기에 맞춰 귀국하기를 간절히 바라고 있다. 그 어획기가 되면 스코틀랜드 해안지방에서는 노동자의 임금이 훌쩍 오르곤 한다. 하지만 그들은 그 불만을 단지 불편한 심기와 매우 험악한 표정으로만 드러낼 뿐이다.

오늘 오후가 되어 선원들이 대리인을 보내 선장에게 불만을 토로하려 한다는 사실을 이등항해사로부터 들었으나 선장이 그것을 받아들일지는 참으로 의심스럽다. 그는 매우 거친 성격이고, 또 자신의 권한을 침범하는 듯한 일에 대해서는 매우 민감하게 반응하기 때문이다. 저녁 식사를 마친 후에 나는 이 문제에 대해서 선장에게 넌지시 말을 건네 볼 생각이다. 예전부터 그는 다른 선원에게는 크게 화를 낼 때도 내게만은 늘 관대한 태도를 취했다.

스피츠베르겐의 북서쪽 귀퉁이에 있는 암스테르담 섬이 우리 배의 우현 너머로 보이는데 섬은 화산암의 울퉁불퉁한 선을 이루고 있으며, 빙하를 드러내고 있는 하얀 지층선과 교차되어 있다. 일직선으로 따져도 족히 1,500㎞는 된다. 그린란드 남부의 덴마크 이주지에서 가까운 곳에는 현재 그 어떤 인류도 살고 있지 않은 듯하다는 사실을 생각해보면 참으로 신기하다는 생각이 든다. 무릇 선장이란 배가 이와 같은 경우에 처했을 때는 스스로 커다란 책임을 져야 한다. 그 어떤 포경선도 이런 시기에, 이러한 위도에 멈춰선 적은 없었다.

오후 9시, 나는 마침내 크레이기 선장에게 사실을 털어놓왔다. 그 결과는 도저히 만족스러운 것이라고 할 수 없었으나 선장은 매우 조용히, 그리고 열심히 내 말을 들어주었다. 내가 이야기를 마치자 그는 내가 종종 보아왔던 그 철과도 같은 결단의 빛을 얼굴에 띠운 채 몇 분 동안 좁은 선실 안을 빠른 걸음으로 돌아다녔다. 처음 나는 그를 정말로 화나게 한 것이 아닐까 생각했으나 그는 화를 참고 다시 앉아 거의 추종에 가까운 자세로 내 팔을 잡았다. 그의 거칠고 사납고 검은 눈이 나를 매우 놀라게 했으나 그 눈 속에는 부드러움 또한 어려 있었다.

"이보게, 의사양반."하고 그가 말을 시작했다. "사실 당신을 데려왔다는 사실을 나는 늘 미안하게 생각하고 있었소. 아마도 던디 항에는 더 이상 돌아가지 못할 거요. 이번에야말로 끝장을 보겠소. 우리의 북쪽에는 고래가 있었소. 물줄기를 내뿜는 고래들을 돛대 꼭대기에서 내 틀림없이 봤으니 당신이 아무리 머리를 흔들어도 소용없는 일이오."

나는 특별히 그것을 의심하는 듯한 모습은 조금도 보이지 않았다고 생각했는데 그는 갑자기 화가 폭발한 듯 이렇게 외쳤다.

'나도 남자야! 22초 동안에 22마리의 고래! 그것도 수염이 3m나 되는 커다란 녀석을! (고래잡이들은 고래를 몸의 길이로 측정하지 않고 수염의 길이로 측정한다.) 그런데 의사양반, 당신은 나와 내 운명 사이에 고작 얼음 정도의 방해물이 껴들었다고 해서 내가 이곳을 떠날 거라 생각했소? 만약 내일이라도 북풍이 분다면 우리는 어획물을 배에 가득 싣고 얼음이 얼기 전에 돌아갈 수 있을 거요. 하지만 남풍이 분다면……, 선원들은 모두 목숨을 걸어야 할 거요. 물론 내게 그런 일은 아무것도 아니지만. 왜냐하면 나는 이 세상보다 저세상과의 인연이 훨씬 더 깊은 듯하니. 하지만 솔직히 말해서 당신에게는 정말 미안하게 생각하고 있소. 나는 요전에 우리와 함께 왔던 앵거스 테이트 노인을 데려왔어야 했어. 그 노인이라면 설령 죽는다 해도 원망은 하지 않을 테니. 그런데 당신은……, 당신은 언젠가 결혼을 했었다고 했었지?"

"그렇습니다." 하고 나는 시곗줄에 묶어놓은 조그만 로켓의 뚜껑을 열어 플로라의 조그만 사진을 보여주었다.

"제길!" 하고 그는 의자에서 벌떡 일어나 분노로 수염을 곤두세우며 외쳤다. "나와 당신의 행복이 무슨 상관이란 말이지. 내 눈앞에서 당신이 연연하는 그런 사진 속 여자와 내가 무슨 관계가 있단 말이지."

격노한 나머지 당장에라도 나를 때려 쓰러뜨리는 것이 아닐까 하는 생각이 들 정도였다. 하지만 그는 다시 한 번 소리를 지른 후에, 선실의 문을 벌컥 열어젖히고는 갑판으로 달려나갔다.

혼자 남은 나는 그가 갑자기 보인 난폭함에 약간 놀라지 않을 수 없었다. 그가 나에 대해서 예의를 지키지 않고, 또 친절한 태도를 취하지 않았던 것은 이번이 처음이었다. 이 글을 쓰고 있는 지금도, 나는 선장이 매우 흥분해서 머리 위를 여기저기 걸어 다니는 소리를 듣고 있다.

나는 이 선장의 모습을 묘사해보고 싶지만, 아무리 잘 생각해보아도 내 자신의 마음속 관념부터가 애매모호한 것이기 때문에 그런 글을 쓴다는 것은 참으로 우스운 짓이라고 생각한다. 나는 지금까지 몇 번이고 선장의 인물됨을 설명할 수 있을 만한 열쇠를 쥐었다고 생각했으나, 그는 언제나 더욱 신기한 성격을 내보여 내 결론을 뒤엎었을 뿐만 아니라 나를 실망시킬 뿐이었다. 틀림없이 나 이외에 이런 글을 읽으려는 사람은 없을 것이다. 하지만 나는 한 심리학적 연구로써 이 니콜라스 크레이기 선장에 관한 기록을 남길 생각이다.

무릇 그 사람의 외부에 나타나는 것은 얼마간 그 내면의 정신을 드러내고 있는 법이다. 선장은 키가 크고 균형 잡힌 체격에 피부가 거뭇한 미장부(美丈夫)다. 그리고 손발을 경련적으로 이상하게 움직이는 버릇이 있다. 이는 신경질적인 성격 탓이거나, 혹은 단순히 그의 넘치는 정력 때문일지도 모른다. 입가와 얼굴 전체의 모습은 참으로 남자답고 결단력이 있는 것처럼 보이며, 그 눈은 이론의 여지도 없이 얼굴의 특징을 이루고 있다. 칠흑같이 새카만 개암나무처럼 날카로운 빛을 발하는 두 개의 눈은 대담함을 나타내는 것이라고 나는 종종 생각하지만, 거기에는 틀림없이 공포의 빛이 어려 있는 것 같은 어떤 다른 종류의 무엇인가가 묘하게 섞여 있다. 대부분의 경우에는 대담한 빛이 언제나 우세를 점하지만, 그가 명상에 잠기거나 할 때면 때때로 공포의 빛이 깊이 퍼져 마침내는 그 용모 전체에 새로운 성격을 부여하기에 이른다. 그는 어떤 경우에도 잠을 깊이 자지 못한다. 그리고 한밤중에도 그가 무엇인가 외치는 소리를 자주 들을 수 있다. 하지만 선장실은 내 선실에서 약간 떨어진 곳에 있기 때문에 그의 말을 분명히 알아들을 수는 없다.

우선 이것이 그의 성격 중 한 부분인데, 가장 마음에 들지 않는 점이기도 하다. 내가 이런 점을 관찰할 수 있었던 것은 아마도 지금처럼 그와 내가 하루하루 매우 밀접한 사이에 있었기 때문이리라. 만약 그처럼 밀접한 관계가 우리 사이에 없었다면 그는 참으로 유쾌한 동료이자, 아는 것이 많고 재미있어서 지금까지 바다 생활을 해온 가운데서만난 매우 훌륭한 선원 중 한 사람이라 여겨졌을 것이다. 나는 지난 4월 초, 얼음이 녹기 시작한 속에서 커다란 바람을 만났을 때 배를 다루던 그의 솜씨를 쉽게 잊지는 못하리라. 번개의 번뜩임과 바람의 아우성 속에서 선교를 앞뒤로 돌아다니던 그날 밤의 그처럼 쾌활하고, 오히려 유쾌하다는 듯 기뻐하던 모습을 나는 한 번도 본 적이 없었다. 그는 내게 종종, 죽음을 상상하는 것은 오히려 유쾌한 일이다, 물론 젊은이에게 이런 말을 한다는 건 그다지 바람직한 일은 아니지만, 이라고 말했다.

그의 머리와 수염에는 벌써 백발이 희끗희끗 섞여 있지만 사실은 서른 살을 얼마 넘지 않았을 것이다. 짐작건대 틀림없이 어떤 커다란 슬픔이 그를 덮쳐 그의 전 생애를 말라버리게 한 것이리라. 나 역시도 만약 플로라를 잃는다면 틀림없이 그와 똑같은 상태에 빠지게 될 것이다. 나는 만약 그것이 그녀의 신상과 아무런 관계도 없다면, 내일 바람이 북쪽에서부터 불어오든 남쪽에서부터 불어오든 그런 건 아무래도 상관없다고 생각한다.

아아, 선장이 채광창을 내려오는 소리가 들린다. 그리고 자신의 방으로 들어가 문을 잠갔다. 이는 그의 마음이 아직 풀리지 않았다는 증거다. 자자, 그럼 피프스 할아버지가 늘 입버릇처럼 말하듯, 그만 자도록 해볼까. 초도 이미 다 타서 스러지려 하고 있다. 게다가 급사도 이미 잠이 들어서 초 하나를 더 얻을 수 있을 것 같지도 않다.

2

9월 12일, 평온하고 좋은 날씨. 배는 여전히 같은 위치에 있다. 바람은 남서쪽에서만 불어오고 있다. 단, 매우 약하다. 선장은 마음이 풀렸는지 아침 식사 전에 어제의 실례를 내게 사과했다. 하지만 그는 지금도 여전히 약간 멍한 상태에 있는 듯하다. 눈에는 아직 그 난폭한 빛이 남아 있다. 스코틀랜드에서 그것은 '죽음'을 의미하는 것이다. 적어도 우리 배의 기관장은 내게 그렇게 말했다. 기관장은 우리 배의 선원 중 켈트족 사람들 사이에서는 전조를 예언하는 사람으로 상당히 유명세를 떨치고 있다.

냉정하고 실제적인 이 인종 사이에서 미신이 그렇게 세력을 떨치고 있다는 것은 참으로 이상한 일이다. 만약 내가 직접 그것을 보지 못했다면 그 미신이 널리 퍼져 있다는 사실을 도저히 믿지 못했을 것이다. 이번 항해에서는 미신이 크게 유행하게 되었다. 심지어는 나까지도 토요일에만 허락되는 그로그(럼주에 물을 탄 것. — 역주)와 적정량의 진정제와 신경강장제를 같이 먹을까 하는 마음이 들기 시작했다. 미신의 첫 번째 징후는 우선 다음과 같은 것이었다.

셰틀랜드를 출발한 지 얼마 지나지 않아서 타륜에 있던

뱃사람들이, 무엇인가가 배를 따라오고 있는데 끝내 따라잡지는 못하겠다는 듯 배 뒤에서 슬픈 외침과 찢어질 듯한 소리를 올리는 것을 들었다고 자꾸만 되풀이해서 이야기한 것이 일의 발단이었다.

이 이야기는 항해가 끝날 때까지 계속되었다. 그랬기 때문에 물개의 어획이 시작되는 어두운 밤이면 뱃사람들에게 타륜을 지키게 하는 일이 그리 수월하지만은 않았다. 의심할 여지도 없이 뱃사람들이 들은 것은 체인이 삐걱거리는 소리이거나 지나가는 물새의 울음소리였으리라. 나는 그 소리를 듣기 위해 몇 번이고 침대에 있다가 그곳으로 불려갔으나 부자연스러운 소리는 아무것도 듣지 못했다. 하지만 뱃사람들은 한심할 정도로 그것을 믿고 있었기에 의견을 교환할 여지가 없었다. 예전에 이 일을 선장에게 이야기한 적이 있었는데 그 역시도 매우 신중하게 이 문제를 받아들였기에 나는 적잖이 놀랐다. 그리고 실제로 그는 내 말에 마음이 상당히 어지러워진 모양이었다. 나는 적어도 그만은 그와 같은 망상에 당연히 초연할 줄 알았기에 놀라지 않을 수 없었다.

미신이라는 문제에 대해서 여러 가지로 알아보던 중, 나는 이등항해사인 맨슨이 어젯밤에 유령을 보았다는 사실, 아니 적어도 그는 봤다고 말하고 있다는 사실을 알게 되었다. 몇 개월 동안이나 끊임없이 들어온 곰이나 고래에 대한 늘 똑

같은 얘기 가운데 어떤 새로운 대화가 끼어든다는 것은 참으로 기분을 새롭게 하는 것이다. 맨슨은 이 배에 무엇인가가 씌워 있으니 만약 다른 곳으로 갈 수만 있다면 단 하루도 이 배에는 머물지 않을 것이라고 말했다.

실제로 그 사람은 두려움을 느끼고 있는 듯했다. 이에 나는 오늘 아침에 그를 진정시키기 위해서 클로랄과 브롬산칼륨을 약간 먹게 했다. 내가 그에게 '자네 그제 밤에 특별한 망원경을 들고 있었다며?' 하고 놀렸더니 녀석 완전히 분개한 듯했다. 그랬기에 나는 그를 달래기 위해서 가능한 한 진지한 표정으로 그의 이야기를 들어주지 않을 수 없었다. 그는 그 이야기를 처음부터 사실로써, 자랑스럽다는 듯 시작했다.

그는 이렇게 말했다.

"나는 한밤중의 당직에서 벨이 네 번 울릴 무렵(당직 시간은 4시간씩이고 벨은 30분에 한 번씩 증가하며 울리게 되어 있다. 따라서 네 번 울렸다는 것은 정확히 절반이 지난 시각이다) 선교에 있었소. 정말 칠흑 같은 밤이었소. 하늘에는 조각달이 걸려 있는 듯했지만 구름이 그것을 스쳐 지나가고 있었기에 멀리 떨어진 배에서는 분명하게 볼 수가 없었소. 바로 그때 작살수인 무레아드가 선수에서 선미로 와, 우현 선수 쪽에서 기묘한 소리가 들린다고 보고했소. 나는 앞쪽 갑판으로 가서 그와 함께 귀를 기울여 소리를 들었는데 어떨 때는 우는 아이와도 같았고, 또 어떨 때는 마음에 상처를 받은 아가씨의 소리처럼 들리기도 했소. 나는 이 지역을 17년째 다니고 있지만, 나이 든 놈이든 어린 놈이든 물개가 그렇게 우는 소리는 지금까지 한 번도 들어본 적이 없었소. 우리가 선수에 서 있을 때 달빛이 구름 사이로 새어나왔기에 우리는 조금 전 울음소리가 들려왔던 곳에서 무엇인가 허연 것이 빙원을 가로질러 움직이는 것을 볼 수 있었소. 그것은 곧 사라졌지만 다시 좌현 쪽에서 나타났고, 얼음 위에 던져진 그림자처럼 분명하게 그것을 알아볼 수 있었소.

나는 한 뱃사람에게 선미 쪽으로 가서 총을 가져오라고 명령했소. 그리고 나는 무레아드와 함께 바다 위에 떠 있는 얼음덩이 위로 내려갔소. 그건 틀림없이 곰일 것이라고 생각한 거요. 우리가 얼음 위로 내려섰을 때 나는 무레아드를 시야에서 놓쳤지만 그래도 소리가 나는 쪽으로 다가갔소. 나는 아마도 1.5㎞ 이상 그 소리를 따라갔을 거요. 그리고 얼음 언덕 주위를 달려 마치 나를 기다리기라도 하듯 서 있는 그 정상으로 곧바로 올라가 밑을 내려다보았으나 그 허연 모습을 한 것이 무엇이었는지는 전혀 알 수 없었소. 어쨌든 곰은 아니었소. 그것은 키가 크고, 허옇고, 곧게 뻗은 것이었소. 만약 그것이 남자도 아니고 여자도 아니었다면 훨씬 더 좋지 않은 것이었다는 사실을 분명하게 보장할 수 있소. 나는 두려움에 정신없이 배 쪽으로 달려와 배에 올라타고서야 간신히 안심할 수 있었소. 나는 승선 중 자신의 의무를 다하겠다는 조건에 서명을 했으니 이 배에 머물기는 하겠지만, 해가 진 뒤에는 두 번 다시 얼음 위에 오르지 않을 생각이오."

이것이 그의 이야기였고, 나는 가능한 한 그의 말 그대로를 기록한 것이다.

그는 강하게 부인하고 있지만 내 상상에 의하면 그가 본 것은 틀림없이 어린 곰이 뒷발로 서 있는 모습이었으리라. 그런 자세는 곰이 무엇인가에 놀라거나 했을 때 자주 취하는 자세다. 흐릿한 불빛 속에서 그것이 사람의 모습으로 보였던 것이리라. 더구나 이미 마음속에 어느 정도 번민이 있는 사람 아닌가? 그것이 무엇이든 그런 일이 일어났다는 것은 어쨌든 일종의 불행이라고 할 수 있는데, 그것이 다수의 선원들에게 커다란 불쾌감과 좋지 않은 결과를 가져다주었기 때문이다.

그들은 전보다 한층 더 굳은 표정을 지었으며, 불만의 빛이 더욱 노골적으로 드러나기 시작했다. 청어잡이에 나서지 못한다는 사실과, 그들이 무엇인가에 씌운 배라고 말하는 곳에 머물러야 한다는 이중의 불만이 그들에게 무모한 행동을 취하게 할지도 모른다. 선원 가운데 가장 나이가 많고, 또 가장 착실한 그 작살수마저도 모두의 소란에 가담하고 있다.

이 한심스러운 미신 소동이 발생한 것을 제외하면 나머

지 일들은 전부 유쾌하게 보일 정도다. 우리의 남쪽 지점에 생겼던 빙산의 일부는 녹아버렸으며, 해조는 그린란드와 스피츠베르겐 사이를 달리는 만류(灣流)의 한 지류에 우리 배가 있는 것이라고 믿게 할 만큼 따뜻해지기 시작했다. 배 주위에 수많은 새우와 작은 해파리와 바다소 등이 모여 있기 때문에 고래가 나타날 확률은 매우 높다. 아니나 다를까 저녁 식사 무렵에 물줄기를 내뿜는 고래 1마리를 보기는 했으나 그런 위치에 있어서는 배로 쫓을 수가 없다.

9월 13일. 선교 위에서 일등항해사인 밀른 씨와 흥미로운 이야기를 나누었다.

뱃사람들에게 있어서 우리 배의 선장은 커다란 수수께끼인 듯하다. 내게도 그랬지만, 선주에게조차 그랬던 모양이다. 밀른 씨의 말에 의하면 항해가 끝나 금전관계가 청산되면 크레이기 선장은 어딘가로 가버려 그대로 모습을 드러내지 않는다고 한다. 다시 계절이 다가오면 그는 어느 날 갑자기 회사 사무실에 조용히 나타나 자신이 필요한지를 묻는다고 한다. 그 전까지는 결코 그의 모습을 볼 수 없다고 한다. 던디에 그의 친구는 아무도 없으며, 그의 과거를 아는 사람 역시 아무도 없다고 한다. 선장이라는 그의 지위는, 오로지 뱃사람으로서의 솜씨와 용기와 침착함에 대한 명성에 의해 얻어진 것이었다. 그리고 그 명성도 그가 개개의 지휘권을 부여받기 전에, 항해사로서의 기량에 의해서 전부 획득한 것이었다. 그는 스코틀랜드 사람이 아니며, 그의 스코틀랜드식 이름은 가명일 것이라는 것이 모두의 일치된 의견인 듯했다.

밀른 씨는 또 이렇게 생각하고 있기도 했다. 선장이라는 직업은 그가 선택할 수 있는 직업 중에서 가장 위험한 직업이라는 이유로 단지 포경에 몸을 맡겨온 것일 뿐, 그는 온갖 방법으로 죽음을 구하고 있다고. 밀른 씨는 또 그에 대해서 여러 가지 예를 들었다. 그 가운데 하나는, 만약 그것이 사실이라고 한다면 오히려 이상하기 짝이 없는 일이다. 한번은 선장이 사냥철이 왔는데도 그 사무실에 모습을 드러내지 않았기에 그를 대신할 만한 사람을 물색하지 않으면 안 되었다. 그것은 마침 러시아에서의 전쟁이 시작되었을 무렵이었다. 그리고 그 이듬해 봄, 선장이 다시 그 사무실에 모습을 드러냈을 때는 목 옆에 주름투성이 상처가 생겨 있었다. 그는 언제나 그것을 목깃으로 감추려 애써 노력했다. 그가 전쟁에 참가했었을 것이라는 밀른 씨의 추측이 사실인지 아닌지는 나로서도 알 수는 없지만, 어쨌든 이것은 참으로 신기한 우연의 일치라고 하지 않을 수 없다.

바람이 약간 동쪽 방향으로 불고 있기는 하나 여전히 미풍이다. 짐작건대 얼음은 어제보다 더 단단해진 듯하다. 세상은 온통 하얀 설원, 가끔씩 보이는 얼음의 균열 부분이나 얼음 언덕의 거뭇한 그림자 외에는 무엇 하나 시야를 가로막는 것이 없는 일대 빙원이다. 멀리 남쪽으로 푸른 바다의 좁은 통로가 보인다. 그곳이 우리가 이곳에서 벗어날 수 있는 유일한 길이지만, 그것조차 나날이 얼어가고 있다.

선장은 스스로 중대한 책임을 느끼고 있다. 듣자하니 감자 저장고는 이미 바닥을 드러냈으며, 비스킷조차 부족한 상황이라고 한다. 하지만 선장은 여전히 무표정한 얼굴로 망원경을 통해 지평선을 둘러보며 하루의 대부분을 돛대 위의 망루에서 보내고 있다. 그의 태도는 매우 변덕스러운데 그는 나와 함께 있기를 일부러 피하고 있는 듯하다. 그렇다고 해서 어젯밤에 보였던 것과 같은 난폭한 모습을 다시 보인 것은 아니다.

3

오후 7시 30분. 숙고 끝에 내가 내린 결론은, 우리는 미치광이의 지배를 받고 있다는 것이다. 이 외의 다른 말로는 크레이기 선장의 변덕을 도저히 설명할 수가 없다. 내가 이 항해일지를 써왔다는 것은 참으로 다행스러운 일이다. 우리가 그를 어떤 종류의 감금 하에 놓는다 하더라도—이 수단은 최

후의 수단일 뿐이라고 나는 생각하고 있지만— 우리의 행위
를 정당한 것이라고 증명해야 할 경우에는 이 일지가 어떤 커
다란 역할을 하게 될지 알 수 없기 때문이다. 참으로 이상한
일이지만 정신착란을 먼저 암시한 것은 선장 자신이었는데,
그 괴이한 행동의 원인이 단순히 특이하고 독특한 정신 때문
만은 아니라고 여겨진다.

　　그는 약 1시간쯤 전에 선교 위에 서 있었다. 그리고 내가
뒤쪽 갑판을 이리저리 돌아다니는 동안에도 가만히 서서 쉬지
않고 망원경을 들여다보았다. 선원의 대부분은 밑에서 차를
마시고 있었다. 왜냐하면 요즘에는 파수를 보는 일이 규칙적
으로 행해지지 않게 되었기 때문이다. 걷기에 지친 나는 돛대
에 몸을 기댄 채 주위에 펼쳐진 빙원으로 막 잠겨들려 하는
태양이 던지는 맑은 빛을 진심으로 감탄하며 바라보고 있었
는데, 내 바로 근처에서 들려온 갈라진 목소리에 갑자기 정신
이 들어 그 몽환 상태에서 깨어났다. 그와 동시에 선장이 주
위를 두리번거리며 내려와 내 바로 옆에 서 있는 것이 보였
다.

　　그는 두려움과 놀라움과 어떤 기쁨이 다가오고 있는 듯
한 감정이 서로 싸우고 있는 것 같은 표정으로 얼음 위를 바
라보고 있었다. 추위에도 불구하고 커다란 땀방울이 그의 이
마로 흘러내려 그가 매우 흥분했다는 사실을 분명히 알 수 있

었다. 그의 손발은 지금 당장에라도 간질의 발작이 일어날 것 같은 사람의 그것처럼 꿈틀꿈틀 경련을 일으키기 시작했다. 입 부근은 보기 싫게 일그러진 채 굳어 있었다.

"저길 보게!"라며 그가 내 손목을 잡고 숨이 찬 듯 말했다.

하지만 시선은 여전히 멀리 있는 얼음 위에 고정되어 있었으며, 머리는 환영의 벌판을 가로질러 움직이는 무엇인가를 쫓듯 천천히 지평선 부근을 향해 움직이고 있었다.

"저길 보게! 저기, 저기에 사람이! 얼음 언덕 사이에! 곧 저 뒤에서 나타날 거야! 이보게, 저 여자가 보이지? 물론 당연히 보이겠지! 오오, 아직 저기에! 내가 따라가겠어. 틀림없이 도망치고 있는 거야…… 아아, 가버렸다!"

그는 이 마지막 한마디를 고통스러울 정도로 답답하다는 듯한 투로 중얼거렸다.

그것은 아마도 내 기억에서 영원히 지워지지 않을 것이다. 그는 줄사다리에 매달려 돛대 위로 올라가려고 애를 썼다. 그것은 마치 떠나가는 자의 마지막 눈길을 얻으려는 사람의 모습과도 같았다.

하지만 힘이 부치는지 홀의 채광창으로 비틀비틀 물러나더니 지친 듯 숨을 헐떡이며 거기에 몸을 기대버리고 말았다. 그의 얼굴빛이 창백해졌기에 나는 그가 의식을 잃는 것이 아닐까 하는 생각이 들어 곧장 그를 데리고 채광창에서 내려와 선실의 소파 위에 그의 몸을 눕혔다. 그런 다음 그의 입에 브랜디를 흘려 넣었다. 다행스럽게도 그것이 멋진 효과를 발휘하여 창백했던 그의 얼굴에 혈기가 돌기 시작했으며, 떨리던 손발도 안정을 되찾게 되었다. 그는 팔꿈치를 대고 몸을 일으켜 주위를 둘러보다 우리 두 사람밖에 없다는 사실을 깨닫고 드디어 안심했는지, 자기 옆으로 와서 앉으라고 나를 손짓해서 불렀다.

"당신은 보았겠지?"라고 선장이 자신의 성격과는 전혀 어울리지 않게 낮고 두렵다는 듯한 목소리로 물었다.

"아니요, 아무것도 보지 못했습니다."

그의 머리는 다시 쿠션 위로 떨어졌다.

"아아, 그래. 망원경을 가지고 있지 않았었군." 하고 그가 중얼거렸다. "그럴 리가 없어. 내게 그녀를 보여준 것은 망원경이야. 그리고 사랑의 눈……, 그 사랑의 눈을 보여주었어. 이보게 의사양반, 급사를 이 방 안으로 들이지 말아주게. 녀석은 내가 미친 것이라고 생각할 테니. 저 문을 잠가주기 바라네. 부탁이야!"

나는 자리에서 일어나 그의 말대로 했다.

그는 명상에 잠긴 듯 한동안 가만히 누워 있다가 잠시 후 다시 팔꿈치를 대고 몸을 일으키더니 브랜디를 더 달라고 말했다.

"당신은 내가 미쳤다고 생각지는 않겠지……."

내가 브랜디 병을 선반에 치우고 있자니 그가 이렇게 물었다.

"남자 대 남자 아닌가? 분명하게 말해보게. 자네는 내가 미쳤다고 생각하나?"

"선장님 마음속에 어떤 근심이 있는 것 아닙니까? 그것이 선장님을 흥분케도 하고, 또 매우 고통스럽게도 하는 것인 듯합니다."라고 나는 대답했다.

"당신 말이 맞아."라고 브랜디에 힘을 얻어 눈을 반짝이며 선장이 외쳤다. "아주 많은 근심이 있지. 아주 많은……. 그래도 나는 아직 위도와 경도를 측정할 수 있어. 육분의와 대수표도 정확히 다룰 수 있어. 자네는 절대로 법정에서 내가 미쳤다는 사실을 증명할 수 없을 거야."

그가 의자에 기대앉아 자못 냉정한 듯 자신은 제정신이라고 이야기하는 소리를 듣고 있자니 나는 묘한 기분이 들기 시작했다.

"틀림없이 그걸 증명할 수는 없을 겁니다."라고 내가 말했다. "하지만 저는 될 수 있는 대로 빨리 돌아가서서 한동안 조용히 생활하시는 편이 좋으리라 생각합니다."

"뭐, 귀국하라고……." 하고 그가 얼굴에 조소의 빛을 띠우며 말했다. "귀국하라는 건 나를 위해서, 조용히 생활하라는 건 자네 자신을 위해서 하는 말 아닌가? 플로라……, 사랑스러운 플로라와 함께 생활하기 위해서. 그건 그렇고, 악몽은 발광의 징후인가?"

"그렇지는 않습니다."

"그렇다면 다른 징후는 없는가? 가장 먼저 나타나는 징후는 뭐지?"

"두통, 이명, 현기증, 환상……. 대충 이런 것들입니다."

"아아, 뭐라고……?" 하고 갑자기 그가 말을 끊었다.

"어떤 것을 환상이라고 하는 거지?"

"거기에 없는 것을 보는 것이 환상입니다."

"하지만 그 여자는 거기에 있었어."라고 그가 웅얼거리듯 말했다. "그 여자는 틀림없이 거기에 있었어."

그는 자리에서 일어나 문을 열고 비틀거리며 천천히 선장실 쪽으로 향했다.

나는 의심의 여지도 없이 선장은 내일 아침까지 그 방 안에 머물 것이라고 생각했다. 그가 봤다고 생각한 것이 무엇인지는 모르겠으나, 그의 몸은 상당한 충격을 받은 듯했다.

선장은 날이 갈수록 점점 더 이상해져갔다. 나는 그 자신이 암시한 것이 사실이며, 또 이성을 잃은 것이 아닐까 염려스러웠다. 그가 자신의 어떤 행동에 대해서 양심의 가책을 받고 있는 것이라고는 여겨지지 않았다. 그런 생각은 고급 선원

사이에서는 흔히 볼 수 있는 것이며, 일반 선원들도 역시 마찬가지일 것이라 여겨진다. 하지만 나는 이 생각을 주장할 수 있을 만한 어떤 것도 본 적이 없었다. 그에게서 죄를 저지른 사람 같은 모습은 조금도 찾아볼 수 없었다. 그는 가혹한 운명에 시달려서, 죄인이라기보다는 차라리 순교자라고 할 수 있을 만한 모습을 더 많이 보여주었다.

오늘 밤의 바람은 남쪽을 향해 불고 있다. 바라건대 우리의 유일한 안전 항로인 그 좁은 통로가 막히지 않기를……. 대북극의 얼음덩이, 즉 포경자들이 '관문'이라고 부르는 곳의 끝자락에 위치해 있기는 하지만 어떤 바람이 분다 해도 북쪽으로만 불어준다면 우리 주위의 얼음을 깨고 우리를 구할 수 있을 것이다. 하지만 남쪽으로 부는 바람은 녹기 시작한 얼음을 전부 우리 뒤쪽으로 몰고 와 두 개의 빙산 사이에 있는 우리를 포위해버리고 말 것이다. 부디 무사하기를, 나는 거듭 빌었다.

9월 14일. 일요일이자 안식일. 내가 우려하던 일이 마침내 현실이 되어 나타났다.

유일한 도피로인 푸르고 가느다란 해수의 통로가 남쪽부터 사라지기 시작했다. 이상한 얼음 언덕과 기묘한 정상을 가진 채 움직이지 않는 커다란 빙원이 우리 주위에 펼쳐져 있을 뿐이다. 섬뜩함이 느껴지는 그 널따란 벌판을 뒤덮고 있는 것은 죽음과도 같은 침묵이다. 지금은 잔잔한 물결조차 일지 않으며, 갈매기 울음소리도 들려오지 않고, 돛을 펼친 그림자도 없고, 오로지 전 우주에 가득 찬 침묵만이 있을 뿐이다.

그 침묵 속에서 뱃사람들이 터뜨리는 불만의 목소리와 하얗게 빛나는 갑판 위로 퍼지는 그들의 발자국 소리가 참으로 부자연스럽고 조화롭지 못하게 울리고 있다. 유일하게 우리를 찾아온 것은 한 마리 북극여우뿐이었는데, 이것도 뭍에서는 매우 흔한 것이지만, 얼음 위에서는 극히 드문 것이다. 하지만 그 여우도 배 가까이 접근하지는 않고 멀리서 탐색하는 듯한 모습을 보이다 얼음 너머로 빠르게 달아나버리고 말았다. 이것도 이상한 행동이라고 할 수 있는데, 일반적으로 북극여우는 사람에 대해서 전혀 모르고 호기심이 많은 성격이기 때문에 쉽게 잡을 수 있을 만큼 가까이까지 다가오는 법이다. 믿기 어려운 얘기일 테지만, 당시는 이런 사소한 사건까지도 선원들에는 악영향을 주었다.

"저 깨끗한 동물은 괴물을 알아보는 능력이 있어. 맞아. 우리를 본 게 아니라 괴물을 봤기 때문이야."라는 것이 한 작살수의 설명 중 주된 내용이었다. 그리고 다른 사람들도 모두 거기에 동의를 표했기에 이런 근거 없는 미신에 반대하려는 자조차 거의 말을 하지 못했다. 그들은 이 배에 저주가 내렸다고 굳게 믿고, 또 그렇게 결론을 내려버린 것이다.

선장은 오후에 약 30분 정도 뒤쪽 갑판에 나와 있었을 뿐, 나머지는 하루 종일 자신의 방에 틀어박혀 있었다. 나는 그가 뒤쪽 갑판에서 어제 그 환영이 나타났던 곳을 가만히 바라보는 모습을 보았기에 또 무슨 일이 일어날지도 모르겠다고 충분히 각오하고 있었으나 특별히 이렇다 할 일은 일어나지 않았다. 내가 선장의 옆 가까이까지 다가갔으나 그는 나를 돌아보려는 모습조차 보이지 않았다.

기관장이 평소와 다름없이 기도를 했다. 포경선 안에서 잉글랜드 교회의 기도서가 언제나 쓰인다는 것은 우스운 일이다. 게다가 고급 선원 중에도, 일반 선원 중에도 잉글랜드 교회의 신자는 아무도 없다. 우리는 천주교도이거나 장로교회파 사람들로, 천주교도가 다수를 차지하고 있다. 그런데 그 어느 쪽도 아닌 종파의 의식이 행해지고 있기 때문에 자신들의 의식이 아니면 안 된다고 고집을 피울 수도 없다. 그리고 그런 방식이 마음에 든 사람들은 열심히 귀를 기울인다.

빛나는 일몰의 빛이 대빙원을 피의 호수처럼 물들였다. 나는 이처럼 아름다운, 그리고 이처럼 으스스한 광경을 본 적이 없다. 바람이 세차게 불고 있다. 북풍이 24시간 불어준다면 우리에게 여러 가지로 유리할 것이다.

4

9월 15일. 오늘은 플로라의 생일이다. 사랑하는 나의 여인이여. 너의 남자인 내가 정신이 이상해진 선장의 지휘 하에 겨우 몇 주일분의 식량밖에 없는 상황에서 얼음 속에 갇혔다는 사실을 너는 차라리 모르는 편이 나으리라. 의심할 여지도 없이 그녀는 셰틀랜드에서 우리의 소식이 보도되지나 않았는지 매일 스코츠맨 신문의 선박란을 눈에 불을 켜고 보고 있을 것이다. 나는 선원들에게 모범을 보이기 위해서 씩씩하게 평정을 가장하지 않으면 안 된다. 하지만 신은 아실 것이다. 내 마음이 종종 깊은 괴로움의 상태에 빠지곤 한다는 사실을.

오늘의 기온은 화씨 19도, 미풍이 불고 있다. 그것도 불리한 방향으로 불고 있다. 선장은 기분이 매우 좋다. 그는 이번에도 어떤 다른 전조나 환영을 보았다고 생각하고 있는 듯하다. 어제는 밤새도록 고민을 한 듯, 오늘 아침 일찍 내 방으로 찾아와 내 침상에 기대며, "그건 망상이었어. 아무것도 아니었어."라고 속삭였다.

아침 식사 후, 식량이 얼마나 남았는지 살펴보고 오라고 내게 명령을 했기에 곧바로 이등항해사와 함께 가보았더니 식량은 예상했던 것보다 훨씬 더 적었다. 배의 앞부분에 비스

킷이 절반 정도 든 탱크와 소금에 절인 고기 3통, 극소량의 커피 열매와 설탕이 있었다. 또 뒤쪽 창고와 찬장 안에 연어 통조림, 수프, 양고기 조림, 그 외의 음식들이 있었다. 하지만 이 것도 50명이나 되는 선원들이 먹는다면 순식간에 바닥을 드러내고 말 것이다. 그리고 저장실에 밀가루 2통과 숫자를 헤아릴 수 없을 정도의 담배가 있었다. 이들 전체를 긁어모아 각자의 식량을 절반으로 줄인다 해도 18일이나 20일 정도밖에 버틸 수 없을 것이다. 아마도 그 이상은 어려우리라.

우리 두 사람이 이런 사정을 보고하자 선장은 전원을 모아놓고 뒤쪽 갑판에서 일장 훈시를 했다. 나는 이때처럼 훌륭한 그의 모습을 지금까지 본 적이 없었다. 키가 크고 다부진 몸, 약간 거뭇하고 생기 넘치는 얼굴, 그는 그야말로 지배자로 태어난 사람처럼 보였다. 그는 냉정한 뱃사람 같은 태도로 차근차근 현재의 상황을 설명했다. 그 태도는, 한편으로는 위험을 통찰하고 있으면서도 다른 한편으로는 가능한 한 모든 탈출 기회를 엿보고 있다는 사실을 나타내는 것이었다.

"제군." 하고 그가 말했다. "제군은 제군을 이런 역경에 빠지게 한 것은 의심할 여지도 없이 바로 이 나라고 생각하고 있을 것이오. 그리고 제군 가운데는 틀림없이 그 사실을 좋지 않게 생각하는 사람도 있을 것이오. 하지만 지난 수년 동안 이 계절에 여기에 온 배들 가운데 그 어떤 배도 우리 북극성

호만큼 고래 기름으로 많은 수익을 낸 배는 없으며, 제군도 모두 큰돈을 분배받았다는 사실을 마음에 새겨주었으면 하오. 배짱 없는 뱃사람들은 아가씨를 만나기 위해 마을로 돌아갔으나, 제군은 깊이 생각해서 아내를 뒤에 남겨두고 여기까지 왔소. 따라서 만약 제군이 돈을 벌 수 있었기에 내게 감사해야 한다면, 이 모험에 가담해왔다는 사실에 대해서도 당연히 내게 감사해야 할 것이고 그것은 서로가 마찬가지일 것이오. 대담한 모험을 계획해서 성공을 거두었던 것이니, 지금 또 하나의 모험을 계획했다가 실패했다고 해서 그에 대해 불평해서는 안 될 것이오. 설령 최악의 경우를 상상한다 할지라도 우리는 얼음을 가로질러 뭍에 다가갈 수 있소. 물개의 저장고 속에 누워 있으면 봄까지는 충분히 살아남을 수 있소. 그러나 그런 최악의 경우는 웬만해서는 일어나지 않는 법이오. 3주가 채 지나기도 전에 제군은 다시 스코틀랜드의 해안을 볼 수 있을 것이오. 하지만 지금은 어쩔 수 없이 우리가 먹는 양을 절반으로 줄일 수밖에 없소. 똑같이 분배해서, 누구도 더 많은 양을 먹는 일이 없도록 해야 할 것이오. 제군은 마음을 굳게 먹기 바라오. 그리고 전에도 수많은 위험을 극복해왔던 것처럼, 앞으로도 더욱 노력해서 그것을 막아야 할 것이오."

그의 이 말은 선원들에게 놀라운 효과를 발휘했다. 그에 대한 지금까지의 불만은 이것으로 완전히 잊혀져버렸다. 미신가인 작살수 노인이 가장 먼저 만세 삼창을 하자, 선원 모두가 거기에 맞춰 진심으로 합창을 했다.

　9월 16일. 밤사이에 바람이 북쪽으로 방향을 바꾸어 얼음이 녹을 듯한 징후를 보였다. 식량이 매우 제한적으로 공급되고 있음에도 불구하고 선원들은 모두 쾌활하다. 위험구역에서 벗어날 기회가 생기면 한시의 지체함도 없이 출발할 수 있도록 기관실에서는 증기를 유지하고 있으며, 모든 출발 준비가 갖추어져 있다.

　선장은 아직 그 '죽음'의 그림자에서 벗어나지는 못했으나 기운은 넘쳐나고 있다. 이렇게 갑자기 유쾌한 듯 보였기에 나는 예전에 그가 음울했을 때보다 더 당황했다. 나는 그것을 도저히 납득할 수가 없다. 이 일지의 첫 부분에도 기록한 듯한데, 선장의 기벽 중 하나는 자신의 방에 결코 타인을 들이지 않는다는 것이다. 실제로 지금도 여전히 그것을 실행하고 있는데 그는 자신의 침상을 스스로 정리하고 있으며, 다른 선원들에게도 그렇게 하도록 하고 있다. 그런데 놀랍게도 오늘 그 방의 열쇠를 내게 건네주면서 그 선실로 내려가 자신이 정오에 태양의 고도를 재는 동안 선장의 시계로 시간을 재라고 내게 명령했다.

방은 세면대와 몇 권의 책이 구비되어 있는, 꾸밈없고 조그만 방이었다. 벽에 걸린 약간의 그림 외에는 거의 아무런 장식도 없었다. 그 대부분은 유화를 흉내 낸 싸구려 석판화였으나 유일하게 내 시선을 끈 것은 젊은 여자의 얼굴을 그린 수채화였다.

그것은 틀림없이 누군가의 초상화로, 뱃사람들이 특히 마음을 빼앗기는 상상적인 타입의 미인은 아니었다. 그 어떤 화가라도 그러한 성격과 나약함이 묘하게 뒤섞인 사람을 내면적으로 묘사하기란 그리 쉬운 일이 아니었을 것이다. 기다란 속눈썹, 활발하지 못하고 근심에 잠긴 것처럼 보이는 눈, 근심과 걱정에도 쉽사리 움직일 것 같지 않은 넓고 평평한 얼굴이, 굳게 다문 아랫입술과 강렬한 대조를 이루고 있었다. 초상화의 아래쪽 한편 구석에 'M. B, 19세' 라고 적혀 있었다. 겨우 19년이라는 짧은 생애 동안에 그녀의 얼굴에 새겨진 것과 같은 강한 의지의 힘을 나타낼 수 있다니, 그때의 나로서는 거의 믿을 수가 없었다. 그녀는 틀림없이 비범한 여자였던 듯한데, 그 용모가 내게는 매우 매력적으로 느껴졌다. 나는 그저 잠깐 보았을 뿐이지만, 만약 내가 제도가였다면 틀림없이 이 일기에 그녀의 용모에 관한 모든 점을 묘사할 수 있었을 것이다.

그녀는 우리 선장의 생애 가운데서 어떤 역할을 했던 것일까? 선장은 그 그림을 자신의 침상 끝에 걸어놓았으니 그의 시선은 늘 그 그림 위로 쏟아졌을 것이다. 만약 선장이 조금 더 빈틈이 있는 사람이었다면 이 일에 관해서 어떤 관찰을 할 수 있었을 테지만, 그는 말이 없고 조심스러운 성격이었기에 깊이 있는 관찰이 불가능했던 것이다.

선장실의 다른 물건 중에는 특별히 기록할 만한 것이 없다. 선장복, 휴대용 의자, 소형 망원경, 담배를 담은 깡통, 파이프 몇 개와 물담배를 피우는 관. 참고로 이 물담배를 피우는 관은 선장이 전쟁에 참가했었다는 밀른 씨의 이야기에 약간 힘을 실어주지만, 그런 연상은 오히려 잘 맞지 않는 것 같다.

오후 11시 20분. 선장은 오래도록 잡담으로 이야기꽃을 피우다 지금 막 침대에 들어갔다. 그가 유쾌한 기분일 때는 참으로 마음을 빼앗길 만한 상대다. 매우 박식하며, 독단적으로 보이지 않도록 자신의 의견을 강하게 나타내는 힘을 가지고 있다. 그것을 보면 나는 내 머리가 잘 돌아가지 않는다는 사실이 싫어진다.

그는 영혼의 성질에 대해서 이야기했다. 그리고 아리스토텔레스와 플라톤의 설을 잘 소화해서 문제 안에 적절히 대입시켰다. 그는 윤회를 배웠으며, 피타고라스(기원전 그리스의 철학자)의 설을 믿고 있는 듯 보였다. 이러한 문제를 논할 때 우리는 강신술에 대해서도 이야기했다. 내가 슬레이드의 사기에 대해서 장난스러운 비유를 하자, 그는 유죄와 무죄를 혼동해서는 안 된다고 매우 열심히 내게 경고를 주었다. 그리고 기독교와 사교(邪敎)를 똑같이 마음에 새기는 것은 옳은 논의다, 왜냐하면 기독교를 거짓으로 꾸민 유다는 악한이기 때문이라고 그는 논했다. 그로부터 얼마 지나지 않아서 그는 저녁 인사를 하고 자신의 방으로 돌아갔다.

바람이 방향을 바꾸어 틀림없이 북쪽에서부터 불어오고 있다. 밤은 영국의 밤처럼 어둡다. 내일은 이 얼음의 족쇄에서 벗어날 수 있기를 바란다.

9월 17일. 다시 유령 소동. 다행스럽게도 나는 매우 대담한 편이다. 배짱 없는 뱃사람들의 미신과, 열정적인 자신감을 갖고 그들이 이야기하는 자세한 내용은, 평소 그들에게 익숙하지 않은 사람을 전율케 할 것이다.

요괴 사건에 대해서는 여러 가지 설이 있다. 어쨌든 그 설들을 요약해보자면, 어떤 이상한 것이 배 주위를 밤새도록 맴돌고 있다는 것이다. 피터헤드 출신의 사이디 무도날드도 그것을 봤다고 말했으며, 셰틀랜드 출신인 키다리 피터 윌리엄슨도 그것을 보았다고 말했고, 밀른 씨도 역시 선교에서 틀림없이 보았다고 말했다. 이렇게 도합 세 사람의 증인이 있었기에 이등항해사가 보았을 때보다 선원들의 주장이 한층 더 유력해졌다.

아침 식사를 마친 후, 나는 밀른 씨에게 이런 황당한 일에는 초연해야 하며 무엇보다 다른 선원들에게 좋은 모범을 보여줘야 한다고 말했다. 하지만 그는 평소처럼 무엇인가를 예언하듯 비바람에 시달린 자신의 머리를 흔들고 특별한 주의를 기울이며 이렇게 대답했다.

"아마 그럴지도 모르고, 또 그렇지 않을지도 모르오, 의사양반." 하고 그가 말했다. "나는 그것을 유령이라 부르진 않았소. 거기에 대해서는 여러 가지 할 말이 있을 테지만, 나는 바다유령이나 그러한 종류의 것에 대해서 내 자신의 신조를 그럴듯하게 꾸며내는 짓은 하지 않았소. 내가 아무런 이유도 없이 겁을 내고 있는 건 아니오. 어쨌든 밝은 날에 이러쿵저러쿵 얘기하지 말고, 혹시 당신이 어젯밤 나와 함께 있다가 그 무시무시한 형상의 희고 섬뜩한 것이 이리저리 돌아다니며 마치 어미를 잃은 새끼 양처럼 어둠 속에서 울부짖는 소리를 들었다면 당신도 틀림없이 소름이 돋았을 거요. 그랬다면 당신도 황당한 얘기라고는 쉽게 얘기하지 못했을 거요."

그를 설득하기란 불가능한 일이라고 생각했기에, 나는 다음에도 만약 유령이 나타난다면 나를 깨워달라고 특별히 부탁을 해둘 수밖에 달리 방법이 없었다. 이 부탁에 그는 "그

런 기회가 절대로 찾아오지 않기를." 하는 소망이 담긴 기도
로, 어쨌든 승낙만은 해주었다.

5

내 소망대로 우리 뒤쪽의 얼음이 깨져 좁다란 물줄기가
나타나기 시작했다. 그것이 멀리 전체에 걸쳐서 넓어지고 있
다. 지금 우리가 머물러 있는 곳의 위도는 북위 80도 52분으
로 이것은 곧 얼음 사이에 남쪽으로부터 흘러온 강한 조류가
섞여 있다는 사실을 나타내는 것이다. 바람이 계속 유리하게
불어준다면 결빙 때와 같은 속도로 얼음이 다시 녹을 것이다.
지금 우리는 담배를 피우며 때를 기다리는 것 외에 아무런 일
도 할 수 없다. 나는 급격하게 운명론자가 되어가려 하고 있
다. 바람이나 얼음처럼 불확실한 요소들만 다루다보면 인간
도 결국은 그렇게 될 수밖에 없다. 마호메트의 첫 번째 제자
들의 마음을 운명에 따르게 한 것은 틀림없이 아라비아 사막
의 바람이나 모래일 것이다.

이와 같은 유령 소동이 선장에게 아주 좋지 않은 영향을
주었다. 나는 그의 예민한 마음을 자극할까 두려웠기에 그 황
당한 이야기를 숨기려 노력했으나 불행하게도 그는 선원 중
한 사람이 그 일에 대해서 이야기하는 것을 우연히 듣고 무슨

일이 있어도 그것을 자세히 알아야겠다고 말했다. 그리고 내가 예상했던 것처럼 잠시 진정 기미를 보이던 선장의 마음은 그 이야기 때문에 다시 광기를 띠기 시작했다. 이 사람이 어젯밤에 가장 비판적인 총명함과 가장 냉정한 비판으로 철학을 논하던 바로 그 사람이라고는 도저히 믿어지지가 않았다. 그는 우리 안에 갇힌 호랑이처럼 뒤쪽 갑판을 이리저리 오가고 있다. 때때로 자리에 멈춰서 멍한 모습으로 손을 내밀며 무엇인가 참을 수 없다는 듯 가만히 얼음 위를 바라보곤 한다.

그는 쉴 새 없이 중얼거리고 있다. 그리고 딱 한 번, "아주 잠깐만, 사랑을 해줘……. 아주 잠깐만!' 이라고 외쳤다.

아아, 가엾게도. 훌륭한 바닷사람이자 교양 있는 신사가 이와 같은 처지로 몰락해가는 모습을 지켜본다는 것은 슬픈 일이다. 또한 참된 위험도 그저 생활 속의 자극 중 하나에 지나지 않는다고 여기고 있는 선장의 마음을 그 공상과 망상이 위협하고 있다는 사실을 생각하면 더욱 슬퍼지지 않을 수 없다. 발광을 시작한 선장과 유령에 떨고 있는 항해사 사이에서 나와 같은 지위에 섰던 사람이 예전에도 또 있었을까? 때로 나는 그 이등기관사를 제외하면 이 배 안에서 제정신인 사람은 내가 유일하지 않을까 하는 생각이 들었다. 하지만 그 기관사도 일종의 명상가로 그를 혼자 내버려두는 한, 또 그 도구를 흩트리지 않는 한 그는 홍해의 악마에 관한 것 외에는 어느 것에도 주의를 기울이지 않는다.

　얼음은 여전히 빠르게 녹고 있었다. 내일 아침이면 출발할 수 있으리라는 희망을 충분히 품을 수 있게 되었다. 귀국해서 지금까지 있었던 신기한 일들을 이야기하면, 사람들은 틀림없이 내가 만들어낸 이야기라고 생각할 것이다.

　오후 12시. 나는 말할 수 없는 섬뜩함을 느꼈다. 지금은 어느 정도 안정을 되찾았지만 그것은 독한 브랜디를 한 잔 마신 덕분이다. 일기의 아래 내용들이 증명할 테지만, 나는 아직도 완전히는 제정신으로 돌아오지 못했다. 나는 매우 신기한 경험을 했다. 그리고 내게는 도저히 합리적이라고 여지지 않는 것을 그들이 틀림없이 봤다고 하기에 나는 배 안의 사람들을 모두 미친 사람들이라고 단정하고 있었으나, 지금은 그런 내 생각이 과연 옳은 것인지 매우 의심스러워졌다. 아아, 이런 말도 안 되는 일에 신경을 빼앗겨버리다니, 나 역시도 그렇게 멍청한 사람이었단 말인가? 이 모든 것이 그 한심스러운 소동 뒤에 일어난 일이지만 여기에 기록해둘 만한 가치는 있다고 생각한다. 늘 무시하고 있던 일이었으나 내가 직접 그것을 경험하고 나니 지금은 밀른 씨의 이야기도, 그 항해사의 이야기도 전부 의심을 할 수가 없게 되었기 때문이다.

　틀림없이 이것도 특별한 일은 아니었을 것이다. 그저 하나의 소리에 지나지 않았으리라. 나는 이 일기를 읽는 사람이 이 부근을 읽었다 할지라도 나와 같은 감정을 느끼거나, 그때 내가 느꼈던 결과를 실감하게 되리라고는 생각지 않는다.

저녁 식사를 마치고 나는 잠자리에 들기 전에 조용히 담배를 피우고 싶었기에 갑판 위로 올라갔다. 밤은 어두웠다. 매우 어두워서 선미에 있는 구명정 아래에 서 있어도 선교 위에 있는 항해사의 모습이 보이지 않을 정도였다. 전에도 이야기한 것처럼 커다란 침묵이 이 얼음의 바다에 가득 들어차 있었다. 이 세계의 다른 곳에서는, 설령 그곳이 그 어떤 불모지라 할지라도 희미하게나마 대기의 진동이라는 것을 느낄 수 있다. 멀리 사람들이 모여 있는 곳에서도, 혹은 나뭇잎에서도, 혹은 새의 날갯짓에서도, 또는 땅을 덮고 있는 풀의 가느다란 술렁임 속에서조차 어떤 희미한 울림이 느껴지는 법이다. 인간이 적극적으로 음향을 지각하는 것은 아니지만, 만약 소리라는 것이 완전히 사라져버린다면 참으로 쓸쓸하고 외로울 것이다. 깊이를 알 수 없는 참된 정적이 현실 속 온갖 섬뜩함을 가지고 우리 위에 펼쳐져 있는 곳은 여기 북극의 바다뿐으로, 희미한 속삭임까지도 포착하려 긴장하고 배 안에서 잠깐 일어난 조그만 소리에도 열심히 귀를 기울이는 나 자신과 나의 고막을 느낄 수 있었다.

나는 그런 마음으로 혼자 뱃전에 기대 있었는데 거의 내 바로 밑 얼음에서, 밤의 정적 속 공기를 깨고 날카롭게 외치는 소리가 들려왔다.

처음에는 오페라의 프리마돈나조차 흉내 낼 수 없을 정도로 좋은 소리였으나, 그것이 점점 소리를 높이더니 정점에 이르러서는 고통으로 가득 찬 긴 울음소리로 변해버리고 말았다. 그것은 죽은 자의 마지막 절규였을지도 모른다. 그 끔찍한 절규는 아직도 내 귓가에서 울리고 있다. 비애, 말로는 표현할 길이 없는 비애가 그 안에 담겨 있는 듯했으며, 또 커다란 열망과 때로는 그것을 꿰뚫고 미친 듯한 기쁨의 어지러움이 뒤섞여 있는 것 같은 소리가 들리기도 했다. 그것은 내 바로 옆에서 들려왔는데 어둠 속을 가만히 응시했지만 아무것도 알아볼 수가 없었다. 나는 잠시 기다려보았으나 그 소리를 다시 들을 수는 없었기에 그대로 내려와 버리고 말았다. 나의 전 생애를 통틀어서 단 한 번도 맛본 적이 없는 전율을 느끼며……

채광창 부근까지 내려왔을 때 파수를 서기 위해 올라오는 밀른 씨를 만났다.

"그래, 의사양반." 하고 그가 말했다. "그건 틀림없이 황당무계한 이야기겠지. 당신은 그 날카로운 소리를 듣지 못했소? 아마도 그것은 미신이겠지. 그런데 지금은 어떻게 생각하슈?"

나는 이 정직한 사내에게 사과하고 나도 역시 그처럼 당황하고 있다는 사실을 인정하지 않을 수 없었다. 아마 내일이면 내 생각도 달라지리라. 하지만 지금의 내게는 내 생각을 전부 기록할 만한 용기가 거의 없다. 훗날, 지금의 섬뜩한 연상을 전부 털어버리고 난 뒤에 이것을 다시 읽는다면 나는 틀림없이 겁쟁이 같았던 나 자신을 비웃을 것이다.

9월 18일. 나는 여전히 그 기묘한 소리에 시달리며 차분하지 못하게 불안한 하룻밤을 보냈다. 선장도 편안히 잔 것처럼은 보이지 않았다. 그의 얼굴은 창백하고 눈에는 핏발이 서 있다.

나는 어젯밤의 모험을 그에게 이야기하지 않았다. 아니, 앞으로도 절대 이야기하지 않을 것이다. 그는 이미 차분함을 완전히 잃었으며 커다란 흥분 상태에 있다. 안절부절 침착하지 못하고 한시도 가만히 있을 수가 없는 모양이다.

내 예상대로 오늘 아침에는 보기 좋게 얼음 사이로 길이 열려 마침내 닻을 올리고 서남서쪽으로 약 20㎞ 정도 전진했으나 커다란 빙산 하나가 떠내려와 길을 막았기에 어쩔 수 없이 배를 거기에 세우게 되었다. 이 빙산은 우리가 뒤에 남기고 온 어느 빙산에도 뒤지지 않을 만큼 거대한 것이다. 그것이 우리의 길을 완전히 막아버렸기 때문에 우리는 다시 닻을 내리고 얼음이 녹기를 기다리는 것 외에 달리 할 수 있는 일이 없다. 물론 바람이 계속 불어주기만 한다면 틀림없이 24시간 안에 얼음이 녹을 것이다. 코가 부풀어 오른 물개 몇 마리가 물속에서 헤엄치고 있는 것이 보였기에 그중 한 마리를 쏘아 잡아보니 크기가 약 3.5m나 되는 멋진 놈이었다. 놈들은 사납고 싸우기를 좋아하는 동물로 곰 이상의 힘을 가지고 있다고 하지만, 다행히 그 동작이 둔하고 정교하지 못하기 때문에 얼음 위에서 그들을 덮쳐도 위험은 거의 없다.

선장은 이것이 고생의 끝이라고는 전혀 생각지 않고 있는 듯했다. 다른 선원들은 모두 기적적으로 탈출할 수 있을 것이라 생각하여 이제 넓은 대양으로 나가는 것은 시간문제라고 낙관하고 있는데, 선장은 왜 사태를 비관적으로만 보고 있는지 나로서는 도저히 이해할 수가 없었다.

"의사양반. 보아하니 당신은 이제 걱정할 것 없다고 생각하고 있는 듯하군." 하고 저녁 식사 후 같이 있을 때 선장이 말했다.

"그랬으면 좋겠습니다."라고 내가 대답했다.

"하지만 너무 낙관해서는 안 돼. 물론 틀림없는 사실이기는 하지만…… 우리는 모두, 곧 각자가 진심으로 사랑하는 사람에게로 돌아갈 수 있을 거요. 그렇지 않은가? 하지만 너무 낙관해서는 안 돼. ……지나치게 낙관해서는 안 돼."

그는 깊은 생각에 빠진 듯 다리를 앞뒤로 흔들며 잠시 말이 없었다.

"이보게, 의사양반." 하고 그가 말을 이었다. "여기는 위험한 장소야. 날씨가 가장 좋을 때에도 언제 어떤 변화가 일어날지 알 수 없는 위험한 곳이야. 나는 이런 곳에서 아주 갑작스럽게 사람이 목숨을 잃은 사실을 알고 있어. 때로는 아주 사소한 실수 하나가 그런 결과를 불러오기도 하지. 단 한 번의 실수로 얼음이 갈라진 틈에 빠져버리면 녹색 거품이 사람이 빠진 곳을 알려줄 뿐, 모든 것이 끝장이야. 참으로 우습지?"

그가 신경질적인 웃음을 지으며 다시 말을 이었다.

"꽤 오랜 기간 동안 매해 이 지방으로 왔지만 나는 아직한 번도 유언장을 써야겠다고 생각한 적은 없었어. 물론 뒤에남길 만한 특별한 것이 전혀 없기 때문이기도 하지만……. 그래도 사람이 위험에 처한 경우에는 만사를 잘 처리하고 또 미리 준비를 해두어야 한다고 생각하는데, 그렇지 않은가?"

"그렇습니다."라고 나는 그가 대체 무슨 생각을 하고 있는 걸까 이상히 여기며 대답했다.

"어떤 사람이든 그 모든 것을 이미 정리했다고 생각하면안심도 할 수 있는 법이지."라고 그는 다시 말했다. "그래서하는 말인데, 혹시 내게 무슨 일이 일어나면 모쪼록 자네가나를 대신해서 모든 일을 처리해주기 바라네. 내 선실에 그리대단한 물건은 없지만 어쨌든 그런 하찮은 것들이라 할지라도 전부 팔아서 그 돈은 고래 기름 대금이 선원들에게 분배되듯, 공평하게 분배해주기 바라네. 시계는 이번 항해에 대한 조그만 기념으로 자네가 보관해주기 바라네. 물론 이건 그저 미리 대비를 해놓기 위한 말에 지나지 않네만, 나는 언젠가 자네에게 이야기해야겠다 생각하고 기회를 엿보고 있었다네. 만약 그럴 필요가 있다면 나는 자네의 신세를 지게 될 거라 생각하네만."

"정말 그렇습니다."라고 내가 대답했다. "선장님께서 이런 수단을 취하신다니, 그럼 저도……."

"자네는……, 자네는……." 하고 그가 내 말을 가로막았다. "자네는 괜찮아. 대체 자네와 무슨 상관이란 말이지? 나는 한때의 기분으로 얘기하고 있는 게 아니야. 이제 막 어른이 된 젊은이가 '죽음'에 대해서 생각하고 있다는 사실을 듣는 건 그리 좋은 일이 아니야. 이제 선실 안에서의 쓸데없는 얘기는 그만두고 갑판으로 나가 신선한 공기를 마시기로 하세. 나도 그렇게 해서 기운을 얻어야겠으니."

이 대화에 대해서 생각하면 생각할수록 나는 기분이 더욱 좋지 않아진다. 모든 위험에서 벗어날 수 있을 것 같은 순간에 어째서 유언 같은 말을 할 필요가 있는 건지. 그의 변덕에는 틀림없이 어떤 이유가 있는 것이리라. 그는 자살을 생각하고 있는 걸까? 나는 언젠가 그가 자기 파괴는 혐오스러운 죄라고 매우 경건한 태도로 이야기한 적이 있다는 사실을 떠올렸다. 하지만 지금의 나는 그에게서 눈을 떼서는 안 된다. 그의 방으로 들어갈 수는 없을 테지만, 적어도 그가 갑판에 있는 때만은 나도 반드시 갑판에 있어야겠다고 생각했다.

밀른 씨는 나의 공포를 비웃으며 그것은 단지 '선장의 버릇 중 하나'에 지나지 않는다고 말했다. 그는 사태를 매우 낙관적으로 보고 있다. 그의 말에 의하면 모레 아침까지는 우리를 가두고 있는 얼음에서 벗어날 수 있으리라는 것이다. 그로부터 이틀 후면 얀 마옌을 지나고, 다시 일주일쯤 후면 셰틀랜드를 볼 수 있으리라는 것이다. 부디 그가 지나치게 낙관하고 있는 것이 아니기를 바란다. 하지만 그의 의견은 선장의 비관적인 생각과는 달리 아마도 공평한 판단일 것이다. 그는 오래전부터 여러 가지 경험을 해온 뱃사람으로 무슨 일이든 깊이 생각한 뒤가 아니면 쉽게 입을 열지 않는 사람이니…….

6

오래도록 우려했던 불행의 대단원이 마침내 찾아오고 말았다. 나는 그것을 어떻게 기록해야 좋을지 잘 모르겠다. 선장은 떠나버리고 말았다. 어쩌면 그는 살아서 다시 돌아올지도 모른다. 하지만……, 하지만 그것은 거의 절망적이다.

지금은 9월 19일 오전 7시다. 나는 그의 발자취라도 찾을 수 있을까 싶어 한 무리의 뱃사람들을 데리고 밤새도록 앞쪽 빙산을 돌아다녔으나 그것은 헛수고였다. 나는 그의 행방불명에 대해서 여기에 짧게 적을 생각이다. 혹시 훗날 이것을 읽는 사람이 있다면 이 이야기는 억측이나 풍문에 의해서 쓴 것이 아니라 멀쩡한 정신을 가진, 그것도 제대로 된 교육을 받은 내 눈앞에서 실제로 일어난 일을 정확하게 기술한 것임을 꼭 알아줬으면 한다. 내 생각은, 그것은 단지 내 개인의 생각임에는 틀림없지만 그 사실에 대해서 나는 어디까지나 책임을 가지고 있다.

앞서 이야기했던 대화 이후, 선장은 참으로 기운에 넘쳤다. 하지만 가끔 그 자세를 바꾸기도 하고 그의 버릇인 무도병적인 방법으로 자신의 손발을 움직이기도 하며 신경질적으로 초조해하고 있는 것처럼 보이기도 했다. 그는 15분 동안 7번이나 갑판에 올라갔다. 그리고 분주한 발걸음으로 성큼성큼 갑판을 돌아다니는가 싶다가 곧 다시 밑으로 내려왔다. 나는 그때마다 그를 따라갔다. 그의 얼굴 어딘가에 드리워져 있는 불안의 그림자를 볼 수 있었기 때문이었다. 그는 나의 이러한 우려를 깨달았는지 나를 안심시키기 위해 매우 쾌활한 듯 행동했으며 아주 조그만 농담에도 일부러 껄껄 웃어 보였다.

야식을 먹은 후, 그는 다시 배 뒤쪽의 높은 갑판에 올랐다. 밤은 어두웠으며 둥근 돛대에 부딪치는 바람의 음산한 소리만 제외한다면 한없는 정적에 잠겨 있었다. 빽빽한 구름이 북서쪽에서부터 밀려왔는데 그 구름 끝의 거친 촉각이 달을 가로질러 흐르고 있었다. 달은 그 구름 사이를 뚫고 때때로 빛을 던질 뿐이었다. 선장은 빠른 걸음으로 서성이다 내가 아직 거기에 있다는 사실을 깨닫고는 내 옆으로 다가와 밑으로 가는 것이 좋지 않겠냐고 에둘러서 말했다. 말할 필요도 없이 그것은 갑판에 머물러야겠다는 나의 결심을 더욱 굳건하게 해주었다.

그 후, 그는 나의 존재조차 잊은 듯 말없이 선미의 난간에 기대어 일부분은 어둡고 일부분은 달빛에 희미하게 빛나고 있는 대빙원 부근을 눈도 깜빡이지 않은 채 바라보고 있었다. 나는 그의 동작을 통해서 그가 몇 번인가 회중시계를 들여다봤다는 사실을 알 수 있었다. 그가 무엇인가 짧게 한 번 중얼거린 적이 있었으나 그 가운데 '이젠 됐어.'라는 한마디밖에 알아들을 수가 없었다.

어둠 속에 떠 있는 선장의 크고 희미한 모습을 바라보고 있자니, 또 마치 밀회의 약속을 지키려는 사람이 멍하니 무엇인가를 생각하는 듯한 모습으로 서 있는 그를 바라보고 있자니 나는 전신이 오싹하는 섬뜩한 한기가 느껴졌다는 사실을 고백하지 않을 수 없다. 하지만 누구와의 밀회를 약속한 것일까? 내가 하나의 사실과 다른 하나의 사실을 연결 지었을 때 한 가지 희미한 관념이 떠오르기는 했지만, 결론을 내릴 수 있을 만큼 분명하게 정리되지는 않았다.

그가 갑자기 열광적인 모습을 보였기에 나는 당연히 그가 무엇인가를 본 것이라 생각했다. 내가 그의 뒤쪽으로 가만히 다가가 보니, 그는 배와 일직선상이 되는 곳을 빠르게 떠다니고 있는 한 줄기 안개와 같은 것을 열심히 바라보고 있었다. 그것은 일정한 모양도 없이 흐릿한 일종의 성운체(星雲體) 같은 것이었는데 거기에 달빛이 비치면 어떤 때는 크게 어떤 때는 작게 보였다. 이때 달은 마침 아네모네의 덮개처럼 아주 얇은 구름에 가리워 그 빛이 흐려져 있었다.

"아아, 드디어 왔구나, 그 아가씨가……. 아아, 드디어 왔어."라고 한없는 다정함과 동정심이 담긴 목소리로 선장이 외쳤다. 마치 오랫동안 품어온 애정으로 사랑하는 사람을 위로하듯, 그리고 사랑을 주는 것은 사랑을 받는 것만큼 유쾌한 일이라는 듯.

그 다음 일은 너무나도 순간적이고 돌발적으로 일어났기에 나로서는 도저히 손을 쓸 수가 없었다. 그가 뱃전의 위를 향해 뛰어올랐다. 그리고 다시 뛰어오른 순간 그는 이미 얼음 위 그 창백하고 희미한 물체의 바로 아래에 서 있었다. 그는 그것을 끌어안듯 두 팔을 불쑥 내밀었다. 그런 다음 두 팔을 활짝 벌리고 뭔가 다정하게 말하며 어둠 속을 똑바로 달려나갔다.

나는 굳어버린 몸으로 꼿꼿하게 서서 그 목소리가 멀리로 사라져버릴 때까지, 어둠 속으로 빨려 들어가는 그의 뒷모습을 커다란 눈으로 지켜보고 있었다. 나는 그의 모습을 다시 볼 수 있으리라고는 생각지 않았다. 그런데 그 순간 달이 구름 사이로 교교하게 빛을 내뿜어 대빙원 위를 밝혔기에 나는 빙원을 가로질러 매우 빠른 속도로 달려가는 그의 검은 그림자를 저 멀리서 발견할 수 있었다. 그것이 우리가 그에게 보낸 마지막 눈길이었다. 아마도 그것이 영원한 마지막이리라.

곧 추적대가 조직되었고 나도 거기에 가담했으나 의욕을 가진 사람이 아무도 없었기에 무엇 하나 찾아낼 수가 없었다. 몇 시간 뒤에 다시 한 번 수색에 나설 예정이다. 이 글을 쓰고 있는 지금, 나는 꿈을 꾸고 있거나, 그도 아니라면 어떤 악마에 홀린 것이 아닐까 하는 생각을 지울 길이 없다.

오후 7시 30분. 두 번째 선장 수색에서 녹초가 되어 조금 전에 돌아왔다. 수색은 아무런 성과 없이 끝났다. 그 빙산은 상상할 수도 없을 만큼 커서, 그 위를 적어도 30km 이상 걸었으나 아무리 걸어도 끝이 보일 것 같지 않았다. 요즘 추위가 매우 심해졌기 때문에 눈 위에 쌓인 눈이 화강암처럼 딱딱해졌다. 그렇지만 않았다면 선장의 발자국쯤은 금방 발견할 수 있었을 것이다.

　선원들은 배의 밧줄을 풀고 빙산을 우회하여 한시라도 빨리 남쪽으로 배를 몰고 가려고 자꾸만 조바심을 냈다. 밤사이에 얼음이 열려 지평선 위로 해수면이 보이고 있기 때문이다. 그들은 "크레이기 선장은 틀림없이 죽었다. 그러니 우리에게 탈출 기회가 있음에도 불구하고 여기서 우물쭈물하는 것은 우리 모두의 목숨을 헛되이 볼모로 잡아두는 것이다."라고 논했다. 밀른 씨와 내가 가능한 한 모든 힘을 기울여 간신히 내일 밤까지 기다리자고 모두를 설득했으나, 그 이상은 어떤 사정이 있어도 출발을 연기하지 않겠다고 그들에게 약속을 해주지 않을 수 없었다. 그랬기에 우리는 몇 시간의 수면을 취한 뒤 마지막으로 수색에 나서자고 제의했다.

　9월 20일, 밤. 오늘 아침에 나는 빙산의 남쪽을, 밀러 씨는 빙산의 북쪽을 수색하기 위해 나섰다. 16㎞에서 32㎞ 사이에서 무릇 생명체라고는 그림자도 찾아볼 수 없었으며, 단지 새 한 마리가 우리의 머리 위로 높이 날아갔을 뿐이었다. 그 나는 모습으로 봐서 나는 그것을 매라고 생각했다. 빙원의 남쪽 끝은 좁다란 곶처럼 그 끝이 가느다랗게 바다 쪽으로 돌출되어 있었다. 이 곶의 기슭에 이르렀을 때 일행은 발걸음을 멈추고 말았다. 하지만 나는 어떤 가능성도 소홀히 하지 않았다는 만족감을 얻고 싶었기에 곶의 끝부분까지 탐색을 해보자고 모두에게 부탁했다.

약 100m쯤 갔을 때 피터헤드 출신의 무도날드가 우리 앞쪽으로 무엇인가 보인다고 외치고는 그쪽으로 달려나갔다. 우리도 역시 얼핏 그것을 보고 달리기 시작했다. 처음 그것은 하얀 얼음 속에서 그저 흐릿하고 거뭇하게 보일 뿐이었으나, 점점 다가감에 따라서 사람의 모습을 띠기 시작했다. 그리고 결국에는 우리가 찾고 있던 바로 그 사람의 모습으로 나타났다. 그는 얼음의 둔덕 위에 웅크린 채 쓰러져 있었다. 바람에 휩쓸린 작은 고드름과 눈발이 선장 위를 덮고 있었기에 검은 선원복이 반짝반짝 빛나고 있었다.

우리가 다가선 순간 갑자기 한 줄기 선풍이 불어와 눈발을 어지러이 공중으로 흩트렸는데 그 일부가 우리 쪽으로 날아왔다가 다시 바람에 날려 바다 쪽으로 빠르게 가버렸다. 내 눈에 그것은 단지 눈보라로밖에 보이지 않았으나, 동행자 대부분의 눈에는 그것이 여자의 모습으로 일어나 시체 위에 웅크려 입맞춤을 한 뒤 빙산을 가로질러 급히 날아간 것처럼 보였다고 한다.

나는 어떤 일에 있어서나 그것이 아무리 기묘하게 여겨진다 할지라도 다른 사람의 의견을 결코 비웃어서는 안 된다고 지금까지 배워왔다. 틀림없이 니콜라스 크레이기 선장은 가슴 아픈 죽음을 맞이하지는 않았을 것이라는 생각이 든다. 그의 파랗게 짓눌린 듯한 얼굴은 반짝이는 미소를 머금고 있었다. 그리고 죽음 너머에 펼쳐져 있는 어두운 세계에서 그를 데리러 온 신비한 방문자를 잡으려는 듯 그는 여전히 두 손을 앞으로 내밀고 있었다.

우리는 그를 배의 깃발로 감싸고 발 부근에 15kg짜리 포탄을 놓아 그날 오후에 장사지냈다. 내가 조사를 읽자 거친 뱃사람들 모두가 어린아이처럼 눈물을 흘렸다. 그도 그럴 것이 거기에 있는 사람 대부분이 그의 친절한 마음을 느끼고 있었기 때문이었다. 그리고 바로 그 순간에 비로소 그 애정을 표시할 수 있었던 것이다. 선장이 살아 있을 때는 그의 이상한 버릇 때문에 이와 같은 애정표현을 오히려 불쾌하게 생각했으며, 그는 언제나 그것을 거부해왔다.

선장의 시체는 둔탁하고 쓸쓸한 물보라를 일으키며 배에서 멀어져갔다. 내가 파란 수면을 응시하고 있자니 그 시체는 서서히 아래로, 아래로, 영원한 암흑 속에서 흔들리는 희고 작은 점이 되어갔으며, 곧 그것조차 보이지 않게 되었다. 비밀과 비애와 신비로움과 모든 것을 가슴에 깊이 간직한 채 부활의 날까지 그는 거기에 누워 있을 것이다. 그 부활의 날이 오면 바다는 죽은 자를 놓아줄 것이며, 니콜라스 크레이기 선장은 미소 짓는 얼굴로 그 억센 팔을 내밀어 인사하며 얼음 사이에서 나타날 것이다. 그의 운명이 이 세상에서보다 저세상에서 더 행복하기를 나는 간절히 빌고 있다.

이제 이 일기는 그만 쓰기로 하자. 우리의 귀로는 평온하고 무사할 것이며, 대빙원도 곧 지난날의 추억 중 하나로 남으리라. 조금 지나면 나는 이번 사건에서 받은 충격을 극복할 수 있을 것이다. 이 항해일지를 처음으로 쓰기 시작했을 때, 나는 이것을 끝까지 써야겠다고는 생각지 않았다. 나는 아무도 없는 선실에서 이 글을 쓰고 있다. 지금도 여전히 깜짝깜짝 놀라기도 하고, 머리 위 갑판에서 죽은 사람의 신경질적이고 빠른 발소리가 들려오는 것 같기도 하다는 느낌을 받으며……

전부터 나의 의무가 되어 있었던 공정증서(公正證書)를 위해 나는 오늘 밤 그의 동산표를 작성할 목적으로 선장실에 들어가 보았는데 모든 물건이 예전에 들어갔을 때와 조금도 다름없이 놓여 있었다. 단 그 여자의 수채화만이—그것은 선장의 침상 끝에 걸려 있었다고 말했는데— 칼 같은 것으로 액자에서 도려내져 어딘가로 사라져버리고 말았다. 이것을 신기한 일의 증거에 대한 마지막 흔적으로 삼고 나는 '북극성호' 의 이번 항해일지를 마치겠다.

(부기) —아버지 마리스터 레이 의사의 주—

나는 우리 아들의 항해일지에 기록된 북극성호 선장의 죽음에 관한 불가사의한 일들을 통독했다. 모든 일들이 기술된 대로 일어났으리라는 점을 나는 조금도 의심치 않으며, 또 실제로 가장 정확한 기록일 것이다. 왜냐하면 그는 진실을 이야기하기에 가장 신중한 주의를 기울이는 사람이라는 사실을 잘 알고 있기 때문이다. 그리고 이 이야기에는 매우 애매모호한 점이 있기에 나는 오래도록 출판에 반대해왔으나, 이삼일 전에 이 문제에 대한 독립적이고 확실한 증거를 얻었기에 새로이 세상의 빛을 볼 수 있게 되었다.

　나는 영국 의사협회의 모임에 참석하기 위해서 에든버러에 간 적이 있었다. 거기서 의사 P씨를 만났다. 그는 오래 전에 나와 대학을 함께 다녔던 사람으로 지금은 데번셔의 살타쉬에서 개업의로 활동하고 있다. 아들의 이 경험담을 들려주자 그는 그 사람을 잘 알고 있다고 말했다. 그리고 더욱 놀랍게도 내게 그 선장이 그려진 그림을 보여주었다. 그것은 선장이 약간 젊었을 때 그려진 것이라는 점 외에는 이 일지에 기록되어 있는 것과 완전히 일치한다. 그의 설명에 의하면 그 선장은 코니시 해안에서 사는 매우 젊고 아름다운 아가씨와 약혼한 사이였다고 한다. 그런데 그가 항해를 위해 떠나 있던 사이에 그 아가씨는 기괴한 공포가 원인이 되어 목숨을 잃고 말았다고 한다.

폐가

에른스트 테오도르 아마데우스 호프만(Ernst Theodor Amadeus Hoffmann, 1776~1822)

독일의 작가, 작곡가, 화가, 법률가. 문학, 음악, 회화 등 여러 예술 분야에서 활동했으나 현대에는 특히 후기 낭만파를 대표하는 환상 문학의 기재로 알려져 있다. 대표작으로는 『칼로풍의 환상편』, 『악마의 묘약』, 『수코양이 무르의 인생관』 등이 있다.

여러분은 이미 내가 작년 여름의 대부분을 X시에서 보냈다는 사실을 알고 계실 것이다, 라고 테오도르는 이야기했다.

거기서 만난 수많은 옛 친구들과 자유롭고 쾌활한 생활과 여러 가지 예술적, 그리고 학문적 흥미. 이 모든 것들이 하나가 되어 그 도회에 나를 눌러앉게 만든 것인데 지금까지 그렇게 유쾌한 경험은 아직 해본 적이 없다. 나는 혼자 거리를 산책하면서, 혹은 진열창의 그림과 벽의 전단지를 바라보기도 하고, 혹은 지나가는 사람들의 운명을 남몰래 점쳐보기도 하면서 젊은 시절부터의 내 호기심을 만족시키고 있었다.

그 X시에는 시내의 문에 이르는 널따란 가로수 길이 있고 그 길을 따라 아름다운 건축물들이 처마를 나란히 하고 있다. 그 가로수 길은 말하자면 부와 유행의 집결지다. 궁전처럼 높고 화려한 건물의 아래층은 사치품을 팔기에 여념이 없는 상점이고, 그 위쪽의 아파트먼트에는 부유한 사람들이 살고 있다. 일류 호텔이나 외국 사절 등의 저택도 전부 그 가로

수 길에 있다. 이렇게 얘기하면 여러분은 이런 거리가 근대적 생활과 쾌락의 초점이 되어 있다는 사실을 쉽게 상상할 수 있을 것이다.

종종 그 가로수 길을 산책하던 나는 어느 날 다른 건축물에 비해서 참으로 이채로운 빛을 띠는 집 한 채를 우연히 발견했다. 여러분, 2개의 화려한 대건축물 사이에 낀, 4개의 폭이 넓은 창밖에 없는 낮은 이층집을 마음속에 그려보시기 바란다. 그 2층은 옆 건물의 1층 천장보다 약간 높은 정도였으며, 황폐해질 대로 황폐해진 지붕과 유리 대신 종이를 바른 창과 색이고 뭐고 전부 잃어버린 담 등이 몇 년 동안이나 그 집을 손보지 않았다는 사실을 말해주고 있었다.

그것이 부와 문화의 중심지에 서 있다니, 참으로 놀라지 않을 수 없었다. 자세히 살펴보니 2층 창문을 굳게 닫고 커튼을 쳤을 뿐만 아니라 거리에서 1층의 창을 들여다보지 못하도록 담을 쌓은 듯했다. 구석에 달려 있는 문이 입구인 듯했으나 고리나 자물쇠 같은 것도 보이지 않았으며, 벨조차도 없었다. 이건 틀림없이 빈집일 것이라고 나는 생각했다. 하루 동안 몇 번이나 가서 그 앞을 지나도 집 안에 사람이 살고 있는 것 같은 기척은 전혀 느껴지지 않았다.

내가 신기한 세계를 봤다며 자신의 투시력을 자랑한다는 사실은 모든 사람들이 잘 알고 있을 것이다. 그리고 여러분은 그런 세계를 상식에 비춰봐서, 혹은 부정하기도 하고, 혹은 일소에 부치기도 하리라. 나 자신도 나중에 생각해보면 그것이 전혀 신기하지도 않고, 또 특이할 것도 없다는 점을 발견한 실례가 종종 있었다는 사실을 고백하지 않을 수 없다. 그랬기에 이번에도 처음에는 나를 놀라게 한 이 이상한 폐가 역시 그런 예에 속하는 것이 아닐까 생각했다. 하지만 이 이야기의 요점을 듣고 나면 틀림없이 여러분도 그렇구나 하며 고개를 끄덕이실 것이다. 우선은 지금부터 할 이야기를 들어보시기 바란다.

어느 날, 당대의 멋쟁이들이 이 가로수 길을 산책하는 시각에 언제나처럼 그 폐가 앞에 서서 가만히 생각에 잠겨 있었는데, 그때 내 옆으로 와서 나를 바라보는 사람이 있다는 사실을 갑자기 깨달았다. 그 사람은 P백작이었다. 백작이 내게 그 빈집은 옆에 있는 멋진 과자점의 공장인데 아래층 창의 담은 단순히 아궁이 때문에 쌓은 것이며 2층 창의 두꺼운 커튼은 상품인 과자에 직사광선이 닿지 않도록 하기 위해서 내린 것뿐으로 특별히 어떤 비밀이 숨겨져 있는 것은 아니라고 가르쳐주었다.

그 말을 들은 나는 양동이의 차가운 물을 갑자기 뒤집어 쓴 것 같은 느낌이 들었다. 하지만 그것이 과자점의 공장이라는 P백작의 말을 그대로 믿을 수는 없었다. 그것은 마치 옛날

이야기를 들은 소년이 정말 있었던 일이라고 생각하면서도 어떤 우연한 사건을 계기로 그것은 혹시 거짓말이 아닐까 생각해보는 것과 같은 마음이었다. 하지만 나는 내가 멍청했다는 사실을 깨달았다. 시간이 흘러도 그 집의 외형에는 아무런 변화도 일어나지 않았기에 여러 가지 공상은 자연스럽게 내 머릿속에서 지워져 버리고 말았다. 그런데 어느 날의 우연한 사건을 계기로 내 공상이 다시 되살아나기 시작했다.

나는 평소와 다름없이 그 가로수 길을 산책하다 예의 폐가 앞에 다다르자 무의식적으로 2층의 커튼이 내려진 창을 올려다보았다. 그때 과자점에서 가장 가까운 곳에 있는 창문의 커튼이 움직이기 시작하더니 손 하나가, 라고 생각하는 사이에 팔 하나가 그 주름 사이에서 나타났다. 순간적으로 주머니에서 오페라글라스를 꺼내 들여다보니, 살이 통통하게 오른 참으로 아름다운 여자의 손으로 그 손가락에서는 커다란 다이아몬드가 이상하게 반짝이고 있었으며 희고 부드러운 팔에서는 보석을 여러 개 박은 팔찌가 빛나고 있었다. 그 손은 묘하게 생긴 기다란 유리병을 창틀에 놓은 뒤 다시 커튼 뒤로 사라져버리고 말았다.

그것을 본 나는 돌처럼 싸늘하게 굳은 채 서 있었는데, 곧 극도의 유쾌함과 공포가 한데 뒤섞인 듯한 감동이 전류와도 같은 따뜻함과 함께 온몸으로 퍼져 나가기 시작했다. 그 이상한 창을 올려다보고 있자니 마음 깊은 곳에서 희망의 한숨이 저절로 새어 나온 것이다. 게다가 다시 정신을 차리고 보니 내 주위에 신기하다는 표정으로 그 창을 올려다보고 있는 구경꾼들이 여럿 서 있지 않은가.

나는 화가 났기에 누구도 기억을 하지 못하도록 그 사람들 사이에서 나와 버리고 말았다. 그러자 이번에는 상식이라는 평범하기 짝이 없는 악마 녀석이 내 귓가에 대고, 네가 지금 본 건 일요일의 화려한 외출복을 입은 과자점의 돈 많은 안주인이 장미 향수나 다른 무엇인가를 만들기 위해서 사용했던 빈 병을 창틀에 놓은 것일 뿐이라고 속삭이기 시작했다. 생각해보니 어쩌면 그럴지도 몰랐다. 그런데 바로 그때 아주 좋은 생각이 떠올랐기에 나는 발걸음을 돌려 거울처럼 깨끗하게 닦아놓은 과자점 안으로 들어갔다. 우선 초콜릿 한 잔을 주문한 뒤 그것을 천천히 마시며 과자점의 주인에게 말했다.

"자네들은 요 옆에 근사한 건물을 가지고 있더군."

상대방이 내 말의 의미를 알아차리지 못했는지 카운터에 몸을 기대고 잘 모르겠다는 듯한 미소를 지으며 나를 바라보았기에 나는 그 빈집을 공장으로 사용하는 것은 아주 현명한 방법이라고 내 의견을 다시 한 번 말했다.

"뭔가 잘못 아신 거겠지요, 선생님. 옆집이 우리 가게 건물이라니, 대체 누구한테 들으신 겁니까?"라고 주인이 드디어 입을 열었다.

　나의 탐색 계획은 불행히도 실패로 끝나버리고 말았다. 하지만 그 남자의 말투로 봐서, 그 빈집에는 어떤 사연이 숨어 있는 것 같다는 생각이 들기도 했다. 여러분은 내가 그 남자에게서 그 폐가에 대한 다음과 같은 말을 이끌어냈다는 사실에 얼마나 커다란 기쁨을 느꼈는지 쉽게 상상할 수 있을 것이다.

　"저는 잘 모르겠습니다만, 그 집이 Z백작의 소유인 것만은 틀림없는 사실입니다. 백작의 따님은 요즘 영지에서 살고 계시는데 벌써 몇 년째 여기에는 모습을 드러내지 않으셨습니다. 들리는 말에 의하면 저 집도 요즘처럼 훌륭한 건물을 짓지 못하던 시절에는 상당히 세련된 저택으로 이 가로수 길의 명물이었다고 하는데, 지금은 벌써 몇 년째 빈집처럼 방치되어 있습니다. 그래도 저기에는 사람 만나기를 싫어하는 괴팍한 집사 영감과 애교라고는 찾아볼 수도 없는 개가 살고 있습니다. 그 똥개 같은 놈, 때때로 뒤뜰에서 달을 보고 컹컹 짖어댑니다. 세상에는 유령이 나온다는 소문도 있는데, 실제로 이 가게를 운영하고 있는 제 형과 제가 사람들이 아직 잠들어 있는 조용한 시간에 일어나 과자 만들기를 시작하면 담 너머에서 며칠이고 이상한 소리가 들려오는 경우가 있습니다. 무엇인가가 데굴데굴 구르는 것 같은 소리가 들려오기도 하고 무엇인가를 마구 긁어대는 것 같은 소리가 들려오기도 해서 말로 표현할 수 없는 섬뜩함이 느껴집니다. 요 얼마 전에는 이상한 목소리로 낯선 노래를 부르는 소리가 들려왔습니다. 그건 아무래도 할머니의 목소리 같았는데 그 목소리가 상상할 수 없을 만큼 높아서, 저도 꽤나 여러 나라 가수의 노래를 들어봤습니다만 지금까지 그렇게 톤이 높은 목소리는 들어본 적이 없습니다. 저도 모르게 온몸의 털이 곤두서서 그런 광기 어린 유령의 목소리 같은 것 계속 듣고 있을 수 없었기에 잘은 모르겠습니다만, 아무래도 그건 프랑스어로 된 노래 같았습니다. 또 때로는 사람의 왕래가 끊긴 한밤중에 이 세상의 것이라고는 여겨지지 않는 깊은 한숨이나, 광기 어린 웃음소리가 들려오는 적도 있습니다. 정 못 믿으시겠다면 저희 집 안쪽에 있는 방의 벽에 귀를 대보십시오. 틀림없이 옆집의 소리를 들으실 수 있으실 겁니다."

이렇게 말한 그는 나를 안쪽 방으로 데려가 창으로 보이는 옆집을 가리켰다.

"저 담 밖으로 나와 있는 굴뚝이 보이시죠? 저 굴뚝에서 때때로 맹렬한 연기가 피어오르기에, 불을 함부로 다룬다며 저희 형님이 저 집의 집사와 말다툼을 하는 경우가 종종 있습니다. 그런데 그 연기가 겨울에만 솟아오르는 게 아니라 불기라고는 조금도 필요하지 않은 한여름에도 솟아오르곤 합니다. 그 영감은 식사준비를 하는 거라고 합니다만. 그 짐승이 무엇을 먹는 건지는 모르겠으나, 굴뚝에서 연기가 맹렬하게 피어오를 때면 늘 집 안에 이상한 냄새가 들어옵니다."

바로 그때 가게의 유리문이 열렸기에 과자점 주인이 서둘러 가게로 나갔는데 지금 들어온 손님에게 인사를 하며 슬쩍 나를 돌아보고 눈짓과 얼굴 표정으로 신호를 보낸 덕에 나는 그 손님이 예의 그 이상한 저택의 집사라는 사실을 바로 직감할 수 있었다. 매부리코에, 입을 한일자로 굳게 다물고, 고양이 같은 눈에, 어딘가 섬뜩함이 느껴지는 미소를 머금고, 미라 같은 얼굴빛을 한, 마르고 조그만 사내를 상상해보기 바란다. 게다가 그는 머리에 구식의 높다란 부분가발을 넣었는데 그 끝을 뒤쪽으로 늘어뜨렸을 뿐만 아니라 머리에 분을 덕지덕지 발랐고, 솔질을 잘 하기는 했으나 이미 꽤나 오래된 듯한 갈색 상의를 입고, 기다란 회색 양말에, 발끝이 평평하고 버클이 달린 구두를 신고 있었다. 그는 마르기는 했으나 매우 다부진 골격을 가지고 있어서 손은 크고, 손가락은 길고, 마디는 굵었는데, 흐트러짐 없는 걸음걸이로 카운터 쪽으로 가서 곧 어딘가 얼이 빠진 듯한 웃음을 보이며 "설탕에 절인 오렌지 2개와 감복숭아 2개, 설탕을 바른 밤 2개."라고 코맹맹이 소리로 말한 이 조그만 몸집의 노인을 마음속에 그려보기 바란다.

과자점 주인이 내게 미소를 지어 보이며, 나이 든 손님에게 말했다.

"아무래도 몸이 안 좋으신 것 같네요. 그것도 다 나이 탓이겠지요. 이 나이라는 녀석은 우리 몸에서 힘을 빨아먹고 있으니까요."

노인은 자신의 얼굴빛은 바꾸지 않았으나, 목소리를 한껏 높였다.

"나이 탓이라고……. 나이 탓이라고……. 힘이 빠진다고……. 약해진다……. 오오……."

그가 관절이 부서지는 것 아닐까 싶을 정도로 두 손바닥을 부딪치자 가게 전체가 드르르 떨렸으며 선반의 유리그릇과 카운터가 달그락달그락 흔들렸다. 그와 동시에 아주 크게 울부짖는 소리가 들려왔기에 노인은 자신의 뒤를 따라 들어와 발밑에 누워 있는 검은 개에게 다가갔다.

"제길! 이 지옥의 개 같은 놈."

예의 가엾은 목소리로 울부짖듯 외치며 밤 하나를 봉투에서 꺼내 개에게 던져주자 개는 인간처럼 슬프다는 듯한 소리를 내며 서둘러 얌전히 앉아 다람쥐처럼 그 밤을 갉아 먹기 시작했다. 곧 그 개가 자신의 조그만 성찬을 먹어치웠을 무렵에는 노인도 장보기를 마쳤다.

"안녕히 계슈."라며 노인은 너무나도 아파서 상대방이

무의식중에 앗, 하고 외쳤을 정도로 세게 과자점 주인의 손을 쥐었다. "힘없는 노인은 당신이 좋은 꿈을 꿀 수 있도록 기도나 하고 있겠소, 이웃집 양반."

노인이 개를 데리고 나갔다. 그는 내가 있다는 사실을 눈치채지 못한 듯했다. 내가 어이없다는 표정으로 멍하니 바라보고 있자니 가게의 주인이 다시 말했다.

"어떻습니까? 보신 대로입니다. 매달 두어 번 여기에 오는데, 올 때마다 늘 저 모양입니다. 저 노인에 대해서 아무리 파헤쳐봐도, 예전에는 Z백작의 하인이었고 지금은 저 집을 관리하며 몇 년 동안이나 주인 일가가 돌아오기를 기다리고 있다는 것 외에는 알아낼 수가 없습니다."

때는 마침 거리의 사치스러운 사람들이 일종의 유행에 따라 이 깔끔한 과자점으로 몰려들 시간이었기에 문이 쉴 새 없이 여닫히고 가게 안이 웅성거리기 시작해서 나는 그 이상 아무것도 물어볼 수가 없었다.

나는 얼마 전에 P백작이 그 폐가에 대해서 이야기한 것이 전부 거짓말이라는 사실을 알게 되었다. 그 사람 만나기를 싫어하는 늙은 집사는 자신의 뜻과는 달리 다른 사람과 함께 살고 있으며, 그 낡은 벽 너머에는 어떤 비밀이 숨겨져 있다는 사실을 알게 되었다. 그런데 그 창가의 아름다운 여인의 팔과, 으스스하고 이상한 노랫소리의 주인공은 어떻게 연결 지으면 좋단 말인가? 그 팔이 나이 들어 주름이 자글자글한 여성의 몸의 일부일 리는 없었다. 그런데 과자점 주인의 말에 의하면 노랫소리는 젊고 혈기왕성한 여성의 목에서 나온 것이 아닌 듯했다. 나는 주인의 말을 신뢰하여 그것은 틀림없이 음악적 소양이 있는 젊은 여자가 일부러 나이 든 사람의 목소리를 낸 것이거나, 그도 아니면 과자점 주인이 너무 무서운 나머지 그런 식으로 잘못 들은 것이 아닐까 하는 판단을 내려보았다.

하지만 그 굴뚝에서 솟아오르는 연기와 이상한 냄새, 묘하게 생긴 유리병이 마음속에 떠오른 순간, 숙명적인 마법의 저주에 걸린 한 아름다운 여인의 모습이 마치 살아 있는 사람처럼 생생한 환영이 되어 나타났다. 그리고 그 집시는 백작 집안과는 아무런 관계도 없는 마법사로, 그 폐가 안에 어떤 마법의 아궁이를 만들어놓은 것이 아닐까 하는 생각이 들기도 했다. 나의 이러한 공상은 점점 더 강해져 그날 밤의 꿈에서 그 다이아몬드가 반짝이는 손과 팔찌가 빛나는 팔을 생생히 보기까지 했다. 옅은 잿빛 안개 속으로 애원하는 듯한 파란 눈을 가진 가련한 아가씨의 얼굴이 보이는가 싶더니, 곧 그 우아한 모습이 나타났다. 그리고 내가 안개라고 생각했던 것은 환상 속의 여자가 손에 쥐고 있는 유리병에서 원을 그리며 솟아오르고 있는 아름다운 연기였다.

"아아, 나의 꿈속에 나타난 아름다운 아가씨." 하고 나는 찢어질 듯한 소리로 외쳤다. "당신은 어디에 있는 겁니까? 무엇이 당신에게 저주를 건 거죠? 제게 그걸 가르쳐주세요. 아니, 저는 전부 알고 있습니다. 당신을 감금하고 있는 건 음흉한 마법사입니다. 8분의 5박자로 악마의 노래를 부른 뒤, 갈색 옷에 가발을 쓰고 과자점을 어슬렁거리며 자신들의 먹을 것을 잽싸게 사 모으고, 밤으로 악마의 제자인 개를 기르는 그 음흉한 마법사에게 사로잡혀 당신은 불행한 노예가 되어버린 겁니다. 아름답고 사랑스러운 환상 속의 그대여, 저는 모든 걸 알고 있습니다. 그 다이아몬드는 당신이 품은 정염의 반영입니다. 그리고 그 팔에 찬 팔찌는 당신을 속박하는 마법의 사슬입니다. 그 팔찌를 믿어서는 안 됩니다. 조금만 더 참으십시오. 틀림없이 자유의 몸이 될 수 있습니다. 부디 당신의 장미꽃 봉오리 같은 입을 열어 당신이 계신 곳을 가르쳐주시기 바랍니다."

그 순간 마디가 굵은 손이 내 어깨너머에서 나타나 순식간에 유리병을 내던졌기에 병은 공중에서 산산조각 났으며, 가녀리고 슬픈 흐느낌과 함께 가련한 환영은 곧 어둠 속으로 사라져버리고 말았다.

날이 밝아 꿈에서 깨어난 나는 서둘러 가로수 길로 가 평소처럼 가만히 그 폐가를 올려다보았는데, 과자점에 접한 2층 창에서 무엇인가가 반짝이고 있었다. 가까이 다가가 바라보니 덧문이 열려 있고 가느다랗게 벌어진 커튼 사이로 다이아몬드의 빛이 내 눈을 쏘았다.

"그래, 됐다."

꿈에서 본 그 아가씨가 부드러운 팔에 머리를 기댄 채 단아하게 애원하는 듯한 모습으로 나를 바라보고 있지 않은가! 하지만 사람들의 왕래가 잦은 이 거리에 서 있으면 또 전에처럼 사람들의 눈에 띌 염려가 있었기에 우선 집 바로 정면에 있는 보도의 벤치에 앉아 조용히 신비로운 창을 올려다보고 있자니 그녀는 틀림없이 꿈에서 본 여자이기는 했으나 나를 보고 있다고 생각한 것은 착각으로 그녀는 어디를 보는 것인지 모르게 멍하니 밑을 내려다보고 있었다. 그 눈이 한없이 차가워서, 만약 때때로 손과 팔을 움직이지 않았다면 잘 그려진 그림을 보고 있는 것이 아닐까 착각했을지도 모른다.

나는 그 창가의 신비로운 여성에게 영혼을 빼앗겨버렸기에 내 옆으로 물건을 팔러 온 이탈리아 장사꾼의 목소리 따위는 귀에 들어오지도 않을 만큼 흥분해 있었다. 결국 그 이탈리아인이 내 팔을 두드렸기에 나는 깜짝 놀라 정신을 차렸지만, 너무나도 화가 나서 나한테 신경 쓰지 말고 다른 곳으로 가라고 말했으나 그는 아직 개시도 못 했다며 끈질기게 물고 늘어졌고 얼른 쫓아버려야겠다는 생각이 들어 주머니의 돈을 꺼내려 하자 그가 이렇게 말했다.

"나리, 이런 멋진 물건이 있습니다."

그가 상자의 서랍 안에서 조그맣고 둥근 손거울을 꺼내 내 코 앞으로 들이밀기에 별생각 없이 들여다보니, 그 거울 속에 폐가의 창과 그 환상의 여인의 모습이 생생하게 비쳐 있지 않은가?

나는 당장에 그 거울을 샀다. 그리고 거울 속 그녀의 모습을 바라보는 동안 점점 더 신비로운 감정에 휩싸여 들어갔다. 거울 속을 가만히 응시하고 있자니 기면증이 내 시력을 비정상적으로 만들어버린 것이 아닐까 하는 생각이 들었다. 환상 속의 여인이 마침내 그 아름다운 눈을 내게로 돌렸다. 그 부드러운 눈빛이 내 심장으로 스며들기 시작했다.

"당신은 귀여운 거울을 가지고 계시는군요."

이런 목소리에 꿈에서 깨어나 거울에서 시선을 떼고 보니, 내 양쪽 옆에서 미소를 머금은 사람들이 나를 바라보고 있었기에 나 역시 적잖이 당황했다. 그 사람들은 틀림없이 나와 같은 벤치에 앉아 내가 묘한 표정으로 거울을 들여다보는 모습을 재미있다는 듯 구경했던 것이리라.

"당신은 귀여운 거울을 가지고 계시는군요."

내가 아직 대답을 하지 않았기에 그 사람이 다시 같은 말을 되풀이했다.

게다가 그 사람의 눈빛은 그 말보다 더욱 웅변적으로, 너는 어째서 그처럼 광기 어린 눈빛으로 그 거울을 정신없이 바라보고 있는 것이냐고 내게 묻고 있었다. 그 남자는 이미 초로를 지난 나이 지긋한 신사로 그 목소리나 눈빛이 더할 나위 없이 온화한 느낌을 주었기에 나는 그에게 나의 비밀을 숨길 수가 없었다. 나는 그 창가의 여자를 거울로 비춰본 것이라는 사실을 털어놓고, 당신도 그 아름다운 여자의 얼굴을 보지 않았느냐고 물었다.

"여기서……. 저 낡은 집 2층 창의……."

그 노신사가 놀란 듯한 얼굴로 내 말을 그대로 되풀이하며 물었다.

"네, 그렇습니다."라고 내가 커다란 목소리로 말했다.

노신사가 웃으며 대답했다.

"이야, 그거 참 신기한 망상이네요. 이거, 이렇게 되고 보니 제 노안을 신께 감사드려야겠습니다. 물론 저도 저 창에서 귀여운 여자의 얼굴을 보기는 했습니다. 하지만 제 눈에는 유화로 아주 잘 그려진 초상화처럼 보였습니다."

내가 급히 몸을 돌려 창가를 바라보니 거기에는 아무도 없었을 뿐만 아니라 덧문도 이미 닫혀 있었다.

노신사가 말을 이었다.

"안타까운 일입니다. 조금만 더 빨랐어도 볼 수 있었을 텐데…….지금 막 저 집에서 혼자 살고 있는 나이 든 집사가 창턱에 유화를 세워놓고 먼지를 턴 다음 덧문을 닫았습니다."

"그렇다면 정말 유화였단 말씀이십니까?"라고 내가 당황해서 되물었다.

"걱정 마십시오."라고 노신사가 말했다. "제 눈은 아직 멀쩡합니다. 당신은 거울에 비친 것만 보고 있었기에 눈이 약간 이상해진 겁니다. 저도 당신 정도의 나이 때는 미인화를 떠올린 것만으로도 커다란 상상에 빠지곤 했습니다."

"하지만 손과 발이 움직였습니다."라고 내가 외쳤다.

"네, 움직였습니다. 틀림없이 움직였습니다."

노신사는 내 어깨를 가볍게 두드리고 자리에서 일어서며 정중하게 인사를 했다.

"진짜처럼 보이는 거울에는 조심을 하는 편이 좋을 겁니다."

이렇게 말하고 그는 가버렸다.

저 영감, 나를 한심한 몽상가 취급했겠다, 라고 깨달은 순간의 내 마음은 여러분도 틀림없이 이해할 수 있을 것이다. 화가 난 나는 얼른 집으로 돌아와 두 번 다시는 그 폐가에 대해서 생각하지 않겠다고 맹세했다. 하지만 그 거울은 그대로 들고 와 넥타이를 맬 때면 언제나 사용하는 경대 위에 던져놓았다.

어느 날 내가 경대를 사용하려다 문득 그 거울을 바라보니 그것이 뿌예져 있는 것 같았기에 손에 들고 입김을 불어넣은 뒤 닦으려 한 순간, 나는 일시적으로 심장이 멎고 온몸의 세포가 기쁨에 떠는 듯한, 공포에 떠는 듯한 감격에 전율하기 시작했다. 내가 그 거울에 입김을 불어넣은 순간 보라색 안개 속에서 그 환상 속의 여자가 내게 미소를 짓고 있지 않겠는가? 여러분은 나를 못 말리는 몽상가라고 생각할지도 모르겠으나, 어쨌든 그 안개가 걷힘과 동시에 그녀의 얼굴도 영롱한 거울 속으로 사라져버리고 말았다.

그로부터 며칠 동안의 내 마음을 이제 와서 장황하게 설명하여 여러분을 따분하게 만들 필요는 없으리라. 단, 그 후로도 나는 몇 번인가 그 거울에 입김을 불어넣은 적이 있었는데 환상 속 여자의 얼굴이 나타날 때와 나타나지 않을 때가 있었다는 사실만은 말해두고 싶다.

그녀의 모습이 나타나지 않을 때면 나는 언제나 그 폐가 앞으로 달려가 창문을 바라보곤 했는데 거기서는 더 이상 사람의 모습을 찾아볼 수가 없었다. 나는 친구고 일이고 전부 잊은 채, 아침부터 밤까지 미친 사람처럼 환상 속 여인만을 생각했다. 이런 쓸데없는 짓 그만두자고 생각하면서도 그것을 도저히 그만둘 수가 없었다.

어느 날, 평소보다 더 격렬하게 그 환영에 시달리던 나는 그 거울을 주머니에 찔러 넣고 서둘러 정신병의 대가인 K박사를 찾아갔다. 내가 모든 사실을 숨김없이 털어놓고 이 끔찍한 운명에서 구해달라고 애원하자, 조용히 내 얘기를 듣고 있던 박사의 눈에도 놀라는 듯한 빛이 어리기 시작했다.

"그렇게 걱정하실 필요는 없을 듯합니다. 제가 보기에는 곧 나을 것 같습니다. 당신은 스스로가 마법에 걸렸다고 생각하고 그것과 싸우려 하고 있기 때문에 오히려 망상이 일어나는 겁니다. 우선 그 거울을 놓고 가서서 전념하여 일에 몰두할 수 있도록 노력하시기 바랍니다. 그리고 무슨 일이 있어도 가로수 길 쪽으로는 발걸음을 옮기지 마시고, 하루의 일을 마친 뒤에는 충분히 시간을 들여 산책을 하고 친구들과 즐거운 시간을 보내시기 바랍니다. 식사는 충분히 드시고 영양이 풍부한 포도주를 마시기 바랍니다. 저는 지금부터 집요하게 그 폐가의 창문과 거울에 나타나는 환영 속 여자의 얼굴과 싸워 당신의 심신 모두를 건강하게 만들어드릴 생각이니 당신도 저를 돕는다는 마음으로 제 말을 잘 지켜주시기 바랍니다."
라고 박사가 말했다.

박사는 아쉬운 마음으로 거울을 내놓는 내 태도를 가만히 지켜보고 있었던 듯했다. 그런 다음 박사는 그 거울에 자신의 입김을 불어넣은 뒤 그것을 내 눈앞으로 가져왔다.

"무엇인가가 보이나요?"

"아니요, 아무것도."라고 내가 사실대로 대답했다.

"그럼 이번에는 당신께서 이 거울에 입김을 불어넣어 보시기 바랍니다."라며 박사가 내게 거울을 건네주었다.

내가 박사의 말대로 하자 여자의 얼굴이 거울 속에 생생하게 나타났다.

"앗. 여자의 얼굴이……."라는 나의 외침에 박사가 거울 속을 들여다보며 말했다.

"제게는 아무것도 보이지 않습니다. 하지만 사실을 말하자면 거울을 봤을 때 저도 왠지 으슬으슬 오한이 느껴졌습니다. 물론 곧 괜찮아지기는 했습니다만……. 그럼, 다시 한 번 해보시기 바랍니다."

내가 다시 한 번 그 거울에 입김을 불어넣자, 그 순간 박사가 내 목 뒤쪽에 손을 얹었다. 그녀의 얼굴이 다시 나타났다. 내 어깨너머로 거울을 바라보던 박사의 얼굴빛이 갑자기 바뀌더니 내 손에서 그 거울을 낚아채듯 앗아가 세심하게 그것을 살피다 곧 그것을 책상 서랍에 넣고는 자물쇠를 채워버렸다. 그런 다음 한동안 생각에 잠겨 있다가 내가 있는 곳으로 돌아왔다.

"그럼, 지금부터 제 지시대로 해주시기 바랍니다. 솔직히 말씀드려서 당신에게 나타나는 환영의 근본을 아직 알아내지는 못했습니다만, 어쨌든 가능한 한 빨리 당신께 그것을 알려드릴 수 있도록 하겠습니다."라고 박사는 말했다.

내게 박사의 명령대로 생활하는 것은 어려운 일이기는 했으나, 그래도 억지로 실행을 하고 보니 곧 규칙적인 일과 영양분이 효과를 발휘하기 시작했다. 하지만 아직은 한낮에도—조용한 한밤중에는 특히 더 그랬는데— 무시무시한 환영에 시달리는 경우가 있었으며, 유쾌한 친구들과 한자리에 모여 술을 마시고 노래를 부를 때조차 뜨겁게 달궈진 비수가 내 심장을 꿰뚫는 것 같다는 느낌을 받은 적도 있었다. 그럴 때면 내 이성의 힘 따위 아무런 도움도 되지 않았기에 어쩔 수 없이 그 자리에서 벗어나 그 혼수상태가 끝날 때까지 친구들 앞에 다시 나서지 못하는 경우도 있었다.

한번은 이러한 발작이 매우 강렬하게 일어나서 그 환영에 대한 불가항력적인 동경이 나를 미쳐버리게 만들 것 같았기에 거리로 뛰쳐나간 나는 그 이상한 집으로 달려갔는데, 멀리서 봤을 때는 굳게 닫힌 덧문 틈사이로 빛이 새어나오는 것처럼 느껴졌으나 가까이 다가가서 보니 거기는 이미 새카만 어둠에 잠겨 있었다. 나는 더욱 흥분해서 입구의 문으로 달려갔는데 그 문은 내가 밀어젖히기도 전에 뒤로 쓰러졌다. 숨막힐 듯한 공기가 감돌고 있는 현관의 어둑어둑한 등불 속에 알 수 없는 두려움과 초조함으로 가슴을 두근거리며 우두커니 서 있자니 잠시 후 집 안에서 길고 날카로운 목소리가 들려왔다. 그것은 여자의 목에서 나온 소리인 듯했다. 그와 동시에 나는 봉건시대의 황금빛 의자와 일본의 골동품으로 장식한, 눈부실 정도로 아름답게 빛나는 커다란 거실에 서 있다는 사실을 깨달았다. 내 주위에는 강한 향기가 자줏빛 연무가 되어 감돌고 있었다.

"아아, 낭군님. 이제 결혼식을 올려야 할 시간이에요."

여자의 목소리가 들려왔을 때, 나는 틀림없이 화사하게 꾸민 젊고 청초한 귀족 여인이 보라색 연무 속에서 모습을 드러낼 것이라고 생각했다.

"어서 오세요, 낭군님." 하고 다시 찢어질 듯한 목소리가 들렸다 싶은 순간 그 목소리의 주인이 팔을 내민 채 내 쪽으로 달려왔다. 밀려드는 세월의 힘과 광기로 추해진 누른빛의 얼굴이 넋 나간 듯 가만히 나를 바라보고 있었다. 나는 너무나도 두려운 나머지 뒷걸음질을 치려 했으나 뱀처럼 형형하고 날카로운 노파의 눈이 벌써 나를 주술로 묶어버렸기에 그 끔찍한 노파에게서 눈을 돌리는 것도, 몸을 물리는 것도 불가능해져 버렸다.

그녀가 한 걸음 한 걸음 내게 다가왔다. 그 끔찍한 얼굴은 가면이고 그 뒤에 환상 속 여인의 아름다운 얼굴이 감춰져 있는 것이 아닐까 하는 생각이 번개처럼 내 머리를 스치고 지나갔다. 그때였다. 그녀의 손이 내 몸에 닿으려는 찰라, 그녀가 커다란 신음소리를 올리며 내 발밑에 힘없이 쓰러지고 말았다.

"하하하하. 천하의 난봉꾼이 너의 아름다움에 손을 대려 하고 있었군. 자, 잠들어라, 잠들어. 그렇지 않으면 채찍 맛을 보여주겠어. 혼쭐이 날 줄 알아."

이런 목소리에 내가 급히 돌아보니 그 나이 든 집사가 잠옷을 입은 채 머리 위로 채찍을 들어 올리고 있지 않는가. 나이 든 집사가 내 발밑에서 신음하고 있는 여자를 채찍으로 내리치려 했기에 내가 황급히 그의 팔을 잡자, 그는 채찍을 거두었다.

"천하의 난봉꾼, 만약 내가 도와주지 않았다면 저 늙어빠진 악마에게 잡아먹히고 말았을 거야……. 당장 여기서 나가도록 해."라고 그가 소리 질렀다.

얼른 거실에서 뛰쳐나오기는 했으나 워낙 어두웠기에 출구가 어디에 있는지 알 수가 없었다. 잠시 후 내 뒤에서 채찍이 붕붕 울리는 소리와 여자의 비명이 들려왔다.

더 이상 참을 수가 없어서 커다란 소리로 도움을 청하려

한 순간, 발밑의 바닥이 흔들흔들 흔들리는가 싶더니 한꺼번에 네다섯 단이나 굴러떨어져 있는 힘껏 문에 부딪힌 뒤 조그만 방 안에 엎드린 채 쓰러져버리고 말았다. 거기에 지금 막 사람이 뛰쳐나간 듯한 빈 침대와, 의자의 등받이에 걸린 갈색 상의가 있었기에 여기가 바로 나이 든 집사의 침실이구나 하고 바로 알아차릴 수 있었다. 그 순간 거칠게 계단을 달려 내려온 집사가 갑자기 내 발밑에 넙죽 엎드리더니 말했다.

"당신이 어떤 분이시든, 또 저 천박한 악마 계집이 어떤 방법을 써서 당신을 유혹해 이 저택 안으로 끌어들였든, 부디 여기에서 일어났던 일은 누구에게도 말하지 말아 주십시오. 제 지위가 달린 문제입니다. 그 미치광이 부인은 벌을 주기 위해서 침대에 단단히 묶어두었습니다. 벌써 깊이 잠들었습니다. 오늘은 따뜻한 7월 밤으로 달은 보이지 않지만 하늘 가득 별이 반짝이고 있습니다. 그럼 안녕히 가십시오."

내게 애원한 그는 램프를 들고 방에서 나가 나를 집 밖으로 밀어낸 뒤, 문을 잠가버렸다. 나는 미친 사람처럼 우리 집으로 달려왔는데 그로부터 사오일 동안은 머리가 완전히 이상해졌기에 그 무시무시한 사건에 대해서 조금도 생각할 수가 없었다. 단, 그렇게 오래도록 나를 괴롭히던 마법에서 해방되었다는 사실만은 나도 느낄 수 있었다. 따라서 그 거울에 나타났던 여자의 얼굴에 대한 나의 동경도 식었고, 그 폐가의 무시무시한 광경에 대한 기억도 그저 어떤 이유에서 정신병원을 방문했던 것이라는 정도의 추억이 되어버렸다.

그 나이 든 집사는 정신이 이상해져서 이 세상으로부터 완전히 격리된 한 고귀한 부인의 폭군적 감시인이라는 사실에는 더 이상 의심의 여지가 없었다. 그렇다면 그 거울은 어떻게 된 것일까? 지금까지의 여러 가지 마법은 어떻게 된 것일까? 지금부터 하는 내 이야기를 잘 들어보기 바란다.

그로부터 다시 사오일쯤 뒤, P백작이 주최한 야회에 참석했는데 P백작이 나를 구석으로 데려가더니, "그 폐가의 비밀이 밝혀졌다는 사실을 알고 계십니까?"라고 미소를 지으며 내게 물었다.

나는 거기에 커다란 흥미를 느껴 백작이 계속해서 말하기를 기다렸으나 안타깝게도 바로 그때 식당 문이 열렸기에 백작도 그대로 입을 다물어버리고 말았다. 나 역시 백작의 말에 정신이 팔려서 상대가 된 젊은 아가씨에게 거의 기계적으로 팔을 내밀어 사교적인 행렬 속으로 들어갔다.

그리고 나는 정해진 자리로 그 아가씨를 안내한 뒤, 그제야 처음으로 아가씨의 얼굴을 보았는데 놀랍게도 그 환상 속의 여자가 내 눈앞에 서 있지 않겠는가! 나는 마음 깊은 곳까지 떨려오는 것을 느꼈으나, 그 환영에 시달릴 때처럼 광기

어린 동경심은 조금도 생기지 않았다. 그래도 상대방 아가씨
가 놀란 듯 가만히 내 얼굴을 바라보았기에, 내 눈에는 역시
공포의 빛이 어려 있다는 사실을 알 수 있었다. 나는 간신히
마음을 진정시킨 뒤, 쑥스러움을 감추기 위해 "예전에 당신
을 어딘가에서 본 적이 있는 것 같습니다만." 하고 말했더니
뜻밖에도 "어제 태어나서 처음으로 이 X시에 왔어요."라고
상대방이 간단히 받아넘겼기에 내 머리는 더욱 혼란스러워
져서 여자에게 예의가 아닌 줄은 알면서도 그대로 입을 다물
어버리고 말았다. 하지만 그녀가 다정한 눈으로 바라봐주었
기에 다시 용기를 얻은 나는 이 새로운 아가씨의 마음의 움직
임을 관찰해보고 싶다는 생각이 들었다. 그 아가씨는 틀림없
이 사랑스럽기는 했으나, 마음 어딘가에 근심이 있는 것처럼
보였다. 서로의 이야기가 한참 무르익어 내가 때때로 대담하
고 신랄한 말을 쓰면 그럴 때마다 언제나 미소를 지어 보이기
는 했으나 그 그늘에는 마치 상처를 찔렸을 때와 같은 고뇌가
숨겨져 있는 것처럼 보였다.

"오늘 밤에는 꽤나 기운이 없어 보이시는데, 오늘 아침에
도착하신 건가요?"라고 내 옆에 앉아 있던 사관이 그 아가씨
에게 말을 걸었다.

그 말이 채 끝나기도 전에 옆에 있던 사내가 사관의 팔을
붙잡고 무슨 말인가를 귀에 속삭였다. 그때 식탁 반대편에서

는, 한 여자가 흥분해서 새빨개진 얼굴로 어젯밤에 보고 온 오페라에 대해서 커다란 목소리로 이야기하기 시작했다. 이런 유쾌한 환경이 그녀의 외로운 마음에 어떤 영향을 준 것인지 그녀의 눈에서는 눈물이 솟아오르기 시작했다.

"저, 바보 같죠?"라고 그녀가 나를 바라보며 말했다. 그리고 얼마 지나지 않아서 그녀는 머리가 아프다고 말했다.

"괜찮아요, 너무 신경을 써서 잠깐 머리가 아픈 거예요. 이 감미로운 시인의 음료(샴페인) 속 거품 안에서 보글보글 솟아오르고 있는 쾌활한 영혼만큼 잘 듣는 약도 없을 겁니다."라고 내가 허물없이 말하며 그녀의 잔에 샴페인을 가득 부어주자 그녀는 거기에 살짝 입술을 댄 뒤 내게 감사의 눈길을 보냈다.

그녀의 기분도 좋아진 듯하여 이대로 가면 모든 일이 유쾌한 가운데 끝날 듯했으나, 어쩌다 그만 내 샴페인 잔이 그녀의 잔에 부딪힌 순간 그녀의 잔에서 이상하게 높다란 소리가 울렸기에 그녀와 나는 갑자기 얼굴빛이 변해버리고 말았다. 그 소리가 그 폐가에 있던 미치광이 여자의 목소리와 똑같았기 때문이었다.

커피가 나온 뒤 적당한 기회를 봐서 P백작 옆으로 다가가자, 백작은 내가 그런 행동을 한 이유를 얼른 눈치챈 모양이었다.

"당신은 옆자리의 아가씨가 에드비나 백작가의 따님이라는 사실을 알고 계십니까? 그리고 오랜 세월 불치의 정신병에 시달리며 그 폐가에서 살고 있는 것이 그 아가씨의 이모라는 사실을 알고 계십니까? 그 아가씨는 오늘 아침에 어머니와 함께 불행한 이모를 만나러 온 겁니다. 그 부인의 발광을 가라앉힐 수 있는 건 그 나이 든 집사밖에 없는데 그 유일한 사람이 갑자기 중병에 걸렸다고 합니다. 들리는 소문에 의하면 그 아가씨의 어머니가 K박사를 찾아가서 그 집에 대한 비밀을 털어놓았다고 합니다."

K박사, 그 이름은 여러분도 이미 알고 계실 것이다. 이에 말할 필요도 없이 나는 한시라도 빨리 그 비밀을 풀기 위해 박사의 집으로 찾아가, 내가 안심할 수 있도록 그 광녀에 대해서 자세히 이야기해달라고 부탁했다. 다음은 비밀을 지키겠다는 약속하에 박사가 내게 들려준 이야기다.

안젤리카, 즉 Z백작의 딸은 이미 서른 고개를 넘어섰지만 아직 상당히 아름다웠기에 그녀보다 훨씬 나이가 어린 에드비나 백작이 열심히 자신의 사랑을 고백했다. 그랬기에 두 사람은 자신들의 운명을 시험해보기 위해 아버지인 Z백작의 저택에 가기로 했다. 그런데 에드비나 백작이 그 저택에 들어서 안젤리카의 동생을 본 순간 언니의 용모가 갑자기 퇴색해버린 듯한 느낌이 들었고, 그녀에 대한 열렬한 사랑도 꿈처럼 깨져버렸기에 그는 동생인 가브리엘과의 결혼을 아버지인 백작에게 청했다. Z백작은 작은딸도 에드비나 백작을 싫어하지 않는다는 사실을 알고 바로 두 사람의 결혼을 허락했다.

언니 안젤리카는 남자의 배신을 매우 원망했으나 겉으로는 그를 아주 경멸하듯, "흥, 백작은 내가 싫증이 나서 버린 장난감이라는 사실을 모르는 모양이군." 하고 말했다. 하지만 가브리엘과 에드비나 백작의 약혼식이 끝난 뒤부터, 안젤리카는 가족들이 모이는 자리에 얼굴을 내밀지 않는 경우가 많아졌다. 뿐만 아니라 그녀는 식당에도 모습을 드러내지 않고 하루의 대부분을 혼자 숲 속을 거닐며 보냈다.

그런데 한 가지 이상한 사건이 일어나 이 성의 단조로운 생활을 깨뜨렸다. 어느 날, 마을 사람들 가운데서 뽑힌 Z백작가의 사냥꾼들이 얼마 전에 옆의 영지에서 살인과 절도를 저질러 고소당한 집시 한 무리를 붙잡아, 남자는 사슬에 묶고 아녀자들은 마차에 태워 성의 마당으로 끌고 들어왔다. 여자 집시들 가운데서는 머리부터 발끝까지 새빨간 숄을 걸친 키가 크고 마른, 섬뜩한 얼굴을 한 노파가 가장 먼저 눈에 띄었다. 그 노파가 마차 안에 서서 한없이 거만한 목소리로 자신을 마차에서 내리라고 명령하듯 말했기에 그 태도에 겁을 먹은 백작의 하인들이 바로 그 노파를 마차에서 내려주었다.

마당으로 내려간 Z백작은 그 죄인들을 성의 지하 감옥에 가두라고 명령했다. 그 순간 머리를 풀어헤친 채 잔뜩 겁먹은 얼굴로 안젤리카가 저택 안에서 달려 나와 아버지의 발밑에 무릎을 꿇었다.

"저 사람들을 용서해주세요, 아버지. 저 사람들을 용서해주세요. 만약 아버지께서 단 한 방울이라도 저 사람들의 피를 흘리게 하신다면 전 이 칼로 제 가슴을 찌르겠어요."

칼을 치켜들며 날카로운 목소리로 이렇게 외치더니 그대로 정신을 잃고 말았다.

"그렇습니다, 그렇습니다. 아름다운 아가씨. 저는 당신이 저희를 구해주실 줄 진작부터 알고 있었습니다."

이렇게 새된 목소리로 외친 뒤, 집시 노파는 무엇인가 입 안에서 중얼거리며 안젤리카 위로 몸을 수그려 역겨움이 느껴지는 입맞춤을 그녀의 얼굴과 가슴에 마구 해댔다. 그런 다음 숄의 주머니에서 조그만 금붕어가 은색 액체 속에서 헤엄치고 있는 것처럼 보이는 작은 유리병을 꺼내 안젤리카의 가슴으로 가져가자, 그녀는 곧 의식을 회복했다. 그녀가 노파를 보자마자 갑자기 몸을 벌떡 일으켜 노파를 끌어안고 질풍처럼 성 안으로 데리고 들어갔기에, Z백작은 물론 중간부터 나와 있던 동생 가브리엘과 그의 연인인 에드비나 백작도 너무 놀라서 온몸의 털이 곤두서는 듯했다. 어쨌든 Z백작은 그 죄인들의 사슬을 풀게 한 뒤, 모두를 서로 다른 감옥에 가두게 했다.

이튿날 Z백작은 마을 사람들을 불러 그 앞에서 집시들에 게는 죄가 없다는 사실을 선고하고 자기 영지의 통과권을 건 네주었는데 그 해방된 집시들 가운데 빨간 숄을 걸친 노파의 모습은 보이지 않았다. 틀림없이 금 사슬을 목에 두르고 스페 인풍의 모자에 빨간 깃털을 단 집시의 우두머리가 어젯밤 몰 래 백작의 방으로 찾아가 백작에게 부탁을 한 것이라고 마을 사람들은 수군거렸다. 실제로 집시들이 떠난 뒤에 그들은 살 인자도 절도범도 아니라는 사실을 알게 되었다.

이제 가브리엘의 결혼식도 얼마 남지 않았다. 어느 날 안 뜰에 여러 대의 짐마차를 끌어다 놓고 거기에 가재도구와 옷 가지를 산더미처럼 실어놓은 것을 보고 가브리엘은 깜짝 놀 랐다. 다음 날, Z백작은 여러 가지 사정으로 안젤리카가 X시 의 별장에서 혼자 살고 싶다고 청했으며 자신은 그것을 들어 주기로 했다는 사실을 가브리엘에게 들려주었다. 백작은 그 별장을 큰딸에게 주기로 했으며 가족은 물론 아버지인 백작 조차도 그녀의 허가 없이는 그 별장에 출입하지 않겠다고 그 녀에게 약속했다. 그리고 백작은 그녀의 간절한 청을 받아들 여 그녀의 집안일을 돌보게 하기 위해서 자신의 하인을 딸려 보내기로 했다.

결혼식은 무사히 끝났다. 에드비나 백작과 신부 가브리엘은 자신들의 저택에서 둘만의 행복한 시간을 보내고 있었다. 그런데 이상하게도 어떤 비밀스러운 슬픔이 생명을 갉아먹고 쾌락과 정력을 앗아가듯 에드비나 백작의 몸이 날이 갈수록 쇠약해져 갔다. 신부인 가브리엘은 남편의 근심이 무엇때문인지 그 원인을 알아내기 위해 온갖 수단을 동원했으나 그것은 헛수고였다. 머지않아 에드비나 백작은 그대로 있다가는 점점 밀려드는 저주로 목숨을 잃을지도 모른다는 두려움 때문에 의사의 지시에 따라 결연히 그 저택에서 떠나 피자로 갔다. 그때 그의 아내는 임신한 상태였기 때문에 남편과 함께 떠나지 못했다.

"이상은 가브리엘 부인이 제게 밝힌 이야기입니다만, 그것은 너무나도 광기 어린 이야기여서 아주 날카로운 관찰력을 가지고 살펴보지 않으면 이야기의 앞뒤 관계를 파악할 수가 없습니다."라고 설명한 뒤 다시 이야기를 이어나갔다.

가브리엘 부인은 남편이 없는 동안 여자아이를 낳았는데 얼마 지나지 않아 누군가가 그 아이를 가로챈 듯 저택 안에서 그 아이가 사라져 사방팔방으로 찾아보았지만 끝내 그 행방은 알 수가 없었다. 어머니인 부인의 비탄은 옆에서 지켜보기에도 가엾을 정도였는데, 거기에 더해 아버지 Z백작으로부터 피자에 있어야 할 에드비나 백작이 X시에 있는 안젤리카의 저택에서 번민을 거듭하다 빈사 상태에 빠졌다는 내용의 편지를 받았기에 부인은 거의 미쳐버릴 것만 같았다.

부인은 산욕기가 지나기를 기다렸다가 아버지의 성으로 달려갔다. 어느 날 밤, 그녀는 생이별한 남편과 아기의 안부가 걱정돼서 도저히 잠을 이룰 수 없었는데 너무 신경을 쓴 탓인지 문밖에서 희미하게 아기의 울음소리 같은 것이 들려오는 듯하여 불을 밝힌 뒤 문을 열어보고는 깜짝 놀라지 않을 수 없었다. 문밖에서는 새빨간 숄을 걸친 집시 노파가 엎드려 쓰러진 채 '죽음'의 빛이 어린 눈으로 가만히 그녀를 바라보고 있었을 뿐만 아니라 그 팔에는 부인을 불러낸 목소리의 주인공인 아기를 안고 있었다.

앗! 우리 딸이다. 부인은 집시 노파의 팔에서 낚아챈 자신의 아이를, 기쁨으로 고동치는 가슴에 꼭 끌어안았다.

부인의 외침에 놀란 집안사람들이 일어나 달려왔을 때 집시 노파는 이미 싸늘하게 식어버려서 아무리 치료를 해도 다시 되살아나지는 못했다.

아이의 할아버지인 Z백작은 이 손녀를 둘러싼 신비한 사건의 수수께끼를 조금이라도 풀 수 있지 않을까 싶어 서둘러 X시에 있는 안젤리카의 저택으로 갔다. 그런데 그녀의 광기 어린 행동에 놀라 하녀들은 이미 모두 달아난 상태였고 그 집사만이 혼자 남아 있었다. 백작이 들어섰을 때 안젤리카는 정상이었으며 의식도 명료했으나 손녀에 관한 이야기가 시작되자 그녀는 갑자기 손뼉을 치고 커다란 소리로 웃으며 외치기 시작했다.

"어머, 그 꼬맹이가 아직도 살아 있단 말인가……. 당신, 그 꼬맹이를 묻었죠, 틀림없이……."

섬뜩함 속에서 자신의 딸이 마침내 진짜로 미쳐버렸다는 사실을 알게 된 백작은 집사가 말리는 것도 듣지 않고 그녀를 자신의 영지로 데려가려 했다. 그런데 그녀를 이 집에서 데려가겠다는 사실을 살짝 내비친 것만으로도 안젤리카는 갑자기 난폭해지기 시작해서 그녀 자신의 목숨뿐만 아니라 아버지의 목숨까지도 위험해질 정도의 소동을 벌였다.

다시 제정신으로 돌아온 그녀는 눈물을 흘리며 이 집에서 일생을 보내게 해달라고 아버지에게 애원했다. 백작은 안젤리카의 고백 전부가 제정신이 아닌 상태에서 아무렇게나 내뱉은 말이라고 생각했으나, 그래도 딸의 커다란 괴로움에 마음이 흔들려 그 청을 받아들이기로 했다. 그 고백이란, 에드비나 백작은 자신에게로 돌아왔으며 집시 노파가 아버지의 저택으로 데려간 아이는 에드비나 백작과 자신 사이에서 태어난 아이라는 것이었다. X시에서는 Z백작이 가엾은 큰딸을 성으로 데리고 돌아갔다는 소문이 돌았지만 사실 안젤리카는 여전히 그 집사의 감시하에 그 폐가에서 숨어 살고 있었던 것이다.

그로부터 얼마 지나지 않아 Z백작이 세상을 떠났기에 가브리엘 부인은 아버지가 돌아가신 후의 집안을 정리하기 위해 X시까지 찾아왔다. 물론 그녀가 언니 안젤리카를 만나면 틀림없이 어떤 소동이 일어날 것이었기에 가브리엘 부인은 불행한 언니를 만나지는 않았다. 게다가 그 부인은 불행한 언니를 나이 든 집사와 떼어놓아야 한다는 사실을 깨달았다고 말했으나 그 이유는 끝내 털어놓지 않았다. 단, 여러 가지 정황을 고려해 귀납적으로 상상해본 결과, 그 나이 든 집사가 여주인의 발광을 징계하여 가라앉힘과 동시에 그녀가 금을 만들어낼 수 있다는 망상에 사로잡혀 그녀의 섬뜩한 실험에서 조수 역할을 하고 있었다는 사실만은 알 수 있었다.

"이처럼 신기한 사건의 심리적 관계를 당신에게 말씀드릴 필요는 없다고 생각합니다. 단, 한 가지 당신에게 고백하지 않으면 안 될 것이 있는데, 사실은 제가 당신의 목 뒷부분에 손을 대서 당신 최면상태의 모체가 되었을 때, 제 눈에도 그 거울 속의 여자가 보였기에 깜짝 놀랐습니다. 하지만 안심하시기 바랍니다. 그 거울에 비친 것은 환상 속의 여자가 아니라 에드비나 백작부인의 얼굴이었다는 사실을 알게 되었으니."

박사의 이야기는 이것으로 끝났다. 박사는 내 정신에 안정을 주기 위해서라도 이번 사건에 대한 이 이상의 해석은 할 수 없다고 말했는데, 그 사실을 여기에도 밝혀두기로 하겠다.

나 역시도 이제 와서 안젤리카와 에드비나 백작, 그리고 그 나이 든 집사와 나 자신의 관계―그것은 악마의 짓이라고도 여겨지는데―, 그 관계를 이 이상 여러분과 논의할 필요는 없다고 생각한다. 나는 이번 사건 직후 떨쳐내려 해도 떨쳐낼 수 없는 우울증에 걸렸기에 내쫓기듯 그 X시를 떠났다. 그 후로도 1, 2개월 정도는 꺼림칙한 기분을 떨쳐낼 수 없었으나 어느 날 갑자기 깨끗이 잊은 듯 뭐라 표현할 수 없는 유쾌한 기분이 몇 개월 만에 내 마음으로 돌아왔다는 사실만은 마지막으로 덧붙여두겠다.

내 마음에 그런 기분의 전환이 찾아온 순간, X시에서는 그 정신병에 시달리던 부인이 숨을 거두었다.

환상의 인력거

러디어드 키플링(Rudyard Kipling, 1865~1936)

영국의 소설가, 시인. 특히 영국의 통치하에 있던 인도를 무대로 한

작품, 아동문학으로 널리 알려져 있다. 19세기 말부터 20세기 초에

영국에서 가장 인기 있었던 작가 중 한 명으로 대표작으로는 『정글

북』, 『꺼져버린 불빛』 등이 있다.

1

악몽이여, 나의 안식을 깨지 말기를.

어둠의 힘이여, 나를 괴롭히지 말기를.

인도가 영국보다 우월한 두어 가지 점 가운데 하나는, 얼굴이 매우 널리 알려지게 된다는 점이다. 좋든 싫든 남자인이상 인도의 한 지방에서 5년 동안 공무에 종사하다 보면 직접, 혹은 간접적으로 2, 3백 명의 인도인 문관과 열한두 개 중대와 연대의 모든 사람들과, 여러 재야인사 1,500명 정도에게얼굴이 알려지게 되며, 10년 동안에 그의 얼굴은 2배 이상의사람들에게 알려지고, 20년쯤 지나면 인도 제국 내의 영국인거의 전부를 알게 되거나, 혹은 적어도 그들에 대해서 무엇인가를 알게 되어 어디를 가든 호텔 요금을 내지 않고 여행을할 수 있게 된다.

환대받는 것을 당연한 일이라 여기고 있는 세계 만유자

도 내 기억에 의하면, 요즘에는 꽤 조심스러워지기는 했으나, 여러분이 지식계급에 속하고 예의를 모르는 무뢰한이 아닌한 아직도 여전히 모든 가정은 여러분을 위해서 문을 열고 매우 친절하게 보살펴줄 것이다.

지금으로부터 약 15년쯤 전에 카마르자의 리켓이라는 사내가 쿠마온에 있는 폴더의 집에서 머문 적이 있었는데, 처음에는 그저 이틀 밤 정도 신세를 질 생각이었으나 류머티즘성 발열이 원인이 되어 6주 동안이나 폴더의 집안을 혼란스럽게 했으며 폴더의 일을 중단하게 했고 폴더의 침실에서 거의 죽을 정도로 괴로워했다. 폴더는 마치 리켓의 노예라도 된 것처럼 온갖 정성을 다했을 뿐만 아니라 지금도 매해 리켓의 아이들에게 선물과 장난감 상자를 보내고 있다. 이런 일은 어디에서나 모두 마찬가지다. 당신에 대해서, 너는 아무런 재주도 없는 당나귀라는 생각을 특별히 숨기려고도 하지 않고 자신의 생각을 전부 말하는 남자나, 당신의 성격에 상처를 주거나 당신 아내의 오락에 대해서 오해를 하는 여자일수록 오히려 여러분이 병에 걸리거나 혹은 매우 커다란 근심에 부딪히게 되었을 때 자신의 몸도 돌보지 않고 온 힘을 다해 도와주는 법이다.

의사 헤더레이는 평범한 개업의이기는 하지만, 자신의 집에 병실을 갖추고 있었다. 그의 친구들은 그 설비에 대해서

166

어차피 더는 나을 가능성이 없는 환자를 위한 마구간이라고 평했지만, 사실 폭풍우를 만나 난파 직전에 있는 배에게 있어서는 적당한 피난처였다. 인도의 기후는 곧잘 후텁지근해지는 데다 벽돌로 만든 집의 숫자가 적기 때문에 유일한 특혜로 시간 외에 일하는 것을 허락하고는 있지만, 그래도 역시 기후를 견디지 못해 때로는 꼬여버린 문장처럼 머리가 이상해져서 쓰러지는 사람들도 있다.

헤더레이는 지금까지 인도에 왔던 사람들 중에서는 가장 실력이 좋은 의사이기는 했으나 그가 환자의 지도를 위해 하는 말이라고는 "마음을 가라앉히고 누워 계세요.", "천천히 걸으세요.", "머리를 식히세요."라는 것 세 가지뿐이었다. 그의 말에 의하면 대부분의 사람들은 이 세상에서 살아가는 데 필요한 것 이상으로 일을 하기 때문에 목숨을 잃는 것이라고 한다. 그는 3년쯤 전에 자신이 치료한 판세이라는 환자도 과격한 일 때문에 목숨을 잃었다고 주장하고 있다. 물론 그는 의사로서 그런 식으로 단정할 수 있는 권리를 가지고 있기 때문에, 판세이의 머리에 균열이 생겼고 거기로 암흑세계가 아주 조금 스며들어서 죽음에 이르게 된 것이라는 나의 설을 일소에 부치고 있다.

"판세이는 고국을 오래 떠나 있었기에 그것이 원인이 돼서 세상을 떠난 거야."라고 그는 말했다. "그가 키스 웨싱턴 부인에게 좋지 않은 짓을 했든 하지 않았든, 그런 것은 아무래도 상관없어. 단지 내가 주목해야 할 점은 카타분디 식민지의 사업이 그를 완전히 지치게 만들었다는 점과, 그가 여자에게서 온 어떤 의도가 담긴 하찮은 편지에 너무 연연하여 끙끙 앓기도 하고 기뻐하기도 했다는 점이야. 그는 매너링 양과 정식으로 약혼을 했음에도 불구하고 그녀는 그것을 깨버리고 말았어. 그 때문에 그는 오한을 느끼고 열병에 걸림과 동시에 유령이 나온다는 말도 안 되는 헛소리를 하게 된 거야. 다시 말해서 피로가 병의 원인이기도 하고, 죽음의 원인이기도 하니 참 딱하게 됐어. 그러니 정부에 전달해주기 바라네. 혼자서 두 사람 반 분량의 일을 한 사람이라는 사실을……."

나는 헤더레이의 이 해석을 믿지 못하겠다. 나는 헤더레이가 왕진을 위해 외출할 때면 곧잘 판세이 옆에 앉아 있어주곤 했는데 한번은 하마터면 비명을 지를 뻔한 적이 있었다. 그 후 그는 낮지만 차분하기 짝이 없는 목소리로, 언제나 자기 침대 밑으로 남자와 여자와 아이들과 악마의 행렬이 지난다고 말해 나를 오싹하게 만들었다. 그의 말은 섬뜩한 느낌이 들 정도로 웅변적인, 열에 들뜬 환자 특유의 것이었다. 나는 그가 제정신으로 돌아왔을 때 번민의 원인이 된 일을 처음부터 끝까지 적어놓으면 마음이 가벼워질 것이라고 말해주었다. 실제로 어린아이가 좋지 않은 말을 하나 새로이 배우면

문에 낙서를 할 때까지는 만족을 모르는 법이다. 그것도 역시 일종의 문학이다.

집필 중에 그는 매우 흥분했다. 그리고 그가 취한 학자연하는 잡지풍의 문체가 그의 감정을 더욱 자극했다. 그로부터 2개월 뒤에는 의사에게 일을 해도 좋다는 말까지 들었으며, 또 일손이 부족한 위원회의 번거로운 일을 도와달라는 간절한 청도 있었으나 임종에 직면해서 자신은 악몽에 시달리고 있다는 사실을 밝힌 뒤 스스로 죽음을 선택해버리고 말았다. 나는 그가 숨을 거두기까지 그 원고를 밀봉해 두었었다. 다음은 그의 사건에 관한 초고로 1885년에 기록된 것이다.

의사는 내게 휴양과 전지(轉地)의 필요성이 있다고 말했다. 하지만 나는 곧 이 두 가지 모두를 실행할 수 있을 것이다. 단, 나의 휴양은 영국 전령의 목소리나 정오를 알리는 포 소리에 깨질 일이 없는 영원한 안식일 것이며, 나의 전지는 그 어떤 귀항선도 나를 데려가지 못할 정도로 멀고 먼 저승이 될 것이다. 나는 의사의 지시에 노골적으로 반대하여 한동안 지금 있는 여기에 머물며 내 비밀을 털어놓기로 결심했다. 여러분은 자연스럽게 내 병의 성질에 대해서 정확히 이해할 수 있게 될 것이며, 또 이 세상에 태어난 남자 가운데서 여자 때문에 나처럼 고통을 받은 사람이 일찍이 있었는지 없었는지도 자연스럽게 알게 될 것이다.

사형수가 교수대에 오르기 전에 참회를 해야 하는 것처럼, 나도 지금부터 참회를 할 생각인데, 어쨌든 나의 이 믿기 어려울 정도로 섬뜩하고 광기 어린 이야기는 여러분의 주의를 끌 것이다. 하지만 나는 사람들이 내 이야기를 영원히 믿으리라고는 조금도 생각지 않는다. 2개월 전에는 나 역시, 대담하게도 이와 똑같은 이야기를 내게 들려준 그 사람을 미치광이나 술주정뱅이라도 되는 양 모멸했었다. 그리고 2개월 전, 나는 인도에서 가장 행복한 사람이었다. 그런데 지금은 페샤와르에서 해안에 이르기까지, 그 사이에 나보다 불행한 사람은 아마 없을 것이다.

이 이야기를 알고 있는 것은 의사와 나, 두 사람뿐이다. 하지만 의사는 내 머리와 소화력과 시력이 병 때문에 이상해져서 때때로 집착성 환상이 보이는 것이라고 해석하고 있다. 환상, 그렇다! 나는 의사를 바보 취급하고 있지만 그래도 그는 여전히 빨간 구레나룻을 깔끔하게 정리한 얼굴에 끊임없이 미소를 지으며 매일 온화한 직무적 태도로 나를 돌봐주고 있기에 결국에는 나도, 나는 배은망덕하고 성격이 좋지 못한 환자라며 부끄러워하게 되었다. 그러니 내가 지금부터 이야기하는 것이 환상인지 아닌지 여러분이 판단해주었으면 한다.

3년 전, 길고 긴 휴가가 끝나 그레이브 세인트에서 봄베이로 돌아오는 배 안에서 봄베이 지방 사관의 아내인 아그네스 키스 웨싱턴이라는 여자를 알게 된 것이 내 운명, 나의 커다란 불행의 시작이었다. 그녀가 대체 어떤 여자인지를 아는 것은 여러분에게도 상당히 필요한 일일 테지만, 그에 대해서는 항해가 끝날 무렵부터 그녀와 내가 서로 열렬한 불륜 관계에 빠졌다는 사실만 알면 충분히 만족할 수 있을 것이다.

이런 사실은 내게 조금이라도 허영심이 남아 있다면 이야기할 수 있을 만한 것이 아니지만 지금의 내게 그런 것은 조금도 남아 있지 않다. 한편 이러한 연애는 일반적으로 한쪽이 먼저 시작하고 다른 한쪽이 그것을 받아들이는 경우가 대부분이다. 그런데 불길한 조짐을 보인 우리 연애의 첫째 날부터 나는 아그네스가 매우 정열적이며, 남자보다 더, —굳이 말하자면— 나보다 더 순수한 감정을 가진 여자라는 사실을 알게 되었다. 따라서 그 당시에는 그녀가 우리의 연애를 어떻게 생각했는지 모르겠으나, 그 후 그것은 두 사람에게 있어서 실로 쓸쓸하고 괴로운 것이 되어버렸다.

그해 봄, 봄베이에 도착한 우리는 서로 헤어지게 되었다. 그로부터 2, 3개월 동안은 전혀 만나지 못했지만 나의 휴가와 그녀의 사랑이 우리 두 사람을 다시 심라로 달려가게 했다. 거기서 그 계절을 둘이 함께 보냈는데, 그 해가 끝날 무렵 나의 이 허망한 연애의 불꽃이 전부 타버려 애석한 끝을 맞이하게 되었다. 나는 그것에 대해서 특별히 변명하고 싶은 마음은 없다. 웨싱턴 부인도 나를 포기하고 단념하려 했었다.

1882년 8월에 그녀는 내 입을 통해서 직접, 이 이상 얼굴을 보는 것도 교제를 하는 것도 목소리를 듣는 것조차도 싫증이 났다는 말을 들었다. 100명 중 99명의 여자는 내가 그녀들에게 질리면 그녀들도 역시 내게 질릴 것이며, 100명 중 75명 정도는 조심성 없이 다른 남자와 함부로 사귀어 내게 복수를 하려 들 것이다. 하지만 웨싱턴 부인은 바로 그 100번째 여자였다. 내가 아무리 혐오스러운 말을 해도, 또 두 번 다시는 만나기 싫다는 생각이 들 정도로 아무리 지독하고 잔인한 짓을 해도 그녀에게는 조금도 효과가 없었다.

"저기요, 잭." 이라고 그녀가 마치 영원히 되풀이하기라도 할 것처럼 넋이 나간 듯한 목소리로 말했다. "이건 틀림없이 잘못된 생각이에요. ……잘못 생각하고 있는 거예요. 저희는 언젠가 다시 사이좋은 친구가 될 거예요. 부디 저를 잊지 말아 주세요. 나의 사랑 잭……."

나는 죄인이었다. 그리고 나 자신도 그 사실을 알고 있었기에 자업자득이라 생각하고 나의 불행을 말없이 참았으며, 또 무모할 정도로 분명하게 혐오하기도 했다. 그것은 마치 한 사내가 거미를 반죽음 상태로 만들고 나면 반드시 밟아 죽이고 싶다는 충동을 느끼는 것과 같은 것이었다. 나는 이러한 혐오감을 가슴에 품은 채 그 계절을 보냈다.

이듬해 우리는 다시 심라에서 만났다. 그녀는 단조로운 얼굴에 겁먹은 표정으로 우리 사이를 되돌리려 했으나 나는 더 이상 보기조차 싫었다. 그래도 나는 몇 번인가 그녀와 단둘이서 만나지 않을 수 없었는데 그럴 때면 그녀의 말은 언제나 똑같았다. 변함없이 그, '잘못 생각하고 있는 것'이라는 억지스러운 말을 되풀이하며 슬피 울었고 결국에는 '친구로 지내자.'며 끝까지 집요하게 요구했다.

내가 주의 깊게 관찰했다면 그녀가 이 희망으로만 살아가고 있었다는 사실을 깨달았을지도 모른다. 그녀는 날이 갈수록 혈색이 나빠졌으며 점점 야위어갔다. 적어도 여러분과 나는 이러한 일일수록 더욱 단념시켜야 한다는 점에 있어서는 같은 마음일 것이라 생각한다. 실제로 그녀의 행동은 주제넘고, 유치하고, 여자답지도 못했다. 나는 그녀를 한껏 탓해도 되리라 생각했다. 그럼에도 불구하고 종종 열에 들뜬 듯 잠을 이루지 못하는 어두운 밤이면, 나는 점점 그녀에게 호의를 갖게 된 것이 아닐까, 하는 생각을 시작하곤 했다. 하지만 그것도 틀림없이 하나의 '환상'이다. 나는 그녀를 더 이상 사랑할 수 없게 되었으니, 계속 사랑하는 척하기란 불가능한 일이었다. 그런 일이 가능하기나 하겠는가? 무엇보다 그것은 우리 모두에게 옳은 일이 아니었다.

작년에도 우리는 또 만났다. 재작년과 같은 시기였다. 그리고 재작년과 마찬가지로 그녀는 지긋지긋한 탄원을 되풀이했고 나 역시도 그때처럼 매정한 대답을 했다. 그렇게 해서 예전의 관계를 회복하려 하는 그녀의 노력이 얼마나 잘못된 것인지, 또 얼마나 쓸데없는 짓인지를 알게 하려 했다.

계절이 끝나고 우리는 헤어졌다. 다시 말해서 그녀는 나를 더 이상 만날 수 없다는 사실을 깨달았다. 왜냐하면 내가 다른 곳에 마음을 빼앗길 만한 일이 발생했기 때문이었다. 지금 병실에서 조용히 그 당시의 일을 회상하자니, 1884년의 그 계절의 일들이 묘하게 명암이 뒤섞여 혼돈스러운 악몽처럼 보이기 시작한다.

─사랑스러운 키티 매너링의 애교, 나의 희망, 의혹, 공포, 키티와 둘이서 말을 타고 멀리로 놀러 갔던 일, 몸을 부들부들 떨며 한 사랑의 고백, 그녀의 대답, 그리고 때때로 검은색과 흰색이 섞인 작업복을 입은 쿨리가 끄는 인력거를 타고 조용히 지나가는 하얀 얼굴의 환영, 웨싱턴 부인의 장갑을 낀 손, 그리고 아주 가끔이기는 했으나 부인과 나 단둘이서 만나면 답답할 정도로 단조로운 그녀의 탄원.─

나는 키티 매너링을 사랑하고 있었다. 진심으로 그녀를 사랑하고 있었다. 그리고 내가 그녀를 사랑하면 사랑할수록 아그네스에 대한 혐오감은 더욱 깊어만 갔다. 8월에 키티와 나는 약혼을 했다. 그 다음 날, 나는 작코의 뒤에서 저주스러운 요설가인 쿨리들을 만났을 때, 일시적으로 사소한 연민의 정에 사로잡혀 웨싱턴 부인에게 모든 사실을 털어놓기를 그만두기로 했으나 그녀는 나의 약혼 사실을 이미 알고 있었다.

"당신 약혼을 하셨다더군요, 잭." 하고 말한 뒤 그녀는 숨도 쉬지 않고 "전부 잘못 생각하고 있는 거예요. 한참 잘못 생각하고 있는 거예요. 저희는 언젠가 예전처럼 좋은 친구가 될 거예요. 그렇죠, 잭?" 이라고 말했다.

나의 대답은 남자마저도 두려워서 몸을 움츠리게 만들었을 것이다. 그것이 채찍처럼 내 눈앞에 있는 빈사 상태의 여자의 마음에 상처를 주었다.

"부디 저를 잊지 말아 주세요. 부탁이에요, 잭. 전 당신을 화나게 할 생각은 없었어요. 하지만 정말로 화나게 만든 것 같네요, 정말로……."

이렇게 말하는가 싶더니 웨싱턴 부인은 갑자기 쓰러져버리고 말았다. 나는 그녀를 마음 편히 집으로 돌려보내기 위해 그대로 얼굴을 돌린 채 자리를 떴으나 곧 내가 말할 수 없이 천하고 비열한 사내였다는 생각이 들었다. 내가 뒤를 돌아보니 그녀는 인력거를 되돌리게 하고 있었다.

그때의 정경과 주위의 모습이 내 기억에 각인되어버리고

말았다. 비에 씻겨 깨끗해진 하늘(마침 우기가 끝날 무렵이었기에), 젖어서 거뭇해진 소나무, 웅덩이가 생긴 길, 화약으로 깎아내 거뭇해진 절벽, 이런 것들이 하나의 음험한 배경을 이루고 있었으며, 그 앞으로 쿨리들의 검은색과 흰색이 뒤섞인 작업복과 노란 판자를 댄 웨싱턴 부인의 인력거와 그 안에서 고개를 숙이고 있는 그녀의 금발이 선명하게 부각되어 있었다. 그녀는 한쪽 손에 손수건을 쥐고 인력거의 쿠션에 실신한 사람처럼 몸을 기대고 있었다. 말을 산조리 저수지 부근의 샛길로 향하게 한 나는 그야말로 나는 듯이 말을 달렸다.

"잭!" 하고 그녀가 힘없이 외친 소리를 들은 것 같기도 했으나, 어쩌면 착각일지도 몰랐다. 나는 그것을 확인하기 위해 말을 멈추지는 않았다. 그로부터 10분 뒤, 말을 타고 오는 키티와 만났는데 둘이서 오래도록 말을 달리며 즐기는 동안 웨싱턴 부인과 만났던 일 따위는 전부 잊어버리고 말았다.

일주일 뒤, 웨싱턴 부인은 세상을 떠났다.

2

부인이 세상을 떠났기에 그녀가 존재한다는 일종의 중압감이 내 인생에서 사라져버렸다. 나는 커다란 행복감에 가슴을 설레며 플레인스워드로 가서 3개월을 보냈는데 그동안 웨싱턴 부인에 관한 일은 완전히 잊혀져버리고 말았다. 단, 그녀가 예전에 보냈던 편지가 때때로 눈에 띄면 우리의 옛 관계가 내 머릿속에 떠오르는 것이 불쾌했다. 1월 중에 나는 곳곳에 넣어두었던 우리의 편지를 남김없이 꺼내 전부 태워버렸다.

그해, 즉 1885년 4월 초에 나는 심라에 있었다. 사람이 거의 없는 심라에서 다시 한 번 키티와 깊은 사랑의 이야기를 나누고, 또 산책을 했다. 우리는 6월 말에 결혼하기로 한 상태였다. 따라서 당시 인도에서 가장 행복한 사람이라고 스스로 공언할 때, 특히 나처럼 키티를 사랑하는 경우, 너무 많은 말을 할 필요는 없었다는 사실은 여러분도 이해할 수 있을 것이다.

그로부터 14일 동안은 하루하루를 공허하게 보냈다. 그리고 우리와 같은 사정에 있는 사람이라면 누구나 품는 감정에 사로잡혀, 나는 키티에게 편지를 보내 약혼반지는 약혼을 한 아가씨의 품격을 지켜주는 상징적 징표이니 그 반지의 치수를 재기 위해 바로 해밀턴의 가게로 오라고 말했다. 솔직히 말하자면 약혼반지 같은 것은 매우 하찮은 것이기 때문에 나는 그때까지 잊고 있었던 것이다. 그렇게 해서 우리는 1885년 4월 15일에 해밀턴의 가게로 갔다.

이 점을 잘 기억해두었으면 하는데―설령 의사가 아무리

반대가 되는 말을 한다 할지라도— 그 당시 나는 완전히 건강한 상태로, 균형을 잃지 않은 이성과 절대로 냉정함을 잃지 않는 마음을 가지고 있었다. 키티와 나는 같이 해밀턴의 가게로 들어가 점원이 히죽히죽 웃고 있다는 사실에도 신경 쓰지 않고 내가 직접 키티의 손가락의 굵기를 쟀다. 반지는 사파이어에 다이아몬드가 2개 들어간 것이었다. 거기서 나온 우리는 컴버미어 다리와 페리티의 가게로 가는 언덕길을 말을 타고 내려갔다.

거친 이판암 위를 조심스럽게 달리는 내 말 옆에서 키티가 웃기도 하고 수다를 떨기도 할 때부터—마침 평원 속으로 그 심라가 도서열람실과 페리티 가게의 발코니에 둘러싸여 보이기 시작했을 때부터— 나는 아주 멀리서 누군가가 내 세례명을 부르고 있다는 사실을 깨달았다. 예전에 들어본 적이 있는 목소리라는 사실은 직감할 수 있었으나 언제, 어디서 들었는지 머릿속에 바로 떠오르지는 않았다. 아주 짧은 동안에 그 목소리가 지금까지 우리가 온 오솔길과 컴버미어 다리 사이의 길 가득 울려 퍼졌기에 일고여덟 명쯤 되는 사람들이 그처럼 난폭한 짓을 하고 있는 것이라 생각했으나, 결국 그것은 나의 이름을 부르는 것이 아니라 무슨 노래를 부르고 있는 것임에 틀림없다고 생각하게 되었다.

바로 그때 페리티의 가게 너머에서 검은색과 흰색이 섞

인 작업복을 입은 4명의 쿨리가 노란 판자를 댄, 싸구려 기성품 인력거를 끌고 오는 것이 보였다. 그리고 오뇌와 혐오 속에서 나는 지난 해의 일과 웨싱턴 부인을 떠올렸다.

어쨌든 그녀는 이미 세상을 떠나 나와는 상관없는 사람이 되어 버렸다. 검은색과 흰색이 섞인 작업복을 입은 쿨리들을 데려와 한낮의 행복을 방해할 필요는 없지 않은가. 그랬기에 나는 우선 그 쿨리들을 고용한 사람이 누구이든, 그 사람에게 이야기해서 그녀의 쿨리가 입었던 작업복을 갈아입게 해달라고 부탁해볼 생각이었다. 아니면 내가 그 쿨리들을 고용하거나, 혹시 필요하다면 그들의 작업복을 사들여야겠다고 생각했다. 어쨌든 그 쿨리들의 모습이 얼마나 좋지 않은 기억을 불러일으켰는지는 말로 도저히 표현할 수 없을 정도였다.

"키티." 하고 내가 외쳤다. "저기에 죽은 웨싱턴 부인의 쿨리들이 오고 있는 것이 보이죠? 지금 저들을 고용한 사람은 대체 누구일까요?"

키티는 지난 계절에 웨싱턴 부인과 몇 번 만난 적이 있었는데 창백한 그녀에 대해서 늘 호기심을 가지고 있었다.

"뭐라고요……. 어디에……." 하고 키티가 물었다. "제 눈에 그 쿨리들은 어디에서도 보이지 않는데요"

그녀가 이렇게 말한 순간 그녀의 말이 짐 실은 당나귀를 피하려다, 마침 이쪽으로 다가온 인력거와 정면으로 마주 보게 됐다. 내가 놀라 소리 지를 사이도 없이, 놀랍게도 그녀와 그녀의 말이 쿨리들의 인력거를 그대로 통과해버리고 말았다. 쿨리와 인력거 모두 그 모습은 보였지만 마치 희박한 공기에 지나지 않는 것처럼 느껴졌다.

"왜 그러세요."라고 키티가 외쳤다. "별일도 아닌데 왜 그렇게 소리를 지르시는 거죠? 저는 약혼을 했다고 해서 특별히 사람이 변하거나 하지는 않았어요. 당나귀와 발코니 사이에 이렇게 공간이 있었네요. 당신은 제가 말을 못 탄다고 생각하셨던 거죠? 그럼 한번 보세요."

고집이 센 키티는 그 우아하고 아름다운 작은 머리를 공중에 튕기며 음악당 쪽으로 말을 달렸다. 나중에 그녀에게서 들은 이야기인데, 그녀는 말을 달리면서 내가 반드시 뒤따라올 것이라고 생각했다고 한다. 하지만 어떻게 된 일이란 말인가? 나는 따라가지 않았다. 내가 미치광이나 술 취한 사람처럼 되어버렸거나, 혹은 심라에 악마가 나타난 것이리라. 내가 말의 고삐를 잡아당겨 휙 방향을 바꾸자, 그 인력거도 역시 방향을 바꾸더니 컴버미어 다리의 왼쪽 난간 부근에서 내 바로 앞길을 가로막았다.

"잭, 나의 사랑 잭!' (그때의 말은 틀림없이 이랬다. 내 귀바로 옆에서 외치듯, 그 말들이 머릿속에서 울렸다.) "뭔가 잘

못 생각하고 있는 거예요. 전부 잘못 생각하고 있는 거예요. 부디 저를 용서해주세요, 잭. 그리고 다시 친구가 되어주세요."

인력거의 덮개가 뒤로 젖혀지자, 내가 밤이 되면 무서워하면서도 매일 생각하고 있던 죽음 그 자체처럼 인력거 안에는 키스 웨싱턴 부인이 한 손에 손수건을 들고 금발의 머리를 가슴 부근까지 숙인 채 앉아 있었다.

내가 얼마나 오래 꼼짝도 하지 않고 그 모습을 가만히 지켜봤는지는 나로서도 알 길이 없지만, 지나가던 마부가 내 말의 고삐를 쥐고 어디 몸이 안 좋은 것 아니냐고 물었기에 비로소 제정신으로 돌아올 수 있었다. 나는 말에서 굴러떨어질 것처럼 거의 실신한 상태에서 페리티의 가게로 달려 들어가 셰리 브랜디를 한잔 마셨다.

가게 안에는 두어 무리의 손님들이 테이블을 둘러싸고 앉아 그날 있었던 일에 대해 이야기를 나누고 있었다. 이런 경우에는 그들의 황당한 이야기가 종교의 위안보다 더 커다란 위안이 되기 때문에 나는 다짜고짜 그들의 대화 속으로 껴들어 이야기를 하기도 하고, 웃기도 하고, 거울 속에 시체처럼 창백하게 일그러져 비치는 사람의 얼굴을 놀리기도 했기에 서너 명의 남자들은 어처구니가 없다는 듯한 눈빛으로 내 태도를 지켜보았으나 결국 내가 브랜디를 너무 많이 마신 것이라 생각했는지 적당히 상대하다 나를 따돌리려 했으나 나는 꿈쩍도 하지 않았다. 왜냐하면 그때의 나는, 해가 저물어 무섭다는 생각이 들었기에 저녁을 먹는 친구들 속으로 뛰어들어가는 아이처럼, 내 친구가 필요했기 때문이었다.

나는 그때부터 틀림없이 10분 정도 잡담을 한 듯한데, 당시의 내게는 그 10분쯤의 시간이 한없이 길게 느껴졌다. 그러는 사이에 밖에서 나를 부르는 키티의 목소리가 분명하게 들려오더니 뒤이어 그녀가 가게 안으로 들어와 내가 약혼자의 의무를 게을리하고 있다는 사실을 완곡하게 따지려 들었다. 내 눈앞에 무엇인가 정체를 알 수 없는 것이 있어서 그녀를 가로막아버렸다.

"어머, 잭." 하고 키티가 소리 질렀다. "뭘 하고 계셨던 거죠? 무슨 일이에요? 당신 혹시 몸이 안 좋으신 건가요?"

이렇게 되자 거짓말을 할 수밖에 없었는데, 오늘의 햇빛이 내게는 너무 강했다고 대답했으나 그때는 마침 흐린 4월의 오후 5시 무렵이었으며 그날은 하루 종일 해가 거의 나오지 않았다는 사실을 깨달았기에 어떻게든 그 말을 얼버무리려 했지만 키티의 얼굴이 새빨개지더니 가게 밖으로 나갔기에 나는 다른 무리들의 미소 속에서 비관한 모습으로 그녀의 뒤를 따라 나갔다. 내가 뭐라고 말했는지는 잊어버렸으나 몸이 영 좋지 않다고 두어 마디 변명을 한 뒤, 혼자서 말을 더 타겠다는 키티를 남겨둔 채 나 혼자서 천천히 말을 몰아 호텔로 돌아갔다.

내 방에 앉은 나는 이번 일을 냉정하게 생각해보기로 했다. 여기에 나라는 사람이 있다. 그는 시어벌드 잭 판세이라는 사내로 1885년 현재 벵골 주의 교양 있는 문관으로 있으며, 스스로는 심신 모두 건전한 사람이라 생각하고 있다. 그런 내가, 그것도 약혼자 앞에서 8개월 전에 세상을 떠나 땅에 묻힌 한 부인의 환영에 시달렸다는 것은 내게 있어 참으로 생각할 수도 없는 사실이었다. 키티와 함께 해밀턴의 가게에서 나왔을 때 나는 웨싱턴 부인에 대해서 전혀 생각하고 있지 않았다. 페리티의 가게 맞은편에는 담장만이 펼쳐져 있을 뿐, 극히 평범한 장소였다. 게다가 대낮이었기 때문에 길은 오가는 사람들로 붐볐다. 그런데 바로 거기로 상식과 자연의 법칙에 완전히 위배되는, 무덤에서 나온 얼굴이 하나 나타난 것이었다.

키티의 아라비아 말이 그 인력거를 그대로 통과해버렸기에 누군가 웨싱턴 부인을 쏙 빼닮은 여자가 그 인력거와 검은색과 흰색이 섞인 작업복을 입은 쿨리들을 고용한 것이었으면 좋겠다고 생각한 내 첫 번째 희망은 깨져버리고 말았다. 나는 몇 번이고 여러 가지로 다시 생각을 해보았으나 그것은 결국 헛수고와 절망으로 끝나버리고 말았다. 그 목소리는 아무래도 요괴의 조화처럼 들리지는 않았다. 처음 나는 모든 사실을 키티에게 털어놓고 그 자리에서 그녀에게 결혼을 해달라고 애원해서 그녀의 포옹으로 그 인력거의 환영을 막아보려 했다. '틀림없이,' 라고 스스로에게 반박했다.

'인력거의 환영은 인간에게 괴담적 착각성이 있다는 사실을 설명하는 데 지나지 않는 것일 거야. 남자나 여자의 유령을 보는 일은 있을 수 있을 테지만, 인력거나 쿨리의 유령을 보는 그런 한심한 일은 절대 있을 수 없어. 그냥 언덕에 사는 사람의 유령이었던 거겠지.'

이튿날 아침, 나는 전날 오후에 있었던 나의 상식에 벗어난 행동을 용서해 달라며 키티에게 사죄하는 편지를 보냈다. 하지만 나의 여신은 아직 화가 난 상태였기에 나는 직접 찾아가 사죄하지 않을 수 없었다. 어제 밤새도록 나의 실수를 생각했기에 소화불량으로 인한 급성 심계항진이 일어나 어처구니없는 실례를 범했다고 그럴듯한 변명을 해서 키티의 기분도 풀렸기에, 그날 오후에는 둘이서 다시 말머리를 나란히하고 외출했지만, 나의 첫 번째 거짓말은 역시 두 사람의 마음에 어쩔 수 없는 거리를 만들어버리고 말았다.

그녀는 자꾸만 작코 부근을 말로 둘러보고 싶다고 말했으나 내가 어젯밤 이후 여전히 멍한 머리로 거기에 살짝 반대한 뒤 기상대가 있는 언덕이나, 주토나, 보일러건 가도로 가자고 했더니 키티가 다시 화를 냈기에 나는 이 이상 오해를 사서는 큰일이라 생각하고 그녀의 말에 따라서 쇼타 심라 쪽으로 말머리를 향했다.

우리는 길의 대부분을 걸어서, 그리고 수녀원 밑의 1.6㎞ 정도는 말을 천천히 달려서 산조리 저수지 부근의 평탄한 한 줄기 길까지 나가는 것이 습관처럼 되어 있었다. 말을 잘 듣지 않는 우리의 말들은 걸핏하면 달리려 했기 때문에 언덕길 위에 거의 다다랐을 때에는 내 심장의 고동이 더욱 높아지기 시작했다. 이날 오후부터 내 마음은 웨싱턴 부인으로 늘 가득 차 있었기에 작코의 길 곳곳이 예전에 웨싱턴 부인과 함께 걷기도 하고 이야기를 나누며 지나기도 했던 기억을 떠오르게 했다. 추억은 길가의 돌멩이에도 가득 깃들어 있었다. 비에 불어난 물의 빠른 흐름도 불륜을 비웃듯 흐르고 있었다. 바람도 내 귀에 대고 우리의 부정을 마음껏 놀려대고 있는 듯했다.

평지의 중앙에서 부인들이 펼치는 1마일 경주에 남자들이 보내는 응원 소리 때문일까, 왠지 끔찍한 사건이 기다리고 있을 것 같다는 느낌이 들었다. 인력거는 한 대도 보이지 않았다. 이렇게 생각한 순간, 8개월하고 2주일 전에 보았던 것과 완전히 똑같은, 검은색과 흰색이 섞인 작업복 차림의 쿨리 넷과, 노란 판자를 댄 인력거와, 금발을 한 여자의 머리가 나타났다. 그 순간 나는 키티도 틀림없이 나와 같은 것을 보고 있을 것이라 생각했다. 왜냐하면 우리는 신기할 정도로 모든 일에 있어서 공명하고 있었기 때문이었다. 하지만 그녀의 다음 말이 나를 안심시켰다.

"아무도 없네요. 자, 잭. 저수지의 건물까지 둘이서 경주하기로 해요."

그녀의 영리한 아라비아 말이 나는 새처럼 달려나갔기에 나의 기병용 군마도 바로 그 뒤를 따랐다. 그리고 그 순서 그대로 우리는 말을 달려 절벽 위로 올라갔다. 순간 50m쯤 앞에 그 인력거가 나타났다. 깜짝 놀란 나는 고삐를 당겨 말을 약간 뒤로 물렸고, 인력거는 길 한가운데를 막고 멈춰 섰다. 그런데 이번에도 역시 키티의 말이 그 인력거를 통과해 지나갔기에 나의 말도 그 뒤를 따랐다. "잭, 잭, 당신……. 부디 저를 용서해주세요."라는 목소리가 내 귓가에서 흐느껴 우는 것처럼 들리더니 바로 뒤이어, "전부 잘못 생각하고 있는 거예요. 완전히 잘못 생각하고 있는 거예요."라는 목소리가 들려왔다.

마치 무엇인가에 홀린 사람처럼 나는 말에 박차를 가했다. 그리고 저수지의 건물 쪽으로 얼굴을 향했더니 흑백의 작업복이—참으로 끈질기게— 회색 언덕 옆에서 나를 기다리고 있었다. 조금 전 내가 들은 그 말들이 바람과 함께 나를 비웃듯 울리기 시작했다. 그 후부터 내가 갑자기 말이 없어진 것을 보고 키티는 자꾸만 약을 올렸다.

그전까지 나는 입에서 나오는 대로 마구 떠들어대고 있었으나 그 후로는 내 목숨을 잃지 않기 위해서 더 이상 말을 할 수가 없었던 것이다. 나는 산조리에서 돌아온 이후 교회로 옮겨질 때까지 가능한 한 입을 다물고 있게 되었다.

3

그날 밤, 나는 매너링 가에서 식사를 하기로 약속했었는데 우물쭈물했다가는 호텔로 돌아가 옷 갈아입을 시간이 없을 듯했기에 말을 달려 엘리시움 언덕으로 오르는 길을 서둘러 가고 있자니 어둠 속에서 두 남자가 이야기하며 가는 소리가 들려왔다.

"정말 이상한 일도 다 있다니까."라고 한 사람이 말했다.

"어째서 그 인력거가 달린 흔적이 전부 사라져버리고 만 걸까? 자네도 알다시피 우리 마누라는 그 여자를 맹목적일 정도로 좋아했어. (나는 어디가 그렇게 좋은 건지 이해할 수 없었지만.) 아무튼 그래서 그 여자가 타던 인력거와 쿨리를 무슨 일이 있어도 손에 넣고 싶다고 졸라대더라고. 나는 일종의 병적 취미라고 말했지만 어쨌든 마누라의 소원을 들어주기로 했어. 그런데 웨싱턴 부인에게 고용되었던 그 인력거의 주인이 내게 들려준 이야기에 의하면, 네 쿨리는 형제였는데 하르드와르로 가는 길에 콜레라에 걸려서 죽어버렸고 그 인력거는 주인인 자신의 손으로 부숴버렸다고 하는데 자네는 그 말을 믿을 수 있겠는가? 그러니까 그 주인의 말에 의하면 죽은 부인의 인력거는 조금도 사용하지 않고 부숴버렸기 때문에 큰 손해를 봤다는 건데, 아무래도 조금 이상하지 않은가? 이보게, 그렇지 않은가? 그 가엾고 사랑스러운 웨싱턴 부인이 자신의 운명 외에 다른 사람의 운명까지 부쉈다는 건 생각할 수도 없는 일 아닌가?'

나는 그 남자의 마지막 말에 커다란 소리로 웃었는데, 그 웃음소리에 내 자신이 오싹함을 느꼈다. 그렇다면 역시 인력거의 유령과 유령이 유령을 고용하는 등의 일이 있을 수 있단 말인가? 웨싱턴 부인은 쿨리들에게 얼마의 임금을 지불하고 있는 걸까? 그들 쿨리는 몇 시간 일하는 걸까? 그리고 그들 쿨리는 어디로 간 걸까?

순간 나의 이 마지막 의문에 분명히 대답하겠다는 듯 아직 저물녘임에도 불구하고 그 유령이 이번에도 내 앞길을 가로막고 있는 것이 보였다. 망자는 발이 빠르고, 일반 쿨리들조차 모르는 지름길로 달린다. 나는 다시 한 번 커다란 소리로 웃었지만, 왠지 정신이 이상해질 것만 같은 기분이 들었기에 급히 그 웃음을 그쳤다. 아니, 인력거 바로 앞에 말을 멈추고 웨싱턴 부인에게 정중히 "안녕하세요."라고 인사한 것을 보면 이미 어느 정도 정신이 이상해져 있었던 걸지도 모르겠다. 그녀의 대답은 내가 너무나도 잘 알고 있을 정도로 익히 들어왔던 예의 그 말이었다. 나는 그녀의 말을 끝까지 다 듣고 난 뒤에 그 말은 전에부터 몇 번이고 들었으니 좀 더 다른 말을 해주면 아주 기쁠 것이라고 대답했다. 틀림없이 그날 저녁에는 평소보다 훨씬 더 꿋꿋하게 유령의 마음속으로 파고든 듯했다. 나는 눈앞의 그 유령을 상대로 5분 정도나 그날의 평범한 일들에 대해서 이야기한 것 같다고, 희미하게 기억하고 있다.

"미쳤군. 가엾게도……. 아니면 술에 취한 걸까? 맥스, 이 양반을 집까지 데려다 주게."

그것은 분명히 웨싱턴 부인의 목소리가 아니었다.

내가 혼자 이야기하는 것을 듣고 있던 조금 전의 두 남자가 나를 돌봐주기 위해 되돌아왔다. 그들은 매우 친절하고 배려심이 깊었다. 그들의 말을 가만히 생각해보니 내가 심하게 취했다고 생각하고 있는 듯했다. 나는 서둘러 그들에게 감사의 인사를 하고 말을 달려 호텔로 돌아가 급히 옷을 갈아입고 매너링 가로 갔는데 그 집에 도착한 것은 약속 시간보다 5분 늦은 뒤였다. 나는 밤이 어두웠기 때문이라는 것을 구실로 변명을 했으나 키티에게 연인답지 못한 지각에 대한 잔소리를 들으며 어쨌든 식탁으로 가서 앉았다.

식탁에서는 벌써 이야기꽃을 피우고 있었는데 그녀의 마음을 풀어주기 위해 내가 짧고 재미있는 얘기를 하고 있자니 식탁 끝쪽에서 빨간 구레나룻을 짧게 기른 남자가 여기에 오는 길에 낯선 미치광이 하나를 봤다며 과장해서 이야기하는 소리가 들려왔다. 그 내용으로 봐서 그것은 30분쯤 전에 있었던 일을 이야기하고 있는 것이라는 사실을 알 수 있었다. 그는 그 이야기를 하면서 만담꾼이 그렇게 하듯 갈채를 얻기 위해 자리에 있던 사람들을 죽 둘러보았는데 나와 눈이 마주치자 그대로 입을 다물어버리고 말았다. 일순간 무시무시한 침묵이 흘렀다. 그 빨간 수염의 남자는 '그 뒤의 일은 잊어버렸다.'는 내용의 말을 입안에서 웅얼거렸다. 그 때문에 그는 지난 6년 동안 쌓아온 재치 있는 이야기꾼이라는 명성에 흠집이 나고 말았다. 나는 진심으로 그를 축복한 뒤 생선 요리를 먹기 시작했다.

식사는 꽤 오랜 시간이 흐른 뒤에야 끝났다. 나는 한없이 아쉬운 마음으로 키티에게 작별을 고했다. 문밖에서는 유령이 아직 내가 나오기를 기다리고 있을 것이라고 생각하며……. 그 빨간 수염의 사내(심라의 헤더레이 선생이라고 내게 소개했는데)가 도중까지 같이 가자고 했기에 나도 기꺼이 그 말을 받아들였다.

　내 예감은 틀리지 않았다. 유령은 나무 밑의 길에서 이미 나를 기다리고 있었다. 게다가 우리가 가는 길을 악마적으로 냉소하기라도 하듯 전조등에 불까지 켜놓았다. 빨간 수염의 사내는 식사 중에도 끊임없이 조금 전의 내 심리 상태를 생각했었다는 듯한 태도로 곧 등불이 보이는 지점까지 걸어왔다.

　"저기, 판세이 씨. 엘리시움 언덕에서 무슨 이상한 일이라도 있었습니까?'

　그 질문이 너무나도 당돌했기에 나는 생각할 여유도 없이 대답이 입에서 튀어나오고 말았다.

　"저겁니다."라고 말하며 내가 등불 쪽을 가리켰다.

　"제가 알고 있는 바에 의하면 도깨비라는 건 술주정뱅이의 헛소리이거나, 착각입니다. 그런데 당신은 오늘 밤, 술을 드시지 않으셨습니다. 저는 식사 중에 술 취한 사람의 헛소리가 아니라는 사실을 관찰했습니다. 당신이 손가락으로 가리킨 곳에는 아무것도 없지 않습니까? 그런데도 당신은 마치 무엇인가에 겁을 먹은 망아지처럼 땀을 흘리며 떨고 있는 것을 보니 아무래도 착각인 듯합니다. 그건 그렇고 저는 당신의 착각에 대한 모든 것을 알고 싶습니다만, 어떻습니까? 저와 함께 저희 집으로 가지 않으시겠습니까? 블레싱턴 언덕의 아래쪽에 있습니다만……."

그 인력거가 우리를 기다리고 있기는 했지만 참으로 고맙게도 20m쯤이나 앞에 있어 주었다. 그리고 그 거리는 우리가 걸을 때나, 천천히 말을 달릴 때나 늘 정확히 유지되고 있었다. 그날 밤, 오래도록 말을 타고 가면서 나는 지금 여러분에게 글로 남긴 것과 거의 같은 이야기를 그에게 들려주었다.

"그렇군요. 당신은 제가 지금까지 사람들에게 이야기한 단골 메뉴 중 하나를 엉망으로 만들어버렸습니다."라고 그가 말했다. "하지만 당신이 지금까지 경험해 오신 일들을 봐서 용서해드리도록 하겠습니다. 그 대신 저희 집에 가시면 제 말대로 하셔야만 합니다. 그리고 제가 당신을 완전히 고쳐드리면 이번 일을 거울삼아 평생 유부녀와는 거리를 두고, 소화가 잘 되지 않는 음식은 드시지 말도록 하십시오."

끈질기게도 인력거는 아직 앞에 있었다. 그리고 빨간 수염의 내 친구는 유령이 있는 곳을 내게 자세히 듣고는 매우 흥미를 느낀 모양이었다.

"착각……. 판세이 씨, ……요컨대 그것은 눈과 뇌와, 그리고 위, 특히 위에서 오는 겁니다. 당신은 상상력이 매우 발달된 뇌를 가지고 있는 데 비해서 위가 너무 작습니다. 그렇기 때문에 매우 건강하지 못한 눈, 즉 시각상의 착각을 일으키는 겁니다. 당신의 위를 튼튼하게 하세요. 그렇게 하면 자연히 정신도 안정을 되찾을 겁니다. 그를 위해서는 프랑스의 치료법에 따라 둥근 간장약을 드시는 게 좋을 겁니다. 오늘부터 제게 당신의 치료를 일임해주시기 바랍니다. 워낙 당신은 하찮은 하나의 현상 때문에 너무 많은 것을 빼앗겼으니 말입니다."

우리는 그때 마침 블레싱턴 언덕 밑의 나무 아래를 지나고 있었다.

인력거가 이판암으로 된 절벽 위로 뻗어 있는 작은 소나무 아래 멈춰 섰다. 나 역시 무의식중에 말을 세우자 헤더레이가 호통을 쳤다.

"글쎄요, 위와 뇌와 눈에서 오는 착각 환자에게 이런 산기슭의 차가운 밤 공기를 언제까지고 쐬게 하는 것이 과연 좋을지, 생각해봐도……. 어? 저건 뭐지?"

우리가 가는 길 앞쪽에서 고막이 터질 것 같은 폭음이 들리는가 싶더니 한 치 앞도 보이지 않을 정도로 흙먼지가 피어올랐다. 땅이 울리는 소리, 가지가 찢어지는 소리, 그리고 빛줄기가 10m 정도. 소나무와 숲과 온갖 것들이 언덕 밑으로 쏟아져 내려와 우리의 앞길을 가로막아버렸다. 뿌리째 뽑힌 나무가 한동안 술에 취해 괴로워하는 거인처럼 흔들흔들하더니 마침내 천둥과도 같은 소리와 함께 다른 나무 사이로 쓰러져버리고 말았다. 우리의 말은 그 무시무시함에 마치 돌처럼 굳어버린 듯 꼼짝도 하지 않고 서 있었다. 흙과 돌이 굴러떨어지는 소리가 멈추자마자 나의 동행이 중얼거리듯 말했다.

"만약 우리가 조금만 더 빨리 갔어도 지금쯤 생매장당하고 말았을 겁니다. 신께서 아직 저희를 버리지 않으신 것 같습니다. 자, 판세이 씨, 집으로 가서 신께 감사드리도록 합시다. 게다가 굉장히 목이 마르기도 하니."

발걸음을 돌린 우리는 교회의 다리를 건너 자정이 조금 넘어서야 헤더레이 의사의 집에 도착했다.

도착하자마자 거의 한시의 지체도 없이 나의 치료를 시작해서 그로부터 일주일 동안 그는 내 곁을 떠나지 않았다. 그 동안 나는 몇 번이고 심라의 친절한 명의와 알게 된 자신의 행운에 감사했다. 날이 갈수록 나의 마음은 점점 가벼워지고 차분해져 갔다. 그리고 헤더레이의 이른바 위와 뇌와 눈에서 오는 '요괴적 환영' 학설에 점점 공감하게 되었다. 나는 말에서 떨어져 가벼운 타박상을 입었기에 사오일 정도 외출할 수 없지만 당신이 나를 만나지 못해 외로움을 느끼기 전에는 완전히 나을 것이라는 내용의 편지를 써서 키티에게 보내두었다.

헤더레이 선생의 치료는 매우 간단했다. 간을 위한 둥근 약과 아침저녁으로 하는 냉수욕과 맹렬한 체조, 그것이 그의 치료법이었다. 물론 이 아침저녁의 냉수욕과 체조는 산책을 대신한 것인데 그는 신중한 태도로 내게, '타박상을 입은 사람이 하루에 20㎞씩 걷는 모습을 약혼자가 보면 깜짝 놀랄 테니까요." 라고 말했다.

일주일의 마지막 날, 동공과 맥박을 살펴보고 음식과 보행에 엄격한 주의를 준 뒤, 헤더레이는 내 치료를 맡았을 때와 마찬가지로 아주 간단히 퇴원을 시켰다. 헤어지기에 앞서 그는 이렇게 축복해주었다.

"저는 당신의 신경을 고쳤다는 사실을 단언할 수 있습니다만, 그보다는 당신의 질병을 고쳤다고 말하는 편이 옳을 겁니다. 자, 가능한 한 빨리 짐을 싸서 키티 양의 사랑을 얻으러 달려가시기 바랍니다."

나는 그의 친절에 감사의 인사를 하려 했으나 그가 나를 가로막았다.

"당신이 마음에 들어서 제가 치료를 해준 거라고는 생각지 말아 주십시오. 제 추측에 의하면 당신은 그야말로 무뢰한이나 다를 바 없는 행동을 해오셨습니다. 하지만 한편으로는 조금 특이한 무뢰한인 것처럼, 약간 특이하고 비범한 인물이기도 합니다. 자, 이제 그만 돌아가셔도 됩니다. 가서서 눈과 뇌와 위에서 오는 착각이 다시 일어나는지 확인해보시기 바랍니다. 만약 착각이 일어난다면 그때마다 10만 루피를 당신께 드리겠습니다."

30분 후, 나는 매너링 가의 응접실에서 키티와 마주앉아 있었다. 지금의 행복감과, 두 번 다시는 유령 따위에 시달리지 않아도 된다는 안도감에 취해서. 나는 이 새로운 확신에 스스로 흥분해서 당장 말을 타고 작코를 한 바퀴 돌아보지 않겠느냐고 말했다.

4월 30일 오후, 나는 그때처럼 혈기와 단순한 동물적 힘이 내 몸 안에서 넘쳐나는 것을 느낀 적이 없었다. 키티는 내 모습이 바뀌어 쾌활해진 것을 기뻐하며 솔직한 태도로 분명하게 찬사의 말을 퍼부었다. 함께 매너링 가에서 나온 우리는 담소를 나누며 예전처럼 쇼타 심라의 길을 따라 말을 천천히 몰았다.

나는 산조리 저수지로 가서 더 이상 유령에게 시달리지 않아도 된다는 자신감을 확인하기 위해 서둘러 말을 몰았다. 나의 말이 잘 달리기는 했으나 조급한 내 마음에는 너무 느리게 느껴져 견딜 수가 없었다. 키티는 나의 거친 행동에 깜짝 놀랐다.

"왜 그러는 거예요, 잭." 하고 마침내 그녀가 외쳤다. "마치 떼를 쓰는 아이 같아요. 대체 무슨 일이죠?"

마침 우리가 수녀원 아래쪽까지 갔을 때 내 말이 길에서 벗어나려 했는데 나는 그대로 채찍을 휘둘러 길을 가로질러 똑바로 달려나가게 했다.

"아무것도 아니에요."라고 내가 대답했다. "그냥 이렇게

된 겁니다. 당신도 일주일 동안이나 집에 들어앉은 채 아무것
도 하지 못했다면 저처럼 이렇게 난폭해졌을 겁니다."

　　좋고 또 좋은 기분으로 속삭이고, 노래하고,
　　살아 있는 몸을 즐겨라.
　　조화의 신이여, 현세의 신이여,
　　오관을 다스리시는 신이시여.

　내 노래가 채 끝나기도 전에 수녀원 위쪽의 모퉁이를 돌
아 다시 3, 4m쯤 가자 산조리가 눈앞에 펼쳐졌다. 그런데 평
탄한 길 한가운데 흑백의 작업복과 웨싱턴 부인의 노란 판자
를 댄 인력거가 길을 막고 서 있지 않은가. 나는 무의식중에
고삐를 당기고 눈을 비비며 가만히 바라보다 틀림없이 유령
이라고 생각했는데, 그 다음부터는 기억이 나지 않는다. 단지
길 위에 고개를 숙인 채 쓰러져 있는 내 옆에 키티가 눈물을
흘리며 무릎 꿇고 앉아 있었다는 사실만을 기억하고 있을 뿐
이다.
　"이젠 갔나요?"라고 내가 숨을 몰아쉬며 말했다.
　키티는 더욱 울 뿐이었다.
　"갔느냐고……. 뭐가 말이에요……. 잭, 대체 무슨 일이
에요. 뭔가 잘못 생각하고 있는 것 아니에요? 잭, 완전히 잘못

생각하고 있는 거예요."

그녀의 마지막 말을 들은 순간, 나는 섬뜩한 느낌이 들어 자리에서 일어났다. 정신이 이상해져서 한동안 헛소리를 해댔다.

"그렇습니다. 뭔가 잘못 생각하고 있는 겁니다."라고 내가 되풀이했다. "완전히 잘못 생각하고 있는 겁니다. 자, 유령을 보러 갑시다."

나는 키티의 허리를 끌어안듯 해서 유령이 서 있는 곳까지 그녀를 끌고 가 부디 유령과 이야기를 나누게 해달라고 애원했다.

그런 다음 우리 두 사람은 약혼을 한 사이이니 죽어서 지옥에 간다 할지라도 우리 둘 사이를 끊어놓을 수는 없을 것이라고 유령에게 말했다는 사실만은 나 자신도 명료하게 기억하고 있을 뿐만 아니라, 나보다 키티가 더욱 잘 알고 있다. 나는 정신없이 인력거 안의 무시무시한 인물에게 내 말은 전부 사실이니 앞으로 나를 죽일 것 같은 고뇌에서 벗어나게 해달라고 되풀이해서 호소했다. 지금 생각해보면 그것은 유령에게 이야기했다기보다, 웨싱턴 부인과 나와의 지난 관계를 키티에게 밝힌 것이나 다름없는 일이었을지도 모르겠다. 새하얗게 질린 얼굴로 눈을 반짝이며 그 이야기에 귀를 기울이던 키티의 모습을 나는 보았다.

"고마워요, 판세이 씨."라고 키티가 말했다. "이젠 됐어요. 내 말을 데려와 줘."

동양인다운 차분함으로 마부가 제멋대로 달려나갔던 말을 데리고 돌아오자 키티는 안장에 올랐다. 내가 그녀를 꼭 붙들고 내 말을 잘 들어본 뒤 나를 용서해달라고 간절히 바라자 그녀는 내 입에서 눈까지에 걸쳐서 채찍을 휘둘렀다. 그리고 한두 마디 작별의 말을 남긴 채 그곳에서 떠나버리고 말았다.

그 작별의 말, 나는 아직도 그것을 쓸 수가 없다. 나는 여러 가지로 판단해본 결과 그녀가 모든 사실을 알게 되었다고 생각하는 것이 가장 올바른 해석이라고 생각했다. 나는 비틀거리며 인력거 쪽으로 다가갔다. 내 얼굴에는 키티의 채찍 자국이 선명한 보랏빛으로 남아 있었으며 피가 흐르고 있었다. 나는 이미 자존심이고 뭐고 전부 잃고 말았다. 바로 그때, 아마도 키티와 나의 뒤를 멀리서부터 쫓아왔던 것이라 여겨지는 헤더레이가 말을 급히 달려왔다.

"선생님."하고 내 얼굴을 가리키며 말했다. "여기에 파혼 통지를 위해 매너링 양이 보낸 표식이 있습니다. ……10만 루피는 바로 받을 수 있겠지요?"

헤더레이 선생의 얼굴을 보자 이렇게 비참한 불행 속에서도 나는 농담을 할 만큼의 여유가 생겼다.

"저는 의사로서의 명예를 걸고서라도……."

"농담입니다."라고 내가 말했다. "그보다 저는 일생의 행복을 잃었으니 저를 집까지 데려다 주시기 바랍니다."

내가 이런 말을 하는 동안 그 인력거는 사라져버리고 말았다. 그 다음부터 나는 의식을 완전히 잃어, 그저 작코의 봉우리가 부풀어 올라 구름의 봉우리처럼 소용돌이치며 내 위로 떨어져 내린 것만 같다는 느낌이 들었다.

4

그로부터 일주일 후(그러니까 5월 7일), 나는 헤더레이의 방에 마치 어린 소년처럼 힘없이 누워 있다는 사실을 깨달았다. 헤더레이는 책상 위의 서류 너머로 나를 가만히 바라보고 있었다. 그의 첫 마디는 특별히 내게 힘을 불어넣어 주려는 말은 아니었다. 나 자신도 너무 지쳐 있었기에 조금도 감동하지 않았다.

"키티 씨가 돌려보낸 당신의 편지가 여기에 있습니다. 젊은 사람답게 당신도 역시 편지를 많이 쓰셨네요. 그리고 여기에 반지를 싼 것 같은 꾸러미도 있습니다. 그리고 매너링 양의 아버님께서 정중하게 쓰신 편지도 함께 있었습니다만, 그건 제게 보낸 것이었기에 읽고 불태워버렸습니다. 아버님께서는 당신에게 만족하지 못하셨던 듯합니다."

"그렇다면 키티는……." 하고 내가 힘없는 목소리로 물었다.

"물론 그 편지는 그녀 아버님의 이름으로 되어 있었습니다만, 오히려 그녀의 말이었다고 할 수 있습니다. 그 편지에 의하면 당신은 그녀와 사랑에 빠졌을 때 불륜에 대한 모든 것을 털어놓았어야만 했다는 겁니다. 그리고 당신이 웨싱턴 부인에게 한 것과 같은 행동을 여자에게 한 남자는, 남자 전체의 명예를 더럽힌 것에 대한 사죄를 위해서 스스로 목숨을 끊어야 한다고도 말했습니다. 그녀는 젊지만 감정이 쉽게 격해지는 용감한 여자이니까요. 작코로 가는 도중, 소동이 벌어졌을 때 당신의 헛소리에 시달린 것만으로도 이미 충분히 지긋지긋하니 만약 당신과 다시 이야기를 주고받아야 한다면 차라리 죽음을 택하겠다고도 했습니다."

나는 신음소리를 내며 반대편으로 돌아누웠다.

"그런데 당신도 이제는 무엇인가를 선택할 수 있을 만큼의 기력은 회복했겠지요? 어떻습니까? 이번 약혼은 깰 수밖에 없는 성질을 가지고 있고, 또 매너링 가 사람들도 이 이상 당신에게 가혹한 행동을 할 생각은 없는 듯합니다. 그런데 이번 약혼은 정말 단순히 헛소리 때문에 깨진 걸까요, 아니면 뇌전증적 발작 때문에 깨진 걸까요. 죄송한 말씀입니다만 당신께서 유전성 뇌전증이 있다고 말씀해주시지 않는 한 제게는 달리 진단할 만한 적당한 지식이 없습니다. 저는 특별히 유전성 뇌전증이라는 말을 쓰겠습니다. 그리고 당신의 경우에는 그에 의한 발작이라고 생각합니다만. 심라 사람들은 여성들이 1마일 경주를 벌였을 때의 그 광경을 전부 알고 있습니다. 그럼, 5분 동안의 유예를 드릴 테니 뇌전증의 혈통이 있는지 없는지 생각해보시기 바랍니다."

지금도 나는, 그 5분 동안 생지옥의 밑바닥을 헤매고 다닌 듯한 느낌이 든다. 그와 동시에 의혹과 불행과 절망으로 영원한 어둠에 잠긴 미로를 비틀거리며 걷고 있는 내 모습을, 또 다른 내가 지켜보고 있었다. 그리고 헤더레이가 의자에 앉아 알고 싶어 하는 것처럼, 나 자신도 내가 무엇을 선택할까 하는 호기심을 가지고 나를 바라보고 있었는데, 결국 나는 내 자신이 아주 가느다란 목소리로 이렇게 대답하는 것을 들었다.

"이 지방 사람들은 바보스러울 정도로 도덕관념이 강하지. 그러니 그 사람들에게 발작을 주도록 하게, 헤더레이. 그리고 나의 사랑을 되찾아주게. 그럼 난 조금 더 자야겠군."

그런 다음 2개로 나뉘었던 내가 다시 하나가 되자, 지난날의 일을 하나하나 되짚어가며 침대 위에서 몸부림치는 평범한 나(반미치광이에, 반쯤은 악마에 홀린 나)로 되돌아왔다.

"하지만 나는 심라에 있어."라고 나는 거듭해서 내 자신에게 말했다. "잭 판세이라는 이름의 나는, 지금 심라에 있어. 그리고 여기에 유령은 없지 않은가. 그녀가 여기에 있다고 생각하는 것은 불합리한 일이야. 웨싱턴 부인은 어째서 나를 혼자 내버려두지 못했던 걸까? 나는 특별히 그녀에게 어떤 위협을 가한 적도 없어. 그 점에 대해서는 그 여자도 마찬가지 아닌가? 나는 단지 그 여자를 살해할 목적으로 그 여자의 손으로 돌아가지 않았던 것뿐이야. 나는 어째서 혼자 있지 못하는 거지?……혼자서, 행복하게……."

내가 처음 눈을 떴을 때는 마침 정오였으나, 내가 다시 잠에 빠져들려 했을 때는 해가 서쪽으로 기울어 있었다. 그런 다음 범죄자가 감옥 속의 선반 위에서 괴로워하며 잠을 자듯 잤는데, 너무나도 피곤했기에 깨어 있을 때보다 오히려 더 고통스럽게 느껴졌다.

이튿날에도 나는 침대를 떠날 수가 없었다. 그날 아침, 헤더레이는 매너링 씨로부터 답장이 왔다는 사실과 그(헤더레이)의 우정적 알선 덕분에 내 고뇌의 이야기가 심라 구석구석에까지 퍼져 모두가 내 처지를 동정해주고 있다는 사실을 내게 들려주었다.

"하지만 그 동정은 오히려 당신이 당연히 받아야 할 것입니다."라고 그가 유쾌하다는 듯 결론을 내렸다. "그리고 당신이 이 세상의 씁쓸한 경험을 상당히 맛보아왔다는 사실은 신께서 알고 계실 겁니다. 그러니 아무것도 걱정할 필요 없습니다. 제가 당신을 다시 고쳐드리겠습니다. 당신은 사소한 착각을 자신에게 좋지 않은 쪽으로 생각하고 있는 것일 뿐입니다."

나는 이미 나은 것 같은 기분이 들었다.

"당신은 언제나 친절하게 대해주시는군요, 선생님." 하고 내가 말했다. "하지만 더 이상 당신께 걱정을 끼칠 필요는 없을 듯합니다."

이렇게 말하기는 했으나 마음속으로는, 헤더레이의 치료 따위로 내 마음의 짐을 가볍게 할 수는 없을 것이라고 생각했다.

이런 생각이 들자 내 마음속에서는 다시 불합리한 유령에 대해 도저히 반항할 수 없을 것 같다는, 미덥지 못한, 쓸쓸한 느낌이 일어나기 시작했다. 이 세상에는 자신이 한 일에 대한 벌로 죽음이라는 운명을 선고받은 나보다 훨씬 더 불행한 사람들도 얼마간은 있을 테니 그런 사람들과 함께 있다면 나도 그나마 마음 든든할 테지만, 이렇게 혼자서 잔혹한 운명 아래 머무는 것은 너무나도 무자비한 일이라는 생각이 들었다. 결국은 그 인력거와 나만이 허무한 세계에 있어서의 단일한 존재물이고 매너링이나 헤더레이나 그 외에 내가 알고 있는 모든 사람들이야말로 바로 유령으로, 공허한 그림자 즉 환상의 인력거 이외의 커다란 회색 지옥 그 자신(이 세상 사람들)이 나를 괴롭히고 있는 것이라는 생각으로 바뀌어가고 있었다.

이렇게 조바심 속에서 7일 동안 여러 가지 생각을 하며 전전긍긍하는 동안 내 몸은 오히려 점점 더 건강해져서 침실 안의 거울에 비춰 봐도 평상시와 다를 바 없었으며, 다시 원래의 인간다운 모습으로 돌아와 있었다. 그리고 참으로 신기하게도 내 얼굴에서는 악전고투하던 예전의 흔적이 사라져 버리고 말았다. 그랬다, 얼굴빛이 창백하기는 했으나 평소처럼 무표정하고 평범한 얼굴이 되어 있었다. 솔직히 말해서 나는 어떤 영원한 변화, 내 목숨을 점점 잠식해 들어오고 있는 발작에서 오는 육체적 변화를 예상하고 있었으나 그런 변화는 전혀 보이지 않았다.

5월 15일 오전 11시에 헤더레이의 집에서 나온 나는 독신자의 본능에 따라서 곧 클럽으로 갔다. 거기에 가보니 헤더레이가 말한 것처럼 모든 사람들이 나에 대한 이야기를 알고 있었으며 어딘가 부자연스럽고 기분이 나빠질 정도로 친절하게, 또 정중하게 대해준다는 사실을 깨달았기에 목숨이 붙어 있는 한은 내 친구들 속에 머물러 있어야겠다고 생각했다. 하지만 친구들 속으로 완전히 녹아들 수는 없었다. 그랬기 때문에 클럽 밑의 나무그늘에서 아무런 고통도 없다는 듯 웃을 수 있는 쿨리들이 얄미울 정도로 부러웠다.

　나는 클럽에서 점심을 먹고 4시 반쯤에 훌쩍 밖으로 나와 키티를 만났으면 좋겠다는 막연한 희망을 품은 채 나무그늘이 드리워진 길을 내려가고 있었다. 음악당 근처에서 흑백의 작업복이 내 옆으로 다가오는구나 생각할 겨를도 없이 웨싱턴 부인의 그 애원하는 듯한 말이 귓가에 들려왔다. 사실은 밖으로 나왔을 때부터 이미 예상하고 있었기에 오히려 늦게 나타났다는 사실에 놀랐을 정도였다. 그런 다음 환상의 인력거와 나는 쇼타 심라의 길을 따라 거의 스칠 정도로 어깨를 나란히 하고 말없이 걸었다. 물품진열관 부근에서 키티가 한 남자와 말머리를 나란히 하고 우리를 앞질러 갔다. 그녀는 마치 길가의 개라도 보는 듯한 눈빛으로 나를 돌아보았다. 마침 저물녘이었고 비까지 내리고 있었기에 나를 알아보지 못한 것일지도 모르겠으나 그녀는 사람을 앞질러 갈 때 하는 인사조차 하지 않았다.

　이렇게 해서 키티와 그녀의 동행인 남자, 나와 내 무형의 사랑의 빛은 두 쌍이 되어 작코 주위를 천천히 거닐었다. 길은 빗물에 강처럼 변해버렸다. 소나무가 물받이처럼 밑의 바위로 빗방울을 떨어뜨리고 있었다. 대기는 강한 바람에 흩날리는 비로 가득 차 있었다.

　"난 휴가를 얻어 심라에 온 잭 판세이야. ……심라에 와 있는 거야. 언제나, 언제나 평범한 심라⋯⋯. 하지만 나는 여기를 잊어서는 안 돼⋯⋯, 잊어서는 안 돼."라고 나는 거의 커다란 목소리로 말하는 것이 아닐까 여겨질 정도로 혼잣말을 했다.

그런 다음 오늘 클럽에서 들은 두어 가지 일, 예를 들자면 누구누구의 소유였던 말의 가격이 얼마였다는 등의 일, 즉 내가 잘 알고 있는 인도 거주 영국인들의 실생활과 관련된 일 등을 추상해보려 했다. 그리고 내가 미치지 않았다는 사실을 분명히 머릿속에 각인시키기 위해서 가능한 한 빨리 구구단을 외워보기까지 했다. 그 결과는 내게 상당한 만족감을 가져다주었다. 그것 때문에 한동안은 웨싱턴 부인의 말에 귀 기울이기를 중단해야만 했다.

나는 지친 발을 이끌고 다시 한 번 수녀원의 언덕길을 올라 평탄한 길로 나섰다. 키티와 그 남자가 거기서부터 말을 천천히 달리게 했기에 나는 웨싱턴 부인과 단둘이만 남게 되었다.

"아그네스."라고 내가 말했다. "덮개를 뒤로 젖혀보세요. 그리고 이렇게 하루 종일 인력거를 타고 나를 따라다니는 이유가 대체 뭔지 말해보세요."

덮개가 뒤로 젖혀지고 나는 죽어 땅에 묻힌 부인과 얼굴을 마주했다.

그녀는 내가 생전에 보았던 옷을 입고 있었으며, 오른손에는 늘 가지고 다니던 조그만 손수건을 쥐고 있었고, 왼손에는 역시 늘 가지고 다니던 지갑을 쥐고 있었다. (8개월 전에 어떤 여자가 지갑을 쥔 채 죽은 일이 있었다.) 이렇게 되고 보니 나는 과거와 현재를 구분할 수 없게 되었기에, 적어도 내가 미치지는 않았다는 사실을 확인하기 위해서 길가의 돌난간 위에 두 손을 얹어놓고 다시 구구단을 외우지 않을 수 없었다.

"아그네스."라고 내가 다시 말했다. "제발 내게 그 이유를 들려줘요."

웨싱턴 부인은 몸을 앞으로 수그리고 평소의 버릇대로 묘하게 빨리 머리를 갸웃거린 뒤 입을 열었다.

만약 아직도 내 이야기는 너무 광기 어린 것이라 여러분에게는 믿을 수 없다는 정도로까지는 생각지 않고 있다면 나는 지금 여러분에게 감사를 드려야 할 것이다. 누구도─나는 키티를 위해서 내 행위에 대한 일종의 변명으로 이것을 쓰고 있는 것이지만 바로 그 키티조차도─ 나를 믿어주지 않으리라는 점은 알고 있지만, 어쨌든 나는 내 이야기를 계속해 나가기로 하겠다.

웨싱턴 부인이 이야기하기 시작했다. 그리고 나는 그녀와 함께 산조리의 길에서 인도 총독의 저택 아래에 있는 길모

통이까지 마치 살아 있는 여자의 인력거와 어깨를 나란히 하고 걷듯 정신없이 이야기를 나누며 갔다. 그러자 갑자기 발작이 다시 습격해 와서 나는 테니슨의 시에 나오는 왕자처럼 유령 세계를 떠도는 듯한 기분이 들었다.

총독 저택에서는 가든파티가 열리고 있었는데 우리 두 사람은 파티를 마치고 집으로 돌아가는 초대객들의 행렬에 휩싸이고 말았다. 내게는 그 초대객들 전부가 진짜 유령처럼 보이기 시작했다. 게다가 웨싱턴 부인의 인력거를 먼저 보내기 위해서 그들은 길을 열어주기까지 했다.

이 생각만 해도 끔찍한 회견 중에 우리가 나눈 대화의 내용에 대해서 나는 이야기할 수 없으며, 또 굳이 이야기하고 싶지도 않다. 헤더레이는 이에 대해서 그저 잠깐 웃은 뒤, 내가 위와 뇌와 눈에서 오는 환상에 너무 집착하고 있는 것이라고 비평했다. 그 인력거의 환영은 굉장한 것임과 동시에 매우 사랑스러운(그것은 해석하기 약간 어렵기는 하지만) 하나의 존재였다. 예전에는 나 자신이 잔혹한 짓을 했으며 버려서 죽음에 이르게까지 한 웨싱턴 부인을 나는 이 세상에 살아 있는 동안에 다시 한 번 내 여자로 만들고 싶어졌는데, 그것은 불가능한 얘기일까?

돌아오는 길에 나는 키티를 다시 만났다. 그녀도 역시 유령 중 하나였다.

만약 이 순서에 따라서 다음의 4일 동안 있었던 일을 전부 기록해야 한다면 나의 이 이야기는 언제까지고 끝나지 않을 것이다. 여러분도 싫증이 날 것이다. 어쨌든 아침이고 저녁이고 나와 인력거의 유령은 언제나 함께 심라를 돌아다녔다. 내가 가는 곳이면 흑백의 작업복이 언제나 따라다녔으며 호텔을 오갈 때도 내 길동무가 되어주었고 극장에 가면 손님을 부르는 쿨리들 사이에 그들도 섞여 있었다. 밤늦게까지 카드를 하다 클럽의 발코니에 나가면 그들은 거기에도 있었다. 생일 무도회에 초대받아 가면 그들은 끈질기게 내가 나오기를 기다렸을 뿐만 아니라, 내가 누군가를 방문하러 갈 때면 대낮에도 나타났다.

그리고 그 인력거에 단지 그림자가 없다는 점만 제외한다면 모든 면에서 나무와 철로 만들어진 일반 인력거와 조금도 다르지 않았다. 나는 승마에 서툰 친구가 그 인력거를 말로 짓밟고 앞으로 나가는 것을 저지하려다 퍼뜩 놀라 입을 다물어버린 적이 몇 번이고 있었다. 그리고 나무그늘이 드리워진 길을 웨싱턴 부인과 이야기를 나누며 걸었기에 지나가는 사람들이 어처구니없어 한 경우도 종종 있었다.

내가 병상을 털고 일어나 외출할 수 있게 되기 일주일 전에 헤더레이의 발작설이 발광설로 바뀌었다는 사실을 알게 되었다. 그야 어찌 됐든 나는 자신의 생활양식을 바꾸지 않았다. 나는 사람들을 방문했다. 말에 탔다. 예전과 같은 마음으로 식사를 했다. 나는 지금까지 감지하지 못했던 환상의 사회에 대해 갈망하고 있었기 때문에 실생활 속에서 그것을 찾음과 동시에, 내 유령의 반려자와 오래도록 만나지 못하고 있다는 사실에서 막연한 불행을 느꼈다. 5월 15일부터 오늘에 이르기까지의 이런 변화무쌍한 내 마음을 쓴다는 것은 거의 불가능한 일일 것이다.

인력거의 출현은 내 마음을 공포와 맹목적인 외경과 막연한 희열과 극도의 절망으로 번갈아가며 메웠다. 나는 심라를 떠나고 싶지 않았다. 하지만 심라에 계속 있으면 내가 결국 살해당할 것이라는 사실은 잘 알고 있었다. 게다가 하루하루 조금씩 기력을 잃어 죽어가야 하는 것이 나의 운명이라는 사실도 알고 있었다. 단지 가능한 한 조용히 참회하고 싶다는 것이 나의 유일한 바람이었다.

그리고 나는 인력거의 유령을 원함과 동시에 키티가 나의 후계자─좀 더 엄밀히 얘기하자면 나의 후계자들─와 즐겁게 이야기를 나누는 복수적 모습을 유쾌한 마음으로 한번 보고 싶다는 마음에서 그녀를 찾고 있었다. 유쾌한 마음으로 보고 싶다고 말한 것은, 내가 그녀의 생활에서 멀어져버렸기 때문이다. 낮에는 웨싱턴 부인과 함께 기꺼이 걸었으며, 밤이 되면 신에게 웨싱턴 부인과 같은 세계로 돌아가게 해달라고 애원했다. 그리고 이러한 여러 가지 감정 위에는, 이 세상 속의 유상무상이 하나의 가련한 영혼을 무덤으로 내쫓기 위해 이렇게도 수선을 떨고 있는 걸가 하는 희미하고도 약한 놀라움이 자리하고 있다.

8월 27일, 헤더레이는 참으로 커다란 인내심을 갖고 나를 간병해주고 있다. 그리고 어제 내게 병가 신청서를 내지 않으면 안 될 것 같다고 말했다. 그것은 환상의 친구에게서 벗어나기 위한 신청서가 아닌가? 5명의 유령과 환상의 인력거를 떠나기 위해 영국으로 돌아가게 해달라고 정부의 자비를 빌란 말인가? 헤더레이의 제의는 나를 거의 신경질적으로 웃게 만들었다.

나는 조용히 이 심라에서 죽음을 기다리고 있다는 사실을 그에게 밝혔다. 실제로 내 목숨은 얼마 남지 않았다. 모쪼록 내가 도저히 말로는 표현할 수 없을 정도로 이 세상에 다시 태어나는 것을 두려워하고 있다는 사실과, 내가 죽을 때의 태도에 대해서 끝도 없이 생각하고 번민하고 있다는 사실을 믿어주기 바란다.

나는 영국의 신사가 죽을 때처럼 침대 위에 단정하게 누워 죽음을 맞이하게 될까? 아니면 마지막으로 다시 한 번 나무그늘이 드리워진 길을 걷다 영혼이 내게서 빠져나가 그 유령 옆으로 영원히 돌아가게 될까? 그리고 저세상으로 가서 내가 먼 옛날에 잃어버린 순결함을 되찾을 수 있을까? 그도 아니면 웨싱턴 부인을 만나 그녀를 미워하면서도 그 곁에서 영원히 살아가게 되는 걸까? 시간이라는 것이 끝날 때까지 우리 생활의 무대 위를 우리 둘이서 배회하게 되는 것일까?

내 임종의 날이 다가옴에 따라 무덤 너머에서 오는 유령에 대해 살아 있는 육체가 느끼는 마음속 공포가 점점 더 강해져 간다. 여러분의 생명이 절반도 끝나기 전에 죽음의 밑바닥으로 급격히 떨어진다는 것은 무시무시한 일이다. 그보다 몇천 배나 더 무서운 것은 여러분들 한가운데 머물며 그런 죽음을 기다리는 것이다. 왜냐하면 나는 모든 공포를 전부 상상할 수 있기 때문이다. 하다못해 나의 환상이라는 점에 대해서만이라도, 나를 불쌍히 여겨줬으면 한다. 나는 여러분이 지금까지 내가 쓴 것들을 조금도 믿지 않으리라는 사실을 알고 있으니까. 지금 한 남자가 암흑의 힘 때문에 죽어가고 있다. 아아, 그 남자가 바로 나다.

공평하게 웨싱턴 부인 역시 가엾게 여겨줬으면 한다. 실제로 그녀는 자신의 영원한 남자 때문에 목숨을 잃었다. 그리고 그녀를 죽인 것은 바로 나다. 내가 짊어져야 할 죄 값이 지금 내 위에 드리워져 있다.

라자루스

레오니트 니콜라예비치 안드레예프(Leonid Nikolaevich Andreev,

1871~1919)

러시아의 작가. 러시아 제1혁명의 고양과 그 후에 찾아온 반동의 시

대를 살아가던 지식인의 고뇌를 묘사하여 당시 세계적으로 유명한

작가가 되었다. 대표작으로는 『빨간 웃음』, 『일곱 사형수의 이야기』,

『우리들 생활의 나날』 등이 있다.

1

삼일 밤낮으로 정체를 알 수 없는 죽음의 손에 자신의 몸을 맡겼던 라자루스가 무덤에서 나와 자신의 집으로 돌아갔을 때 한동안은 모든 사람들이 그를 유령이라고 생각했다. 이처럼 죽음에서 되살아났다는 사실이 마침내 라자루스라는 이름을 두려움의 대상으로 만들어버린 것이다.

이 사람이 진짜로 되살아났다는 사실을 안 순간, 그를 둘러싼 무리들은 끝도 없는 입맞춤을 하고도 여전히 부족하다는 듯 먹을 것이며 마실 것, 입을 것 등 하나에서부터 열까지 그를 돌봐주어 자신들의 불타오를 것 같은 기쁨을 만족시켰다. 그 축제와도 같은 분위기 속에서 그는 신랑처럼 멋지게 꾸몄으며, 모두에게 떠받들어져 식사를 시작하자 그들은 감정이 북받쳐서 눈물을 흘리기 시작했다. 그리고 주인공들은 동네 사람들을 불러 모아 죽음에서 기적적으로 되살아난 그를 보여주며 다시 한 번 그들과 기쁨을 함께했다. 근처 도회지와 부근 시골에서도 낯선 사람들이 찾아와 이 기적을 예찬하고 갔다. 라자루스의 여자 형제들인 마리아와 마르타의 집은 꿀벌의 집처럼 부산스러워졌다.

그런 사람들에게 있어서 라자루스의 얼굴과 태도에 새로이 나타난 변화는 전부 중병과 최근 들어 경험한 여러 가지 감동의 흔적이라 여겨졌다. 하지만 죽음에 의한 육체의 파괴 작용이 단지 기적적으로 정지된 것일 뿐, 그 작용의 흔적은 지금도 뚜렷하게 남아 있어서 얼굴과 몸은 마치 얇은 유리 너머로 본 미완성 스케치처럼 흉해져 있었다. 그의 이마와 두 눈의 아래와 양 뺨의 움푹 들어간 곳에는 죽은 자의 빛인 짙은 자주색이 나타나 있었다. 그 빛은 또 그의 기다란 손가락과 손톱 끝에도 있었다. 그 자주색 반점은 무덤 안에서 점점 짙은 다홍색이 되었다가 결국에는 검게 변해서 무너져 내리고 말 것들이었다. 무덤 안에서 부어오른 입술의 피부는 곳곳에 희미하고 빨간 균열이 생겨 투명한 운모석처럼 반짝였다. 더구나 선천적으로 다부진 몸은 무덤 안에서 나온 뒤에도 여전히 괴물과도 같은 모습을 유지하고 있었을 뿐만 아니라 보기 흉하게 여기저기 물집이 잡혀 그 몸 안에 썩은 물이 가득 들어차 있는 것처럼 느껴졌다. 수의뿐만 아니라 그의 몸에까지 스며들었던 강렬한 죽음의 냄새는 곧 사라졌고 평생 도저히 나을 것 같지 않았던 입술의 균열도 다행히 자취를 감췄으나, 얼굴과 손의 자주색 반점은 더욱 심해지기만 했다. 하지만 매장 전에 그를 관 속에서 본 사람들은 거기에도 그다지 신경을 쓰지 않았다.

이러한 육체적 변화와 함께 라자루스의 성격도 변하기 시작했으나 거기까지는 아직 아무도 눈치를 채지 못했다. 무덤에 묻히기 전까지의 라자루스는 쾌활하고 대범해서 언제나 커다란 소리로 웃고 농담하기를 즐겼다. 따라서 그는 악의나 어두운 부분이 조금도 없는 시원시원한 성격 덕분에 신으로부터도 사랑을 받고 있었다. 그런데 무덤에서 나온 그는 완전히 다른 사람이 된 듯 우울하고 말이 없었으며, 자신이 먼저 농담을 하는 일은 결코 없었을 뿐만 아니라, 다른 사람이 재미있는 말을 해도 미소조차 짓지 않았고, 그가 가끔 입을 열어 하는 말도 지극히 평범하기 짝이 없는 것들뿐이었다. 어쩔 수 없는 필요에 의해 마음 깊은 곳에서 억지로 끄집어내듯 하는 말은, 희로애락이나 기갈과 같은 본능밖에 표현할 줄 모르는 동물의 목소리와도 같았다. 물론 누구나 자신의 삶 속에서 그런 말을 하는 경우는 있을 테지만, 인간이 그런 식으로 말을 해봐야 무엇이 마음을 기쁘게 하는지 괴롭게 하는지를 상대방에게 이해시킬 수는 없는 법이다.

사람들이 얼굴과 성격의 변화에 주목하기 시작한 것은 나중의 일이고, 그가 찬란한 황금과 조개류가 반짝이는 신랑의 화려한 치장으로 몸을 꾸미고 친구와 친척들에 둘러싸여 향연의 자리에 앉아 있었을 때에는 아직 아무도 그런 변화를 눈치채지 못했다. 물결과도 같은 환희의 목소리가 때로는 잔잔한 파도처럼, 또 때로는 성난 파도처럼 그를 감쌌으며 무덤의 냉기로 싸늘해진 그의 얼굴 위로는 따뜻한 사랑의 눈길이 쏟아졌고 한 친구는 자신의 열정을 담은 손바닥으로 그의 자주색 커다란 손을 쓰다듬었다.

잠시 후 북과 피리와 키타라와 하프로 음악이 연주되자 마리아와 마르타의 집은 마치 벌과 여치와 새들의 울음소리에 뒤덮인 것처럼 떠들썩해졌다.

2

손님 가운데 한 사람이 우연한 실수로 라자루스의 얼굴을 가리고 있던 베일을 벗긴 순간, 앗 하는 소리를 올려 지금까지 그에게서 느끼고 있던 경건한 매력에서 깨어나자마자 추한 그의 모습이 적나라하게 모두 폭로되고 말았다. 그 손님이 완전히 제정신으로 돌아오기 전부터 그 입술에서는 미소가 떠올랐다.

"당신은 왜 저세상에서 있었던 일을 저희에게 말씀해주시지 않으시는 겁니까?"

이 질문에 자리에 있던 사람 모두가 깜짝 놀라 갑자기 쥐 죽은 듯 조용해졌다. 그들은 라자루스가 3일 동안 무덤 속에 죽은 채로 있었다는 사실 외에 특별히 그의 심신에 변한 점이 있으리라고는 생각지도 않았기에 라자루스의 얼굴을 바라본 채 일이 어떻게 되어갈지를 걱정하면서도 그의 대답을 기다렸다. 라자루스는 가만히 입을 다물고 있었다.

"저희에게는 말씀하고 싶지 않으십니까? 저승이라는 곳은 무서운 곳이겠지요?"

그 손님은 이렇게 말하고 난 뒤에야 비로소 제정신으로 돌아왔다. 만약 그와는 달리 이렇게 말하기 전에 제정신으로 돌아왔다면 그 손님은 견딜 수 없는 공포로 숨이 멎을 것 같이 되어버린 순간에 이런 질문을 던지지는 않았을 것이다. 불안과 기대를 느끼며 모든 사람들이 라자루스의 말을 기다렸지만 그는 여전히 고개를 숙인 채 깊고 차가운 침묵을 이어가고 있었다. 그리고 사람들은 새삼스럽게 라자루스의 얼굴에 생긴 기분 나쁜 자주색 반점과 보기 흉한 물집에 주목했다. 라자루스는 식탁에 앉아 있다는 사실을 잊은 사람처럼 그 위에 자주색 유리 빛깔을 한 자신의 주먹을 올려놓고 있었다.

사람들은 기다리고 있는 그의 대답이 거기에서 나올 것이라 생각하고 있기라도 하다는 듯, 라자루스의 주먹을 가만히 들여다보았다. 악사들은 그대로 음악을 연주하고 있었으나 모두의 정적이 그들의 마음속에까지 스며들어, 타다 남은 말뚝이 어지러이 흩어져 있는 곳에 물을 끼얹은 것처럼 어느 틈엔가 유쾌한 음악은 그 정적 속으로 사라져버리고 말았다. 피리와 북과 하프의 소리도 끊겼으며, 키타라는 줄이 끊어진 것처럼 떨리는 소리로 들려왔다. 거기에는 그저 침묵만이 있을 뿐이었다.

"말씀하고 싶지 않으십니까?"

그 손님이 자신의 말을 억제하지 못하고 다시 같은 말을 되풀이했지만 라자루스의 침묵은 여전히 계속되었다. 기분 나쁜 자주색 유리 빛깔을 한 그의 주먹도 여전히 움직이지 않았다. 잠시 후 그가 가만히 움직이기 시작했기에 사람들은 구원을 얻은 듯 안심했다. 그는 얼굴을 들어 피로와 공포로 가득 찬 흐릿한 눈으로 천천히 방 안에 있는 모든 사람들을 둘러보았다. 죽음에서 되살아난 라자루스가……

이상은 그가 무덤에서 나온 지 사흘째 되던 날의 일이었다. 물론 그 전에도 끊임없이 사람을 해할 것 같은 그 눈의 힘을 느낀 사람들은 여럿 있었지만, 아직 그 눈의 힘에 의해서 자신을 영원히 망쳐버린 사람이나, 혹은 그 눈 속에서 '죽음' 과도 같은 '삶'에 대한 신비한 반항력을 본 사람은 아무도 없었으며 그의 검은 눈동자 깊은 곳에 자리 잡은 채 가만히 움직이지 않는 공포의 원인을 설명할 수 있는 사람도 없었다.

이렇게 해서 지난 3일 동안, 라자루스는 참으로 평온하고 소박한 얼굴을 한 채 무엇인가 숨겨야겠다는 생각조차 애초부터 갖고 있지 않은 듯했으나, 그 대신 무슨 말인가 하려는 의사도 내비치지 않았다. 그는 마치 인간계와는 아무런 상관도 없는 다른 생물이 아닐까 여겨질 정도로 차가운 얼굴을 하고 있었다.

대부분의 어리석은 사람들은 길을 가다 그를 가까이에서 봐도 깨닫지 못했다. 그리고 눈이 부실 정도로 화려한 옷을 입고 닿을 듯 말 듯 천천히 자기 옆을 지나가는 냉정하고 건장한 사내는 대체 누구일까 하며, 자신들도 모르게 오싹함을 느꼈다. 물론 라자루스가 보고 있을 때에도 태양은 빛났으며, 분수는 조용한 소리를 내며 솟아올랐고, 머리 위의 하늘은 새파랗게 개어 있었지만 그처럼 저주받은 얼굴을 한 그에게는 분수의 속삭임도 들리지 않았으며 머리 위의 푸른 하늘도 눈에 들어오지 않았다. 때로는 통곡하기도 하고, 또 때로는 자신의 머리를 쥐어뜯으며 미친 사람처럼 구원을 바라기도 했으나 결국에는 조용하고 냉담하게 죽어야겠다는 생각이 그의 가슴에서 솟아오르기 시작했다. 이렇게 해서 그는 그로부터 몇 년 동안에 걸쳐 모든 사람들 앞에서 우울하게 생활하며 마치 나무가 돌멩이투성이인 메마른 땅에서 조용히 말라 죽어가는 것처럼 활력도 없이, 생기도 없이 점점 자신의 몸을 쇠약하게 만들어갔다. 그를 유심히 살펴보는 사람들 가운데는 이번에야말로 정말 죽는 것이 아닐까 하며 미친 듯이 울어대는 사람도 있었으나, 한편으로는 평안하게 지내는 사람도 있었다.

얘기를 다시 앞으로 돌려, 그 손님은 참으로 집요하게 되풀이했다.

"당신은 저세상에서 본 것을 그렇게도 저희에게 얘기하고 싶지 않으신 겁니까?"

하지만 그 손님의 목소리에서는 이미 열기가 사라졌으며 라자루스의 눈에 나타난 무시무시할 정도의 회색 피로가 그의 얼굴 전체를 먼지처럼 뒤덮고 있었기에 일동은 희미한 경악을 느끼며 이 두 사람을 번갈아 바라보는 동안 자신들이 무엇 때문에 여기에 모여서 아름다운 식탁에 앉아 있는 건지조차 알지 못하게 되었다. 이 문답은 여기서 그대로 끝나버리고 말았지만 손님들은 이제 집으로 돌아갈 시간이라고 생각하면서도 근육에 들러붙은 묵직한 피로에 맥이 풀려서 한동안 그 자리에 앉아 있었으나, 그래도 곧 어둠의 들판에 날아다니는 도깨비불처럼 각자의 집으로 흩어져 갔다.

악사들은 돈을 받았기 때문에 다시 악기를 손에 들고 희비가 교차하는 음악을 연주하기 시작했다. 악사들은 속요를 연주했으나 그것을 듣는 손님들은 모두 왠지 모르게 두려움이 느껴졌다. 게다가 그들은 왜 악사들에게 현의 소리를 높이게 하고, 뺨이 터질 듯 피리를 불게 해서 쓸데없이 요란스러운 음악을 연주하게 하는 것인지, 왜 그렇게 하는 편이 좋은 것인지를 자신들도 알 수가 없었다.

"정말 따분한 음악이군." 이라고 한 사람이 입을 열었기에 악사들은 화가 나서 돌아가 버리고 말았다. 그에 이어서 손님들도 차례차례 돌아갔다. 그때는 벌써 밤이 되어 있었다.

조용한 어둠 속으로 나가 처음으로 안도의 한숨을 내쉬자마자 화려한 수의를 입고 죽은 자와 같은 자주색 얼굴을 하고 지금까지 한 번도 본 적이 없을 정도의 공포가 침체되어 있는 것 같이 차가운 눈을 한 라자루스의 모습이 그들의 눈앞, 굉장히 밝은 빛 속으로 몽롱하게 떠올랐다. 그들이 돌처럼 굳어서 서로 멀리 떨어진 채 우두커니 서 있자니 어둠이 그들을 감쌌다. 그 어둠 속에서도 3일 동안이나 수수께끼처럼 죽어 있었던 그의 신비한 환영은 더욱 밝게 빛나고 있었다. 3일이라고 하면 그 사이에 태양이 세 번 떠올랐다 저물었을 것이며, 아이들은 장난을 치며 놀고, 시냇물은 자갈 위를 졸졸 흐르고, 나그네는 길에 흙먼지를 일으키며 오갔을 테지만 라자루스는 죽어 있었던 것이다. 그 라자루스가 지금은 그들 가운데 다시 살아나서 그들과 접촉하고 그들을 바라보고 있지 않은가. 게다가 그의 검은 눈동자 속에서는, 검은 유리를 통해서 보는 것처럼 미지의 저세상이 반짝이고 있었다.

3

　이제는 친구와 친척들도 모두 라자루스를 떠나버려 누구 하나 그를 돌봐주는 사람이 없었기에 그의 집은 이 성도(聖都)를 둘러싸고 있는 광야처럼 황폐해지기 시작했다. 그의 잠자리는 언제나 깔려 있는 상태였으며, 꺼진 불을 다시 붙이는 사람도 없었다. 그의 여자 형제인 마리아와 마르타도 그를 버리고 떠나버렸기 때문이었다.

　마르타는 자신마저 떠나버리면 오빠를 돌봐주고 오빠를 가엾이 여길 사람이 아무도 없다는 사실을 알고 있었기에 오빠를 버리고 떠날 수가 없어서 그 후로도 오래도록 오빠를 위해, 혹은 눈물을 흘리고, 혹은 기도를 했지만, 광야에서 거친 바람이 미친 듯이 불어와 지붕 위를 덮고 있는 측백나무가 횡횡 울던 어느 날 밤, 그녀는 소리가 나지 않도록 옷을 갈아입고 몰래 자신의 집에서 빠져나왔다. 라자루스는 돌풍 때문에 문이 소리를 내며 열렸다는 사실을 깨달았으나 일어나 나가 볼 생각도 하지 않았을 뿐만 아니라 자신을 버리고 떠나버린 동생을 찾으려 하지도 않았다. 측백나무는 밤새도록 그의 머리 위에서 횡횡 울어댔으며, 문은 차가운 어둠 속에서 애처롭게 흔들리고 있었다.

　라자루스는 문둥병 환자처럼 사람들로부터 혐오의 대상이 되었을 뿐만 아니라 실제로 문둥병 환자가 자신들이 지나간다는 사실을 사람들에게 경고하기 위해 목에 방울을 다는 것처럼 그의 목에도 방울을 달도록 해야 한다는 제의도 있었으나, 밤에 갑자기 그 방울 소리가 자신의 창 밑에서 들려오면 얼마나 무섭겠냐며 창백한 얼굴로 말한 사람이 있었기에 그 안은 일단 보류하기로 했다.

　자신의 몸을 소홀히 하기 시작하면서 라자루스는 거의 굶어 죽을 지경에 이르렀으나 동네 사람들은 막연한 일종의 공포심 때문에 그에게 먹을 것을 가져다주지 않았으며 그 대신 아이들이 그에게 먹을 것을 가져다주었다. 아이들은 라자루스를 무서워하지 않았을 뿐만 아니라, 종종 가엾은 사람들에게 하듯 좋지 않은 장난을 하며 놀리는 짓도 하지 않았다. 그들은 라자루스에 대해서는 완전히 무관심했을 뿐만 아니라, 라자루스 역시 아이들에게 냉담해서 특별히 그들의 말아올린 검은 머리를 쓰다듬어주려고도 하지 않았으며 그들의 순수하게 빛나는 눈을 들여다보려고도 하지 않았다. 시간과 황폐함에 맡겨버린 그의 집이 무너져 내리기 시작했기에 굶주린 양들은 집 밖을 떠돌다 근처 목장으로 가버렸다. 그리고 악사들이 왔던 그 즐거웠던 날 이후로 그는 새 옷과 헌 옷을 구분하지 않고 계속해서 입었기 때문에 신랑의 옷은 닳고 화려한 색도 바랬으며, 그 부드러운 천은 광야의 사나운 들개와 가시나무에 찢겨버리고 말았다.

태양이 모든 생물을 가차 없이 태워 죽일 것만 같은 한낮, 전갈이 돌 밑으로 기어들어가 미친 듯이 무엇인가를 찌르고 싶어 할 때에도 라자루스는 그 햇빛 속에 가만히 앉아 관목처럼 이상한 수염이 자란 자주색 얼굴을 위로 쳐든 채 열탕과도 같은 햇살의 흐름에 몸을 담그고 있었다.

세상 사람들이 아직 그에게 말을 걸던 때, 그는 다음과 같은 질문을 받은 적이 한 번 있었다.

"라자루스, 참 안 됐군. 그렇게 앉아서 해님과 눈싸움을 하고 있으면 마음이 편안해지는가?"

그가 대답했다.

"그래, 맞아."

라자루스에게 말을 걸었던 사람들은 그 3일 동안 죽음의 짙은 어둠이 너무나도 깊었기에 이 지상의 열과 빛으로는 도저히 덥힐 수가 없으며, 또 그의 눈에 배어든 그 어둠을 몰아내지도 못하는 것이라 마음속으로 생각하고 안타까운 한숨을 내쉬며 그곳을 떠나곤 했다.

활활 타오르던 태양이 저물기 시작하면 라자루스는 광야쪽으로 나가 마치 태양에 다다르기라도 하겠다는 듯 열심히 저녁 해를 향해서 일직선으로 걸어나갔다. 그는 언제나 태양을 향해서 똑바로 걸어나갔다. 이에 밤이 되면 광야에서 무엇을 하는 것인지 알아보기 위해 그 뒤를 가만히 따라가는 사람의 마음속에 저물어가는 커다란 태양의 붉은 석양을 배경으로 한 거한의 검은 그림자가 들러붙을 뿐만 아니라, 어두운 밤이 공포와 함께 점점 더 가까이 엄습해오기 때문에 너무나도 두려운 나머지 처음의 의욕은 까맣게 잊은 채 정신없이 달아나 돌아와 버리곤 했다. 따라서 그가 광야에서 무엇을 하는지 알 수는 없었지만, 그들은 그 검은색과 붉은색의 환영이 죽을 때까지 머릿속에 각인되어, 마치 눈에 가시가 박힌 짐승이 앞발로 정신없이 콧등을 문지르듯 한심할 정도로 정신없이 눈을 비벼보지만 라자루스의 무시무시한 환영은 아무래도 씻어낼 수가 없었다.

하지만 아주 먼 곳에 살고 있어서 소문으로만 들었을 뿐 본인을 직접 본 적이 없는 사람들 중에는 무서운 것을 구경하고 싶다는 무모한 호기심에 휩싸여 햇빛을 받으며 앉아 있는 라자루스를 일부러 찾아가 말을 거는 사람도 있었다. 그럴 때면 라자루스의 얼굴은 얼마간 부드러워져 비교적 섬뜩한 느낌이 덜했다. 이런 첫인상을 받은 사람은, 이 성도에는 정말 한심한 사람들만 모여 있군, 하고 경멸하게 되지만 약간의 이야기를 나눈 뒤 집으로 돌아가려 하면 성도 사람들이 바로 그를 발견하고는 이렇게 말했다.

"보라고, 저기 가는 사람들은 라자루스가 유심히 살펴봤을 정도이니 우리보다 더 바보들임에 틀림없어."

그들은 가엾다는 듯 머리를 흔들며 손을 들어 돌아가는 사람들에게 인사했다.

라자루스의 집에는 대담하기 짝이 없는 용사가 무시무시한 무기를 들고 찾아오거나 고생을 모르는 청년들이 웃기도 하고 노래를 부르기도 하며 찾아왔다. 지팡이를 든 성직자나 돈을 짤랑이며 바빠 보이는 상인들도 왔다. 하지만 돌아갈 때는 모두 전혀 다른 사람이 되어 있었다. 그 사람들의 마음속에는 하나같이 두려움의 그림자가 엄습해 와서 낡은 세계의 익숙한 풍경에 하나의 새로운 현상을 부여했다.

한편 라자루스와 이야기를 나누어보고 싶다고 생각했던 사람들은 이런 식으로 자신의 감상을 설명했다.

"손에 닿는 모든 것, 눈에 보이는 모든 물체는 점차 공허하고 가볍고 투명한 것으로 화하는 법이다. 말하자면 밤의 어둠 속에서 빛나는 그림자와 같은 것이다. 이 전 우주를 지탱하고 있는 위대한 암흑은 태양과 달과 별에 의해서도 사라지지 않으며, 하나의 영원한 수의처럼 지구를 감싸고, 한 명의 어머니처럼 지구를 끌어안고 있다.

그 암흑이 모든 물체, 철이나 돌 속까지 스며들면 모든 물체의 분자는 서로의 결합이 느슨해지며 결국에는 뿔뿔이 흩어지게 된다. 그리고 그 암흑이 다시 분자의 깊은 속까지 스며들면 이번에는 원자가 분리된다. 왜냐하면 이 우주를 둘러싸고 있는 위대한 공간은 눈에 보이는 것에 의해 채워지지도 않고, 또 태양과 달과 별에 의해 채워지는 것도 아니기 때문이다. 그것은 어떤 것에도 속박받지 않으며 모든 곳에 스며들어 물체에서 분자를, 분자에서 원자를 분열시켜 간다.

이 공간에서 공허한 나무는 쓰러지지나 않을까 하는 기우 때문에 공허한 뿌리를 내리고 있다. 교회도 궁전도 말도 실재하고 있으나 전부 공허한 것이다. 인간도 이 공간 속에서 끊임없이 움직이고 있으나 그들 역시 가볍고 공허하기가 그림자와 같다.

왜냐하면 시간은 허무한 것이어서 모든 물체에는 시작과 동시에 끝이 붙어 있기 때문이다. 여전히 건설이 행해지고 있지만 그와 동시에 건설자는 그것을 철퇴로 부수며, 차례차례로 폐허가 되고 다시 원래의 공허가 된다. 지금도 여전히 인간이 태어나지만 그와 동시에 장례식의 촛불이 인간의 머리 위에서 끊임없이 반짝여 허무로 환원되며, 그 인간과 장례식의 촛불 대신에 공간이 존재한다.

공간과 암흑에 둘러싸인 인간은 영원한 공포에 면해서 절망으로 몸을 떨고 있는 것이다."

하지만 라자루스와 대화하기를 좋아하지 않는 사람들은 더 여러 가지 말들을 했다. 그리고 모두 무언중에 목숨을 잃었다.

4

당시 로마에 아우렐리우스라는 유명한 조각가가 있었다. 그는 점토와 대리석과 청동으로 신과 인간의 모습을 조각했고 사람들은 그 조각들을 불멸의 아름다움이라고 칭찬했다. 하지만 그는 거기에 만족하지 않고 세상에는 더욱 아름다운 무엇인가가 존재하고 있는데 자신은 그것을 대리석이나 청동으로 재현하지 못한다고 주장하고 있었다.

"나는 지금까지 달빛을 표현하지도 못했고, 또 햇빛을 생각대로 표현하지도 못했다. 나의 대리석에는 영혼이 없고, 나의 아름다운 청동에는 생명이 없다."고 그는 입버릇처럼 말했다. 그리고 달이 뜬 밤이면 측백나무 그늘을 밟았고 자신의 허연 육신의 옷을 달빛에 반짝이며 바라보고 있었기에 길에서 만난 친한 사람들은 흉허물없이 웃으며 이렇게 말했다.

"아우렐리우스 씨. 달빛을 모으고 계시는군요. 왜 바구니를 들고 오지 않으신 거죠?"

그도 웃는 얼굴로 자신의 두 눈을 가리키며 대답했다.

"바로 여기에 바구니가 있지 않습니까? 이 안에 달빛과 햇빛을 넣어두는 겁니다."

실제로 그의 말처럼 그들 빛은 그의 눈 안에서 반짝이고 있었다. 유서 깊은 귀족 출신인 그는 좋은 아내와 자식들과 함께 물질적으로는 아무런 불편 없이 살아가고 있었으나 아무래도 그 달빛과 햇빛을 대리석 위에 재현할 수 없었기에 자신이 조각한 작품에 절망을 느끼며 늘 불만스럽고 즐겁지 못한 나날을 보내고 있었다.

라자루스에 대한 소문이 이 조각가의 귀에 들어왔을 때, 그는 아내와 친구들과 상의한 뒤 죽음에서 기적적으로 되살아난 그를 만나기 위해 유대로의 긴 여행을 떠났다. 최근 아우렐리우스는 왠지 모르게 완전히 지쳐서 이번 여행이 자신의 둔감해지기 시작한 정신을 날카롭게 해주었으면 좋겠다고 생각했을 정도였기에 라자루스에 대한 어떤 소문에도 놀라지 않았다. 그도 원래 죽음에 대해서는 때때로 깊이 생각했고 그것을 굳이 좋다고 생각하는 사람은 아니었으나, 삶에 지나친 애착을 가진 나머지 남들의 웃음거리가 될 만한 죽음을 맞이하는 사람들은 모멸하고 있었다.

이 세상에서 인생은 아름답다.
저세상에서 죽음은 수수께끼다.

그는 이렇게 생각하고 있었다. 인간에게 있어서 인생을 즐기고 살아 있는 모든 생명의 아름다움에 기쁨을 느끼는 것만큼 좋은 일도 없다. 이에 그는 자신의 독자적인 인생관에 대한 진리를 라자루스에게 들려주어 그 영혼까지도 되살아나게 할 수 있다는 자신감으로 가득한 희망을 품고 있었다. 그 희망은 그렇게 어려운 것만도 아닌 듯했다. 왜냐하면 그 해석하기 어렵고 이상한 소문은 라자루스에 대한 참된 사실을 이야기하고 있는 것이 아니라 그저 막연하게 어떤 공포에 대한 경고를 하고 있는 것에 불과했기 때문이었다.

라자루스가 광야로 기울어가는 태양을 쫓기 위해 돌 위에서 일어난 순간 한 훌륭한 로마인이 무장한 노예 한 명의 호위를 받으며 그에게 다가와 밝은 목소리로 불렀다.

"라자루스여."

아름다운 옷과 보석을 몸에 걸친 라자루스가 그 장엄한 석양을 받고 있는 심각한 얼굴을 들었다. 석양의 새빨간 빛이 로마인의 얼굴과 머리에까지 쏟아져 동으로 만든 인물상처럼 반짝이게 하고 있다는 사실을 라자루스도 깨달았다. 그러자 그는 순순히 원래 있던 곳으로 돌아가 그 여린 두 눈을 아래로 향했다.

"그렇군요, 당신은 추합니다. 가엾은 라자루스여. 그리고 당신은 굉장합니다. 죽음은 당신이 어쩌다 그의 손에 떨어진

날만 그 손을 쉰 것이 아니었습니다. 하지만 당신은 참으로 건장합니다. 저 위대한 시저가 말한 것처럼 살찐 사람에게 악의 따위는 없습니다. 그런데 사람들이 어째서 당신을 그렇게 두려워하는 건지 저로서는 이해할 수가 없습니다. 어떻습니까? 오늘 밤 저를 당신의 집에 묵게 해주십시오. 벌써 해가 저물었는데 제게는 묵을 곳이 없으니……." 하고 그 로마인이 금색 사슬을 만지작거리며 조용히 말했다.

지금까지 라자루스를 잠자리의 주인으로 청하려 한 자는 아무도 없었다.

"제게는 침상이 없습니다." 라고 라자루스가 말했다.

"이래 봬도 저 역시 한때는 무사였기에 앉아서도 잠을 잘 수 있습니다. 저희는 그저 불기만 있으면 됩니다." 라고 로마인이 대답했다.

"저희 집에는 불도 없습니다."

"그럼 어둠 속에서 밤새도록 친구처럼 이야기를 나눕시다. 술 한 병 정도는 가지고 계실 테니."

"제게는 술도 없습니다."

로마인은 웃었다.

"그렇군요, 이제야 저도 알겠습니다. 당신이 어째서 그렇게 어두운 얼굴로 자신이 되살아난 것을 싫어하는지……. 술이 없기 때문일 겁니다. 그럼 어쩔 수 없으니 술 없이 밤새도

록 이야기를 나누지 않겠습니까? 이야기란 팔레르노의 포도
주보다 사람을 더 취하게 한다고들 하니 말입니다."

눈짓으로 노예를 물러나게 해서 그는 라자루스와 단둘이
되었다. 그리고 로마의 조각가는 다시 담화를 시작했으나 태
양이 저물어감에 따라 그의 말도 생기를 잃기 시작해서 점점
힘을 잃고, 공허해지고, 피로와 술지게미에 취한 것처럼 횡설
수설하게 되어 말과 말 사이에 커다란 공간과 커다란 암흑을
암시하는 검은 틈이 생기게 되었다.

"자, 저는 당신의 손님입니다. 당신은 손님에게 친절을
베푸시겠지요? 설령 사흘 동안 저세상에 다녀온 사람이라 할
지라도 손님을 잘 대접하는 것은 당연한 의무입니다. 소문을
듣자하니 사흘이나 무덤 속에서 죽어 있었다고 하던데요. 틀
림없이 무덤 속은 차가웠을 겁니다. 그래서 그 이후로 불도,
술도 없이 살아가는 나쁜 습관이 든 거겠지요. 저는 불을 매
우 사랑합니다. 워낙 너무 갑자기 어두워져서…… 당신의 눈
썹과 이마의 선은 꽤나 재미있는 선입니다. 마치 지진으로 매
몰된 신비한 궁전의 폐허 같습니다. 그런데 당신은 어째서 그
렇게 보기 흉하고 기묘한 옷을 입고 있는 겁니까? 그래 맞아,
저는 이 나라의 신랑을 본 적이 있습니다. 그 사람들도 그런
옷을 입고 있었습니다만 특별히 두렵다고도 우습다고도 생
각지는 않았으나…… 당신은 신랑이신가요?' 라고 로마의 조

각가가 말했다.

태양은 이미 저물었고 괴물과도 같은 검은 그림자가 동쪽에서부터 달려왔다. 그 그림자는 마치 거인의 맨발이 모래 위를 달리기 시작한 것처럼 느껴지기도 했다. 차가운 바람의 물결이 등까지 불어오기 시작했다.

"이 어둠 속에서 당신은 조금 전보다 더 건장하고 커다란 사내로 보이네요. 당신은 어둠을 먹고 살아가나요, 라자루스여. 저는 아주 작은 불이라도 얻을 수 있다면, 정말 아주 작은 불이라도 상관없습니다만……. 저는 조금씩 추위를 느끼기 시작했습니다만, 당신은 매일 밤 이렇게 야만적인 추위 속에 계신 겁니까? 만약 이렇게 어둡지만 않았어도 당신이 저를 바라보고 있다는 사실을 알 수 있을 텐데……. 그렇습니다, 아무래도 저를 보고 있는 것 같다는 느낌이 듭니다만. 왜 저를 바라보고 계신 겁니까? 그리고 당신은 웃고 계시군요."

밤이 찾아와 깊은 어둠이 공기를 메웠다.

"내일이 돼서 태양이 다시 오른다면 얼마나 좋을지요. 저는, 그렇습니다, 친구들의 말에 의하자면 당신도 알고 계실, 이름이 좀 알려진 조각가입니다. 저는 창작을 하고 있습니다. 그렇습니다. 아직 실행에는 옮기고 있지 못합니다만, 제게는 태양이 필요합니다. 그리고 그 햇빛을 얻는다면 저는 차가운 대리석에 생명을 부여하고 울림이 있는 청동을 따뜻하게 빛나는 불로 녹일 수가 있을 겁니다. 아아, 당신의 손이 제게 닿았군요."

"이리 오십시오. 당신은 저의 손님입니다."라고 라자루스가 말했다.

두 사람은 집으로 향했다. 그리고 기다란 밤이 지구를 뒤덮고 있었다.

아침이 되어 태양이 벌써 높이 올랐는데도 주인인 아우렐리우스가 돌아오지 않았기에 노예는 주인을 찾아 나섰다. 그는 주인과 라자루스의 행방을 여기저기 물으며 돌아다니다 마침내 불타오를 듯 눈이 부신 햇빛을 정면으로 받으며 두 사람이 말없이 앉은 채 위쪽을 바라보고 있는 모습을 발견했다. 노예가 울음을 터뜨리며 외쳤다.

"나리, 이게 대체 어떻게 된 일입니까? 나리."

아우렐리우스는 그날 로마로 돌아가기 위해 길을 떠났다. 길을 가면서도 그는 깊은 생각에 잠겨 거의 아무런 말도 하지 않았으며, 길가는 사람이나 배 등 모든 사물에서 무엇인가를 머릿속에 각인시키기라도 하겠다는 듯 하나하나에 주목했다. 바다로 나가자 바람이 일기 시작했으나 그는 여전히 갑판 위에 남아 와르르 밀려왔다가 잠겨가는 바다를 열심히 바라보고 있었다.

집에 돌아왔을 때, 그의 친구들은 아우렐리우스의 모습

이 바뀐 것을 보고 놀랐다. 하지만 그는 그 친구들을 진정시키며 뭔가 의미가 담긴 듯한 말을 했다.

"나는 마침내 그것을 발견했어."

그는 먼지투성이가 되어버린 여행복을 입은 채 바로 일에 몰두하기 시작했다. 대리석은 아우렐리우스의 맑은 망치 소리를 그대로 울려 퍼지게 했다. 그는 작업장에 아무도 들어오지 못하게 한 채 오래도록 열심히 작업에 힘쓰다 어느 날 아침 드디어 작업을 마쳤으니 친구인 비평가들을 불러 오라고 하인에게 명령했다. 그는 새빨간 삼베에 황금이 빛나는 장엄한 옷으로 갈아입고 그들을 맞아들였다.

"이것이 나의 작품일세."라고 그가 깊은 생각에 잠기며 말했다.

그것을 본 비평가들의 얼굴이 깊고 비통한 그림자에 휩싸이기 시작했다. 그 작품은 어딘가 이상한 느낌을 주었는데, 지금까지 익숙하게 보아왔던 선은 하나도 없었으며 어떤 새롭고 독특한 관념에 대한 암시를 부여해주고 있었다. 가느다랗게 구부러진 하나의 작은 가지, 아니 그보다는 오히려 작은 가지를 닮은 이상하게 길고 가느다란 물체 위에 한 사람, 마치 형식을 무시한 것 같이 추하게 생긴 맹인이 비스듬하게 몸을 기대고 있었다. 그 사람은 완전히 일그러진 어떤 덩어리를 잡아 늘인 것처럼 보이기도 했고, 혹은 서로 떨어지기 위해

헛되고도 힘없이 몸부림을 치는 거친 단편들을 모아놓은 것처럼 보이기도 했다. 단지 아무리 생각해봐도 우연이라고밖에 여겨지지 않는 것은, 그 거친 단편들 중 하나의 밑에 살아 있는 것 같은 나비 한 마리가 조각되어 있었는데 그 투명한 듯한 날개를 가진 쾌활한 사랑스러움, 예민함, 아름다움은 그야말로 비약하려는, 억누르기 어려운 본능에 몸을 떨고 있는 것 같았다.

"이 멋진 나비는 무엇을 위한 건가, 아우렐리우스?"라고 누군가가 망설이며 물었다.

"난 모르겠네."라고 아우렐리우스가 대답했다.

결국 아우렐리우스로부터 본심을 듣지 못했기에 그를 가장 사랑하던 친구 중 한 명이 단호하게 말했다.

"이건 추악해. 부숴야만 해. 망치를 이리 줘보게."

그 친구가 망치로 내려쳐 그 기괴한 맹인을 산산이 깨뜨리고 살아 있는 것 같은 나비만을 그대로 남겨두었다.

이후 아우렐리우스는 창작을 중단하고 대리석에도, 청동에도, 그리고 영원한 아름다움이 깃들어 있던 그의 영묘한 작품에도 눈길 한번 주지 않았다. 그의 친구들은 예전처럼 일에 대한 그의 열정을 다시 불러일으키기 위해 그를 데리고 가서 다른 거장의 작품을 보여주기도 했으나 여전히 무관심한 아우렐리우스는 미소를 지으며 입을 다문 채 미에 대한 그들의 논의에 귀를 기울인 뒤 언제나 지치고 의욕이 없는 목소리로 이렇게 대답했다.

"하지만 그건 전부 거짓일세."

태양이 빛나는 날이면 그는 자신의 장대하고 멋진 정원으로 나가 그늘이 없는 곳에서 태양 쪽으로 얼굴을 향했다. 붉은색과 하얀색 나비가 맴돌며 날고, 술에 취한 주신(酒神)의 일그러진 입술에서는 물이 무지개를 만들며 대리석 연못으로 떨어지고 있었다. 하지만 아우렐리우스는 꼼짝도 하지 않고 앉아 있었다. 저 멀리, 온통 돌밖에 없는 광야의 입구에서 작렬하는 태양을 직접 받으며 앉아 있던 그 라자루스처럼…….

5

신성한 로마의 황제 아우구스투스 자신이 라자루스를 초대하기로 했다. 황제의 사신들은 혼례식에 임하는 신랑의 장엄한 의상을 라자루스에게 입혔다. 그리고 그는 아마 자신의 일생을 알지 못할 것이라 여겨지는 신부의 신랑으로서 그 의상을 입고 있었다. 그것은 마치 낡고 썩은 관에 금도금을 하고 새로 지은 회색 술로 장식을 한 것 같은 느낌을 주었다. 화려한 복장을 한 황제의 사신들은 결혼식 행렬처럼 말을 타고 라자루스의 뒤를 따랐으며 그 앞에서는 나팔을 높다랗게 울려 황제의 사신을 위해 길을 열 것을 사람들에게 알렸다. 하지만 라자루스가 가는 길 앞에 나서는 자는 아무도 없었다. 그의 고향에서는 기적적으로 되살아난 그의 증오스러운 이름을 저주하고 있었기 때문에 사람들은 무시무시한 그가 지난다는 사실을 알고 모두 사방으로 달아나버렸다. 놋쇠의 금속성 소리는 덧없이 조용한 하늘로 퍼져 광야 너머로 메아리쳐 나갔다. 라자루스는 바닷길을 갔다.

그가 탄 배는 매우 호사스럽게 장식되어 있었음에도 불구하고 지금까지 지중해의 유리 빛깔 파도에 비친 배 가운데서는 가장 애처로운 배였다. 다른 손님도 여럿 태우고 있었으나 적막하기가 무덤과도 같았으며, 거만하게 젖혀진 선수를 때리는 파도 소리는 절망에 흐느껴 우는 것 같았다. 라자루스는 다른 사람들과 떨어져 태양 쪽으로 자신의 얼굴을 향한 채 잔잔한 물결의 속삭임을 조용히 경청하고 있었다. 뱃사람과 사신들은 멀리 떨어진 곳에 흐릿한 그림자처럼 무리를 이루고 있었다. 만약 천둥이 치기 시작하고 붉은 돛에 폭풍이 불어닥치기 시작했다면 틀림없이 배가 뒤집어졌을지도 모를 정도로 배 위의 사람들은 삶을 위해 싸울 의지도 없이 그저 멍하니 있을 뿐이었다. 잠시 후, 불안하다는 듯한 모습으로 두어 명의 뱃사람이 뱃전으로 나가 바다의 동굴에서 번뜩이는 수신(水神)의 담홍색 어깨나, 방패를 든 술 취한 자의 인마가 파도를 박차며 배와 경주를 하고 있는지를 보는 듯한 마음으로 투명한 쪽빛 바다를 열심히 바라보았다. 하지만 깊은 바다는 여전히 광야처럼, 벙어리처럼 조용하기 짝이 없었다.

라자루스는 아무런 느낌도 없이 영원한 수도인 로마에 상륙했다. 인간의 모든 부와 장엄하기 짝이 없는 궁전을 가진 로마는 마치 거인이 건설한 것처럼 보였으나, 라자루스에게는 그 눈부심도, 아름다움도, 세련된 인생의 음악도 결국은 광야에 부는 바람의 메아리나 사막의 흘러내리는 모래 소리로밖에 들리지 않았다. 전차가 달리고, 영원한 도시의 건설자와 협력자 무리는 거만하게 거리를 지났으며, 노래는 불려지고, 분수와 여자는 옥처럼 웃고, 취한 철학자가 큰길에서 연설하면 맨정신의 사내가 미소를 지으며 듣고, 말발굽은 포장도로의 돌을 박차며 달리고 있었다. 그들 속을 한 건장하고 음울하고 커다란 사내가 침묵과 절망의 싸늘한 발걸음으로 지나가며 그 사람들의 마음에 불쾌함과 분노와 원인을 알 수 없는 고뇌스러운 권태를 흩뿌렸다. 로마에서조차 여전히 비통한 얼굴을 하고 있는 이 라자루스를 본 시민들은 경이로움에 휩싸여 눈썹을 찌푸렸다. 이틀 후, 그가 기적적으로 되살아난 라자루스라는 사실이 전 로마에 알려지자 사람들은 그를 두려워하여 멀리하게 되었다.

하지만 그 가운데는 자신의 담력을 시험해봐야겠다는 용감한 사람들도 나타나기 시작했다. 그럴 때면 라자루스는 언제나 순순히 그들의 무례한 초대에 응했다. 황제 아우구스투스는 국사에 쫓겨 그를 부르는 것이 하루하루 연기되었기에 라자루스는 7일 동안이나 다른 사람들의 집에 초대되어 갔다.

라자루스가 한 향락주의자의 저택에 초대되었을 때, 주인이 커다랗게 웃으며 그를 맞아들였다.

"자, 한잔 드시게, 라자루스. 자네가 술 마시는 모습을 본다면, 황제도 웃지 않으실 수 없을 거야."라고 주인이 커다란 목소리로 말했다.

반나체의 취한 여자들이 까르르 웃으며 라자루스의 자주색 손에 장미 꽃잎을 뿌렸다. 하지만 그 향락주의자가 라자루스의 눈을 바라본 순간, 그의 환락은 영원히 끝나버리고 말았다. 그는 한 방울의 술도 마시지 않았는데 여생을 완전히 술에 취한 사람처럼 보냈다. 그리고 술이 가져다주는 즐거운 망상 대신 그는 끔찍한 악몽에 끊임없이 시달렸으며, 밤낮없이 그 악몽의 독기를 마시다 그 광포하고 잔인한 로마의 조상들보다 더 참혹한 죽음을 맞이했다.

또 라자루스는 한 청년과 그의 애인의 집에 초대를 받아 갔다. 그들은 서로 사랑이라는 아름다운 술에 취해 있었기에 그 청년이 아주 자랑스럽다는 듯 연인을 힘껏 포옹하며 조용히 동정하는 투로 말했다.

"우리를 보게, 라자루스. 그리고 우리의 기쁨을 함께 기뻐해주게. 이 세상에 사랑보다 더 강한 것이 있을까?"

라자루스는 말없이 두 사람을 보았다. 그 이후부터 이 연인들은 서로를 사랑하면서도 그들의 마음은 스스로 그것을 즐기지 못했으며, 마치 황폐한 무덤에 뿌리를 내린 측백나무가 적막한 저물녘에 그 나무 끝을 덧없이 하늘에 닿게 하려는 것처럼 자신들의 후반생을 음울함 속에서 보내게 되었다. 신비한 인생의 힘에 사로잡혀 서로를 포옹해도 그 입맞춤에는 괴로운 눈물이 있었으며, 그 일락(逸樂)에는 고통이 섞여 있었기에 이 젊은 두 사람은, 자신들은 틀림없이 인생의 순종적인 노예이자 침묵과 허무의 인내심 강한 하인일 것이라고 생각하게 되었다. 늘 사이가 좋은가 싶다가도 다시 다퉜으며, 그들은 불꽃처럼 반짝이다 불꽃처럼 영원한 어둠의 세계로 사라져갔다.

또 라자루스는 한 오만한 현자의 저택에 불려갔다.

"나는 네가 드러내는 공포는 전부 알고 있어. 네가 나를 두렵게 만드는 것이 과연 가능할까?"라고 그 현자가 말했다.

하지만 그 현자는, 공포에 대한 지식은 공포 자체가 아니며 죽음의 환영은 죽음 그 자체가 아니라는 사실을 바로 알게 되었다. 또한 현명함과 어리석음이 무한 앞에서는 동일하다는 사실, 왜냐하면 그 두 가지에 대한 구별은 그저 인간이 멋대로 정해놓은 것일 뿐, 무한 속에는 현명함도 어리석음도 없다는 사실을 깨닫게 되었다. 따라서 지혜의 있음과 없음, 진리와 허설, 고귀함과 비천함 사이의 넘어설 수 없는 경계선은 사라지고 그저 무형의 사상이 공간에 맴돌게 되었을 뿐이었다. 이에 그 현자는 백발을 움켜쥐고 미친 듯이 외쳤다.

"나는 모르겠다. 내게는 생각할 힘이 없다."

이처럼 기적적으로 되살아난 이 남자를 한 번 보기만 해도 인생의 의의와 기쁨은 하루아침에 전부 사라져버리고 마는 것이었다. 이에 그 사람에게 황제를 알현케 하는 것은 위험한 일이니 차라리 그를 죽여 몰래 묻고, 황제에게는 행방불명이 되었다고 말하는 편이 좋을 것이라는 의견이 제출되었다. 그리고 그 일을 위해서 목을 벨 때 쓸 칼은 이미 날을 세워 놓았고, 시민들의 안녕 유지를 맡은 청년들이 목 벨 사람을 준비해 놓았을 때, 황제로부터 내일 라자루스를 부르라는 명령이 떨어졌기에 그 잔인한 계획은 파괴되고 말았다.

이에 라자루스를 죽일 수는 없어도 하다못해 그의 얼굴이 주는 무서운 인상을 누그러뜨릴 수는 있을 것이라는 의견이 나왔기에 솜씨 좋은 화가와, 이발사와, 예술가들을 불러 밤새도록 소란을 피우며 라자루스의 머리를 깎아 말아 올리고, 물감으로 그 얼굴과 손에 있는 죽은 자의 빛깔을 띤 반점을 칠해 숨기는 등 여러 가지 작업을 했다. 지금까지 얼굴에 깊은 골을 새기고 있던 고뇌의 주름은 사람들에게 혐오감을 심어준다는 이유로 전부 덮어버렸고, 그런 다음에는 온량한 웃음과 쾌활함을 교묘한 붓놀림으로 그렸다.

라자루스는 예의 무관심으로 사람들에게 모든 일을 맡겼기에 곧 참으로 건장하고 손자가 많을 것처럼 보이는 사람 좋은 노인으로 변해버렸다. 조금 전까지 실을 자으며 띄우고 있던 미소가 지금도 그 입가에 남아 있었을 뿐만 아니라 그 눈의 어딘가에는 노인 특유의 온화함이 숨겨져 있는 것처럼 보였다. 하지만 그들은 혼례 복장까지 갈아입히려 하지는 않았다. 그리고 이 세상의 인간과 미지의 저세상을 응시하고 있는 음울하고 섬뜩하고 거울과도 같은 두 눈까지는 바꿀 수가 없었다.

6

라자루스는 궁전의 숭고함에도 특별한 마음의 감동은 느끼지 못 했다. 그에게는 광야 근처의 무너져가는 집이나, 온갖 아름다움의 극치인 석조 궁전이나 조금도 다를 바가 없었기에 변함없이 무관심하게 그곳으로 들어갔다. 그의 발 아래서는 견고한 대리석 바닥도 광야의 모래와 다를 바 없었으며, 그의 눈에는 화려하고 아름다운 궁전복을 두른 오만한 사람들도 전부 공허한 공기에 지나지 않았다. 라자루스가 곁을 지날 때는 누구도 그 얼굴을 똑바로 쳐다보는 사람이 없었으나, 그 무거운 발소리가 완전히 들리지 않게 되면 그들은 궁전 깊숙한 곳으로 점점 사라져 가는, 등이 약간 구부정한 나이 든 장부의 뒷모습을 가만히 살피듯 바라보았다. 죽음 그 자체와도 같은 그가 지나가 버리고 나면 그보다 더 무서울 것은 이제 아무것도 없었다. 지금까지는 죽은 자만이 죽음을 알고 산 자만이 인생을 알며, 양자 사이에는 아무런 연결고리도 없다고 여겨져 왔지만, 여기에 살아 있으면서도 죽음을 알고 있는 수수께끼와도 같은 공포의 인물이 나타났다는 사실은 사람들에게 있어서 실로 저주스러운 신지식이었다.

'그는 우리의 신성한 아우구스투스 대제의 목숨을 앗을 거야.' 라고 그들은 마음속으로 생각했다. 그리고 궁전 깊은 곳으로 들어가는 라자루스의 뒷모습에 저주의 말을 퍼부었다.

황제는 진작부터 라자루스라는 인물을 알고 있었기에 그에 따라 알현을 위한 준비를 갖추어놓았다. 그리고 황제는 용감한 인물로 자신의 우월한 힘을 의식하고 있었기 때문에 죽음에서 기적적으로 되살아난 사람과 생사를 다툴 경우라 할지라도 신하들의 도움을 얻는 것은 탐탁지 않게 여기고 있었다. 황제는 라자루스와 단둘이서만 만났다.

"네 눈을 내게 향하지 말라, 라자루스."라고 황제가 우선 명령했다. "네 얼굴은 메두사와 같아서 네가 바라본 자는 누구나 돌이 되어버린다고 들었다. 나는 돌이 되기 전에 우선 너를 보고 너와 이야기를 나누고 싶다."

그는 내심 두려운 마음이 없는 것도 아니었으나 참으로 황제다운 말투로 이렇게 덧붙였다. 그런 다음 라자루스에게 다가가 그의 얼굴과 기묘한 예복 등을 열심히 살펴보았다. 그는 날카로운 시선을 가지고 있었음에도 불구하고 라자루스의 변장에는 속아버리고 말았다.

"오, 너는 특별히 무서운 얼굴을 하고 있는 것도 아니구나. 보기 좋은 노인이다. 만약 공포라는 것이 이렇게 유쾌한, 오히려 존경해야 할 풍채를 갖춘 것이라면 우리에게는 오히려 좋지 않은 일이라고 할 수 있을 것이다. 그럼, 얘기를 나누기로 할까?"

아우구스투스는 자리에 앉더니 말보다 눈으로 라자루스를 향하며 문답을 시작했다.

"너는 왜 여기에 들어섰을 때 내게 인사를 하지 않았지?"

"그럴 필요가 없다고 생각했기 때문입니다."라고 라자루스가 무덤덤하게 대답했다.

"너는 기독교도인가?"

"아닙니다."

아우구스투스가 짐작하고 있었다는 듯 고개를 끄덕였다.

"좋아, 좋아. 나도 기독교도는 싫어. 그들은 인생의 나무에 열매가 가득 열리기도 전부터 그 나무를 흔들어 사방팔방으로 흩어버리고 있어. 그런데 너는 어떤 사람이지?"

라자루스가 눈에 보일 정도의 노력을 기울여 간신히 대답했다.

"저는 죽었습니다."

"그건 나도 들었어. 그렇다면 지금의 너는 어떤 사람이지?"

라자루스는 입을 다물고 있다가 마침내 귀찮다는 듯 냉담한 목소리로, "저는 죽었습니다."라고 되풀이해서 말했다.

황제는 처음부터 생각하고 있던 것을 분명한 말로 힘 있게 표현했다.

"내 말을 들어보게, 외국에서 오신 손님. 내 영토는 현세의 영토이고 나의 백성들은 살아 있는 사람들뿐, 죽은 사람은 한 명도 없어. 따라서 내 영토에서 너는 불필요한 자야. 나는 네가 어떤 사람이고, 또 이 로마를 어떻게 생각하는지 알지 못해. 하지만 네가 거짓을 말한다면 나는 너의 그 거짓을 증오할 거야. 또 만약 진실을 말한다면 나는 너의 그 진실을 증오할 거야. 내 가슴은 생명의 고동을 느끼고, 내 팔은 힘을 느끼고, 내가 자랑스럽게 여기는 사상은 독수리처럼 공간을 간파하지. 내 영토의 아무리 먼 곳이라 할지라도 내가 만든 법률의 비호 아래서 백성들은 살아가고 일하고 또 즐거움을 누리고 있어. 네게는 죽음과 싸우고 있는 그 사람들의 외침이 들리지 않는단 말이냐?'

아우구스투스가 마치 기도라도 하듯 두 팔을 내밀며 더욱 엄숙하게 외쳤다.

"행복이 있으라! 오오, 신성하고 위대한 인생이여."

라자루스는 계속해서 입을 다물고 있었고, 황제는 더욱 고조되어 가는 엄숙한 느낌을 참을 수 없다는 듯 다시 말을 이었다.

"죽음의 이빨에서 간신히 살아남은 가엾은 자여. 로마인은 네가 여기에 머물기를 원치 않는다. 너는 인생에 피로와 혐오감을 불어넣는 자다. 너는 밭의 구더기처럼 환희로 가득한 이삭을 이상한 눈으로 바라보며 절망과 고뇌의 침을 흘리고 있는 것이다. 너의 진리는 마치 밤에 찾아온 자객의 손에 들린 녹슨 검 같은 것으로, 너는 그 검 때문에 자객이라는 죄명으로 사형에 처해져야 한다. 하지만 그 전에 네 눈을 들여다보게 하라. 아마도 네 눈을 두려워하는 것은 겁쟁이들뿐으로 용기 있는 자의 가슴에는 오히려 투쟁과 승리에 대한 믿음을 불러일으킬 것이다. 그러면 너는 상으로 사형을 면하게 될 것이다. 자, 나를 보라, 라자루스여."

아우구스투스도 처음에는 친구가 자신을 보고 있는 것이 아닐까 여겼을 정도로 라자루스의 눈은 참으로 부드럽고, 온량하고, 영혼을 도취케 하는 것처럼 느껴졌다. 그 눈에 공포 따위는 깃들어 있지 않았을 뿐만 아니라, 오히려 거기에 나타나 있는 편안한 안식과 박애가 황제에게는 온화한 여주인처럼, 자애로운 누이처럼, 어머니처럼 느껴지기까지 했다. 하지만 그 눈의 힘이 점점 강하게 압박해 들어와 싫어하는 입맞춤을 탐욕스럽게 요구하는 듯한 그 눈이 황제의 숨을 막히게 했으며, 그 부드러운 육체의 표면에서는 철로 된 뼈가 드러났고, 그 무자비한 고리가 시시각각으로 조여 들어왔으며, 눈에 보이지 않는 둔탁하고 차가운 이빨이 황제의 가슴에 닿더니 진득진득하게 심장으로 파고들었다.

"아아, 괴롭구나. 그래도 나를 바라보고 있어라, 라자루스. 바라보고 있어라." 하고 신성한 아우구스투스가 창백한 얼굴로 말했다.

라자루스의 그 눈은 마치 영원히 열리지 않던 무거운 문이 서서히 열리기 시작해서 그 틈으로 조금씩 영겁의 공포를 내뱉고 있는 것처럼 여겨지기도 했다. 두 개의 그림자처럼 끝도 없는 공간과 끝 모를 암흑이 나타나 태양을 없애고, 발밑에서 대지를 빼앗았으며, 머리 위에서 하늘을 지워버렸다. 이 처럼 싸늘하고 마음을 아프게 하는 것이 또 있을까?

"좀 더 보라. 좀 더 보라, 라자루스."라고 황제가 비틀거리며 명령했다.

시간이 조용히 멈추고 끔찍하게도 모든 것이 종말에 가까워졌다. 황제의 자리가 거꾸로 뒤집어졌다고 생각할 틈도 없이 무너져 내렸으며 아우구스투스의 모습은 옥좌와 함께 사라져버리고 말았다. 소리도 없이 로마는 파괴되었으며 그 자리에 새로운 도시가 건설되었으나 그것도 다시 공간 속으로 빨려 들어가 버리고 말았다. 환상의 거인처럼 도시도, 국가도, 나라들도 전부 쓰러져 공허한 어둠 속으로 사라져버렸으며 무한한 검은 위장이 무덤덤하게 그것을 삼켜버렸다.

"그만둬."라고 황제가 명령했다.

그의 목소리에는 이미 감정을 잃은 듯한 울림이 있었으며, 그 두 손도 힘없이 늘어졌고, 돌격적인 암흑과 무턱대고 싸우는 동안 그 반짝이던 두 눈에는 아무것도 보이지 않게 되었다.

"라자루스. 너는 나의 목숨을 앗았어."라고 황제가 힘없는 목소리로 말했다.

이 실망의 목소리가 그 자신을 구했다. 황제는 자신이 비호해야 할 백성을 생각하자 기력을 잃기 시작했던 심장에 날카로운 아픔을 느꼈고 그 덕분에 약간 의식을 회복했다.

'백성들로부터도 죽음을 선고받았다.' 라고 그는 희미하게 생각했다. 무한한 암흑의 무시무시한 그림자, 그것을 생각하면 공포가 그를 더욱 엄습해왔다.

'솟아오르는 생혈을 가진, 비애와 함께 위대한 환희를 알고 있는 심장을 가진, 깨지기 쉬운 배와도 같은 백성……' 이라고 황제가 마음속으로 외친 순간 불안함이 그의 가슴을 꿰뚫었다.

이처럼 삶과 죽음의 양 끝 사이에서 반성하고 동요하는 동안 점차 생명이 회복되자 황제는 고통과 환희의 인생 속에 공허한 암흑과 무한한 공포를 막을 수 있을 만큼의 힘을 가진 방패가 있다는 사실을 깨달았다.

"라자루스, 너는 나를 죽이지 않았구나. 하지만 나는 너를 죽일 것이다. 물러나라." 하고 황제가 단호하게 말했다.

그날 저녁, 신성한 황제는 평소보다 훨씬 더 유쾌하게 식사를 했다. 하지만 때때로 손을 뻗은 채로 불처럼 타오르던 눈이 흐릿하게 어두워지곤 했다. 그것은 자신의 발밑에서 공포의 물결이 움직이는 것을 느꼈기 때문이었다. 지기는 했으나 파멸 당하지는 않고 영원히 때가 오기를 기다리고 있는 '공포' 는 황제의 평생을 통해서 하나의 검은 그림자, 즉 죽음처럼 그의 곁에 머물며 낮에는 인생의 희로애락에 져서 모습을 드러내지 않았으나, 밤이면 늘 모습을 드러냈다.

　이튿날, 사형집행인은 불에 달군 철로 라자루스의 두 눈을 도려낸 뒤 그를 고국으로 쫓아버렸다. 신성한 황제 아우구스투스도 차마 라자루스를 사형에 처하지는 못했던 것이다.

　라자루스가 고향의 광야로 돌아오자, 광야는 편안함이 느껴지는 바람의 감촉과 빛나는 태양의 열기로 그를 맞아주었다. 그는 옛날처럼 돌 위에 앉더니 그 거칠고 수염이 덥수룩한 얼굴을 위로 치켜들었다. 두 개의 눈 대신 두 개의 검은 구멍이 멍한 공포의 표정을 나타내며 하늘을 바라보았다. 저 너머 멀리에 있는 성도는 쉴 새 없이 시끄럽게 웅성거렸지만, 그의 주위는 황량하게 벙어리처럼 정적에 잠겨 있었다. 기적적으로 죽음에서 되살아난 그의 집에 다가가려는 사람은 아무도 없었으며, 근처 사람들은 먼 옛날에 자신의 집을 버리고 그곳에서 떠났다.

　불에 달구어진 철에 의해 눈에서 쫓겨났기 때문에 그의 저주받은 죽음에 대한 지식은 두개골 안쪽 깊은 곳에 숨어 그곳을 자신의 은신처로 삼았다. 그리고 마치 그 은신처에서 뛰쳐나오듯 저주스러운 죽음에 대한 지식은 수많은 무형의 눈을 사람들에게 던졌다. 감히 라자루스를 정면으로 바라보는 자는 아무도 없었다.

　저녁 해가 한층 더 커다랗고 붉게 서쪽의 지평선으로 점점 기울어가기 시작하면 눈을 잃은 라자루스는 그 뒤를 따라가는 도중에, 건장하기는 하지만 한편으로는 참으로 힘없이 언제나 돌에 걸려 넘어졌다. 새빨간 석양에 비친 그의 검은 몸과 똑바로 벌린 그의 두 손이 마치 거대한 십자가처럼 보였다.

어느 날, 평소와 다름없이 저녁 해를 따라간 채로 라자루스는 끝내 돌아오지 않았다. 이렇게 해서 수수께끼처럼 죽음에서 기적적으로 되살아났던 그의 두 번째 생애도 종말을 고했다.

유령

기 드 모파상(Guy De Maupassant, 1850~1893)

19세기 후반 프랑스의 자연주의 소설가, 극작가, 시인. 작품이 표면적이

고 물질적이어서 정신적인 면이 부족하다는 평도 있으나 무감동적인 문

체를 통한 감수성과 고독감의 표현으로 자신의 불안한 영혼을 나타냈다.

대표작으로는 『여자의 일생』, 『비곗덩어리』 등이 있다.

우리는 최근의 소송사건에 대한 이야기를 나누다 얘기가 옆으로 새서 압류에 관해 이야기를 나누고 있었다. 그곳은 그르넬 거리에 있는 낡은 별장으로 친한 사람들이 모여 이야기를 나누며 하룻밤을 보냈는데 손님들이 번갈아가며 여러 가지 이야기를 들려주었다. 어느 사람의 이야기나 전부 실제로 있었던 일이었다고 한다.

　그때 나이 많은 데 라 투르 사뮈엘 후작이 자리에서 일어나 난롯가로 다가갔다. 후작은 당년 82세의 노인이었다. 그가 약간 떨리는 듯한 목소리로 이런 이야기를 시작했다.

　제 눈으로 직접 신기한 것을 본 적이 있습니다. 그것은 제 평생의 악몽이었을 만큼 기이한 사건으로 지금으로부터 56년 전이라는 먼 옛날의 일입니다만, 아직도 그 무시무시한 꿈에 매달 시달리고 있습니다. 그 일이 있었던 날부터 제 머릿속에는 공포라는 것이 깊이 새겨졌습니다. 그 10분 동안은 공포의 먹잇감이 되어 있었는데 그 공포가 아직도 제 마음에 남아 있습니다. 갑자기 어떤 소리가 들려오면 저는 한없이 놀랍니다. 땅거미가 내린 저물녘, 어떤 이상한 것을 보면 저는 달아나고 싶어집니다. 저는 밤을 두려워하고 있습니다.

아아! 저도 이 나이가 될 때까지 이 일에 대해서는 한 번도 입에 담은 적이 없었으나 이제는 전부를 이야기해도 좋을 듯합니다. 여든두 살이나 먹은 노인이 공상적 위험을 두려워하는 일은 있어도, 실제적 위험을 다시 만날 일은 거의 없을 테니까요. 여성분들도 들어보시기 바랍니다. 이 사건은 제가 결코 표현할 수 없을 정도로 제 마음을 흔들어놓았으며, 정체를 알 수 없는 깊은 불안을 가슴 가득 채워놓았습니다. 저는 지금까지 저의 비애와, 저의 부끄러운 비밀과, 제 인생의 약점과, 아무래도 타인에게는 솔직하게 고백할 수 없었던 것을 마음 깊은 속에 숨기고 있었습니다.

저는 지금부터 아무런 꾸밈도 없이 신기한 사건을 그저 있는 그대로 말씀드릴 생각입니다. 그 진상에 대해서는 저 자신도 뭐라 설명을 드릴 길이 없습니다. 결국은 그 짧은 시간 동안에 제가 발광을 했던 것이라고 말씀드릴 수밖에 없을 듯합니다. 하지만 제가 발광했던 게 아니라는 증거가 있습니다. 아니, 그에 대한 상상은 여러분들의 자유에 맡기기로 하고 저는 그저 사실을 솔직하게 말씀드리도록 하겠습니다.

그것은 1827년 7월, 제가 저의 연대를 이끌고 루앙에서 야영을 하던 때의 일이었습니다. 어느 날, 제가 부둣가 근처를 걷고 있는데 어디선가 본 듯한 사내 하나가 지나가기에 발걸음을 약간 늦춰 그 자리에 멈춰 서려고 한 순간, 상대방도 저를 발견하고 가만히 바라보다 갑자기 달려들어 저의 팔을 잡았습니다.

자세히 보니 그것은 제가 젊었을 때 아주 친하게 지내던 친구였는데 겨우 5년 못 만난 사이에 50년이나 늙어버린 것처럼 보였습니다. 그 머리는 하얗게 세었고 걷기조차 힘들어 보였습니다. 너무나도 커다란 변화에 내가 놀라자 상대방도 그 사실을 깨달은 듯 우선 자신의 신상에 관한 이야기부터 시작했습니다. 들어보니 커다란 사건이 그에게 타격을 준 것이었습니다. 그는 어느 날, 젊은 아가씨와 사랑에 빠져 미치광이처럼 흥분했고, 거의 제정신이 아닌 상태에서 그 여자와 결혼해서 1년 정도 한없이 기쁘고 즐거운 날들을 보냈으나 여자가 심장병으로 갑자기 세상을 떠나고 말았습니다. 물론 사이가 너무 좋았던 결과였습니다.

그는 아내의 장례식이 끝난 날 자신이 살던 곳을 떠나 루앙에서 임시로 살고 있었는데 그의 외로움과 슬픔은 말로 표현할 수 없을 정도였습니다. 깊은 슬픔이 몸속 깊이 파고들어 그는 종종 자살을 기도했을 정도였습니다. 그 이야기를 마치

고난 뒤, 그는 이렇게 말했습니다.

"여기서 자네를 다시 만나게 된 건 정말 행운이야. 내 부탁을 하나만 들어줬으면 하네. 내 별장으로 가서 서류 하나를 가져다줄 수 있겠나? 일이 아주 급해서 그래. 그 서류는 내 방……, 아니 우리 방의 책상 서랍 속에 들어 있는데 워낙 비밀스러운 일이라 변호사나 하인을 보낼 수는 없다네. 내가 방에서 나올 때 문을 단단히 잠갔으니 그 열쇠를 자네에게 건네주겠네. 책상 서랍의 열쇠도 같이 줄 테니 가져가기 바라네. 그리고 자네가 가면 안내를 하라고 집을 보고 있는 정원사에게 글을 하나 써주겠네. 모든 일은 내일 아침에 같이 식사를 하며 상의하도록 하겠네."

특별히 어려운 일도 아니었기에 저는 친구의 청을 받아들였습니다. 거기서부터 그 별장이라는 집까지는 40㎞ 정도밖에 되지 않았기에 제게는 마침 좋은 소풍길이 될 터였고, 말로 가면 1시간 정도밖에 걸리지 않을 듯했습니다.

이튿날 아침, 두 사람은 함께 식사를 했습니다. 그런데 그는 특별히 이렇다 할 말도 하지 않고 겨우 스무 마디 정도를 한 후에 그만 돌아가겠다고 말했습니다. 단, 제가 부탁을 받아 가는 그의 방에는 그의 행복이 망가진 채 남아 있어서, 제가 거기에 간다는 사실을 생각하는 것만으로도 그의 마음속에서 일종의 비밀스러운 투쟁이 일어나고 있는 듯 매우 불안한 사람처럼 보였으나, 그래도 결국은 제게 부탁하려 했던 일을 솔직하게 밝혀주었습니다. 그것은 매우 간단한 일로, 어제도 잠깐 이야기한 것처럼 책상의 오른쪽 서랍에 들어 있는 편지 두 묶음과 서류를 가져다 달라는 것뿐이었습니다. 그리고 마지막으로 그는 이런 말을 덧붙였습니다.

"그 서류를 보지 말라고는 하지 않겠어."

너무나도 실례가 되는 말에 저는 마음이 상했습니다. 남의 중요한 서류를 함부로 보는 사람이 어디 있겠느냐며 약간 강한 어조로 다그쳤더니 그도 당황한 듯 우물거리며 말했습니다.

"내가 잘못했네. 지금 내가 워낙 정신이 없어서."라고 말하며 그는 눈물을 글썽였습니다.

그날 오후 1시 무렵, 저는 친구의 부탁을 들어주기 위해 출발했습니다. 그날은 눈부실 만큼 맑은 날로 저는 종다리의 노래를 들으며, 그리고 승마화에 규칙적으로 찰깍찰깍 부딪치는 검의 소리를 들으며 목장을 가로질러 갔습니다. 잠시 후, 숲 속으로 들어섰기에 말에서 내려 걸어가자니 나무의 가지들이 부드럽게 제 얼굴을 쓰다듬었습니다. 저는 때때로 나뭇잎 하나를 뜯어 이 사이에 넣고 그것을 씹었습니다. 그럴 때면 뭐라 설명할 수 없는 유쾌한 기분이 들었습니다.

가르쳐준 집에 다가갔을 때 집을 지키고 있는 정원사에게 건네줄 편지를 꺼내 보았는데 봉투를 봉인해놓았기에 저는 깜짝 놀랐습니다. 무슨 뜻인지? 차라리 이대로 그냥 돌아가 버릴까 하는 생각이 들 정도로 매우 불쾌했으나, '아까 본 것처럼 그도 제정신이 아닌 듯하니 실수로 봉인한 걸지도 몰라. 너무 나쁘게 생각하지는 말자.' 하고 마음을 고쳐먹었습니다. 그런 다음 잘 살펴보니 그 별장풍의 건물은 한 20년 정도 비어 있었던 듯, 문은 활짝 열린 채 썩어가고 있었으며 길을 뒤덮을 정도로 풀이 우거져 있었습니다.

제가 덧문 차는 소리를 듣고 한 노인이 쪽문을 열고 나왔는데 그는 거기에 서 있는 제 모습을 보고 매우 놀라는 듯한 눈치였습니다. 제가 말에서 내려 그 편지를 내밀자 노인은 그것을 한 번 읽고, 다시 되풀이해서 읽고는 의심스럽다는 듯한 눈으로 제게 물었습니다.

"그런데 당신은 무슨 일로 오셨습니까?"

"자네 주인의 편지에 적혀 있지 않은가? 나는 이 집 안으로 들어가야만 해."

그는 더욱 당황한 듯한 모습으로 말했습니다.

"그렇습니까? 그럼 당신께서 들어가시는 겁니까, 나리의 방에……."

저는 답답해지기 시작했습니다.

"자네는 왜 그런 걸 캐묻는 거지?"

그가 머뭇거리며, "그런 건 아닙니다만. 단지 그……. 그 방은 불행한 일이 벌어진 후에 한 번도 연 적이 없어서……. 그럼 한 5분 정도만 기다려주시기 바랍니다. 제가 가서 어떻게 되어 있는지 잠깐 보고 올 테니."

저는 화가 나서 그를 가로막았습니다.

"농담하지 마. 그 방에 대체 어떻게 들어가겠다는 거지? 방 열쇠는 내가 가지고 있어."

그도 더는 방법이 없는 듯, "그럼, 안내하도록 하겠습니다."

"계단이 있는 곳을 가르쳐주기만 하면 돼. 나 혼자서 할 테니."

"하지만, 그게……."

저는 화가 폭발하고 말았습니다.

"그만 입 다물고 있어. 아니면 네게도 좋지 않을 거야."

제가 그를 밀치고 집 안으로 성큼성큼 들어가자 처음이 부엌, 다음이 그 노인 부부가 쓰고 있는 조그만 방, 그것을 지나자 커다란 거실이 나왔습니다. 거기서 계단을 올라 저는 친구가 가르쳐준 방의 문을 찾아냈습니다. 열쇠를 가지고 있었기에 간단히 문을 열고 저는 그 방 안으로 들어갈 수 있었습니다.

방 안은 아주 어두워서 처음에는 아무것도 보이지 않을 정도였습니다. 그처럼 오래 비워둔 방에서 나기 마련인 흙냄새와 썩은 듯한 냄새에 기침을 하며 잠시 서 있는 동안 제 눈도 점점 어둠에 익숙해져서 어질러진 커다란 방 안에 침대가 놓여 있는 것이 분명하게 보이기 시작했습니다. 침대에 시트는 없고 3장의 요와 2개의 베개만이 나란히 놓여 있었는데 그중 하나에는 지금까지 누군가가 거기에 누워 있었던 것처럼 머리와 팔꿈치 자국이 선명하고 깊게 남아 있었습니다.

의자는 전부 어지럽게 놓여 있었으며, 틀림없이 찬장일 것이라 여겨지는 것의 문도 약간 열려 있었습니다. 저는 우선 창가로 가서 빛이 들어오게 하기 위해 창문을 열었으나 바깥쪽 덧문의 경첩이 녹슬어서 그것은 열 수가 없었습니다. 칼을 써서 억지로 열어보려 했으나 잘 되지 않았습니다. 이런 일을 하는 동안 제 눈이 어둠에 완전히 익숙해졌기에 창문 열기는 그만 포기하고 저는 책상 쪽으로 다가갔습니다. 그리고 팔걸이의자에 앉아 서랍을 열었는데 그 안에는 여러 가지 물건이 가득 들어 있었으나 저는 서류와 편지 세 묶음만 꺼내면 됐고 그것을 바로 찾아낼 수 있도록 친구로부터 설명을 들었기에 얼른 그것을 찾기 시작했습니다.

그 겉면에 적어놓은 것을 읽기 위해 어둠 속에서 눈에 온 신경을 집중하고 있을 때 제 뒤에서 가볍게 바스락거리는 소리가 들려왔습니다. 들었다기보다는 오히려 느꼈다고 해야 할 것입니다. 하지만 그것은 틈새로 들어온 바람이 커튼을 흔든 것이라는 정도로 생각했을 뿐, 저는 특별히 신경 쓰지 않았습니다. 그런데 잠시 후, 다시 바스락하는 소리가 이번에는 꽤나 분명하게 들려와 저는 왠지 소름이 돋을 것 같은 불쾌한 느낌이 들었으나 그런 조그만 일에 일일이 놀라서 뒤를 돌아본다는 것도 한심하다는 생각이 들었기에 그대로 내버려두고 계속해서 편지와 서류를 찾았습니다. 마침 두 번째 꾸러미를 찾아내고 다시 세 번째 꾸러미를 찾아낸 순간, 제 어깨와 가까운 곳에서 슬픈 듯 커다랗게 한숨짓는 소리가 들려왔기에 저는 깜짝 놀라 2m 정도나 황급히 뒤로 물러나 검의 손잡이로 손을 가져가며 돌아보았습니다. 검을 가지고 있지 않았다면 저는 겁을 먹고 그대로 달아났을 겁니다.

키가 커다란 한 여인이 하얀 옷을 입고 지금까지 내가 앉아 있던 의자 뒤에 서서 저를 정면으로 마주보고 있었습니다. 저는 거의 뒤로 쓰러질 뻔했습니다. 그때의 공포를 이해할 수 있는 사람은 아무도 없을 겁니다. 만약 여러분이 그것을 보았다면 영혼은 꺼지고, 숨은 멎고, 온몸은 뼈 없는 솜처럼 되어 몸 깊은 곳까지 흐물흐물 무너져 내렸을 겁니다.

저는 유령 따위를 믿는 사람이 아닙니다. 그래도 죽은 사람이 가져다주는 말로 표현할 수 없는 공포 앞에서는 어쩔 수가 없었습니다. 저는 어떻게 해야 좋을지 몰랐습니다. 한동안은 제정신이 아니었습니다. 평생 그렇게 당황했던 적은 한 번도 없었습니다.

여자가 그대로 입을 다물고 있었다면 저는 정신을 잃고 말았을 겁니다. 하지만 여자가 말을 하기 시작했습니다. 제 신경을 울리듯 부드럽고 애달픈 목소리로 말했습니다. 그때 제가 제정신을 찾았다고는 말할 수 없습니다. 사실 반쯤은 정신이 나간 상태였으나 그래도 제게는 일종의 자부심이 있고 군인으로서의 자존심도 있었기에 간신히 몸을 지탱할 수 있었습니다. 저는 자기 자신에 대해서, 그리고 그 여자에 대해서─그것이 인간이든 유령이든─ 위엄을 갖출 수 있게 되었습니다. 처음 상대가 나타났을 때는 다른 생각을 할 여유가 없었으나, 이때에 이르러서는 우선 이 정도의 마음을 가질 수 있게 되었습니다. 하지만 속으로는 아직 두려움을 느끼고 있었습니다.

"저기요, 조금 어려운 부탁이 있는데요……."

저는 대답을 하려 했으나 말은 나오지 않고 그저 이상한 소리만 목에서 나올 뿐이었습니다.

"들어주실 수 있나요?"라고 여자가 계속해서 말했습니다. "당신은 저를 구해주실 수 있어요. 저는 너무 괴로워요. 끊임없이 괴로움에 시달리고 있어요. 아아, 괴로워라."

이렇게 말하고 여자는 조용히 의자에 앉아 제 얼굴을 바라보았습니다.

"들어주실래요?"

아직 말을 제대로 할 수 없었기에 입을 다문 채 고개를 끄덕이자 여자가 거북이 껍질로 만든 빗을 제게 건네주며 조그만 목소리로 말했습니다.

"제 머리를 빗겨주세요. 부탁이니, 제 머리를 빗겨주세요. 그러면 저를 낫게 할 수 있을 거예요. 제 얼굴을 좀 보세요. 제가 얼마나 괴로워하고 있는지. 제 머리를 좀 보세요. 머리가 얼마나 상했는지."

여자의 헝클어진 머리는 아주 길고, 아주 검었는데 여자가 앉아 있는 의자를 넘어 거의 바닥에 닿을 정도로 길게 늘어져 있는 것처럼 보였습니다.

저는 어떻게 머리를 빗겼는지. 어떻게 부들부들 떨면서 그 빗을 받아들고, 마치 뱀을 잡았을 때처럼 차갑게 느껴지는 여자의 머리에 어떻게 내 손을 댔는지. 그건 나 자신도 잘 모르겠지만, 그때의 차가운 느낌만은 언제까지고 제 손가락에 남아 지금도 그것을 생각하면 몸이 떨려오는 듯합니다.

어떻게 해야 좋을지 몰랐으나 저는 얼음처럼 차가운 머리를 빗겨주었습니다. 한 움큼 쥐기도 하고 풀기도 하면서 말의 갈기처럼 하나로 모아 묶어주었더니 여자는 그 머리를 늘어뜨린 채 한숨을 지으며 아주 기뻐하는 것처럼 보였는데, 잠시 후 느닷없이 이렇게 말했습니다.

"고마워요."

제 손에서 빗을 낚아채더니 반쯤 열린 것처럼 보이는 문으로 달아나듯 나가버렸습니다. 그 자리에 혼자 남게 된 저는 악몽에서 깨어난 사람처럼 몇 초 동안은 넋을 잃고 있었으나 곧 의식이 되돌아오자 다시 창문 쪽으로 달려가 마구잡이로 덧문을 두들겨 부수어버렸습니다.

바깥의 빛이 스며들었기에 저는 우선 여자가 나간 문 쪽으로 가보았으나 문에는 자물쇠가 채워져 있어서 열 수 없게 되어 있었습니다. 이렇게 된 이상 달아나는 수밖에 없었습니다. 저는 서랍을 열어둔 채 책상 위에서 세 개의 꾸러미를 얼른 집어 들고 그 방에서 나와 계단을 한 번에 4단 정도나 뛰어내려 밖으로 달아났습니다. 그리고 어떻게 해야 좋을지 몰랐는데 다행스럽게도 제 말이 묶여 있는 것이 보였기에 바로 거기에 뛰어올라 전속력으로 달리게 했습니다.

루앙에 도착할 때까지 한 번도 쉬지 않고 달려 제 집 앞에 도착했습니다. 거기에 있던 하사관에게 내던지듯 고삐를 건네주고 저는 제 방으로 달려 들어가 문을 잠근 뒤 마음을 가라앉히고 생각해보았습니다.

거기서 저는 환각에 시달렸던 것이 아닐까 하고 1시간이

나 생각했습니다. 저는 틀림없이 일종의 신경적 충동으로 인해 머리에 혼란이 생겨 그와 같은 초자연적 기적을 맛보게 된 것이라고 생각했습니다. 어쨌든 그것은 저의 환각이었다고 생각하기로 하고 자리에서 일어나 창가로 갔습니다. 그런데 그때 문득 보니, 제 안쪽 옷의 단추에 여자의 머리카락이 잔뜩 엉켜 있지 않겠습니까? 저는 떨리는 손으로 그 머리카락을 하나하나 떼어 창 밖으로 던져버렸습니다.

저는 하사관을 불렀습니다. 마음이 너무나도 혼란스럽고 몸도 지칠 대로 지쳐 있었기에 그날 당장 친구를 찾아갈 수 없었을 뿐만 아니라 친구를 만나 어떻게 이야기하면 좋을지도 생각해두지 않으면 안 되었기 때문입니다.

심부름을 보냈던 하사관이 친구의 답장을 받아가지고 왔습니다. 친구는 그 서류를 틀림없이 받았다고 했습니다. 그가 저에 대해서 묻기에 하사관이 저의 좋지 않은 상태에 대해서 이야기하고 아마 일사병에 걸린 것 같다고 말하자, 그는 괴로워하는 듯한 모습을 보였다고 합니다.

저는 사실을 털어놓기로 하고 이튿날 아침 일찍 친구를 찾아갔는데, 그는 어제 저녁에 나가서 아직 돌아오지 않았다는 것이었습니다. 같은 날 다시 한 번 찾아가 보았으나 그는 역시 돌아오지 않았습니다. 그로부터 일주일을 기다렸으나 끝내 돌아오지 않았기에 저는 경찰에 신고를 했습니다. 경찰에서도 사방팔방 수색을 해보았으나 그의 종적을 찾아내지는 못했습니다.

그 빈집도 샅샅이 뒤져보았으나 결국 의심이 갈 만한 단서는 아무것도 찾아내지 못했습니다. 거기에 여자가 숨어 있었던 것 같은 흔적도 없었습니다. 취조에서도 아무런 성과를 거두지 못했기에 더는 수색을 진전시킬 수가 없었습니다.

그로부터 56년 동안 저는 그 일에 대해서 아무것도 알아내지 못했습니다. 저는 끝내 사건의 진상을 밝혀내지 못했습니다.

거울 속의 미녀

조지 맥도널드(George MacDonald, 1824~1905)

스코틀랜드의 소설가, 시인, 성직자. 환상문학이나 아동문학으로도

유명한데 애버딘 대학 졸업 후 목사가 되었으면 한편으로는 집필

활동도 계속했다. 대표작으로는 『북풍의 등에 업혀』, 『공주님과 난

쟁이』 등이 있다.

1

코스모 폰 웰스탈은 프라하의 대학생이었다.

그는 귀족 집안에서 태어났지만 가난했다. 하지만 가난
속에서 태어나는 독립을 스스로 자랑스럽게 여겼다. 누구나
가난에서 달아날 수 없다면, 차라리 그것을 자랑스럽게 여길
수밖에 없는 법이다. 그는 학생들 사이에서 인기를 얻고 있었
지만 이렇다 할 친구는 없었기에, 학생들 가운데 오래된 마을
의 가장 높은 집 꼭대기에 있는 그의 하숙방에 들어선 사람은
아직 아무도 없었다.

그의 겸손한 태도 덕분에 학생들 사이에서의 평판은 좋
았으나, 사실 그것은 그의 은둔적 사상에서 오는 것이었다.
밤이 되면 그는 누구의 방해도 받지 않고 자신이 좋아하는 학
문과 상상에 빠져들었다. 그 학문들 가운데는 학교의 과정에
필요한 학과 외에도 세상에 그다지 알려지지도 않았으며, 그
다지 인정받고 있지도 못한 것도 포함되어 있었다. 그의 비밀

서랍에는 알베르투스 마그누스(13세기의 과학자, 신학자, 철학자)와 코르넬리우스 아그리파(15~16세기의 철학자로 연금술과 마법을 주장한 사람)의 저작을 비롯하여, 그 외에도 썩 널리 알려지지 않은 책과 신비하고 어려운 책 등이 들어 있었다. 하지만 그런 연구는 단순히 그의 호기심에만 그쳤을 뿐, 그것을 실제에 응용해보고 싶다는 마음은 가지고 있지 않았다.

그 하숙은 넓지만 낮은 다락방이었는데 가구라고 할 수 있을 만한 것은 거의 없었다. 나무로 만든 의자가 한 쌍, 밤낮 없이 뒹굴며 상상에 잠기는 침대가 하나, 거기에 떡갈나무로 만든 크고 검은 책장이 하나, 그것들을 제외하면 방 안에 가구라고 부를 수 있을 만한 것은 거의 없었다. 그 대신 방의 한쪽 구석에는 정체를 알 수 없는 기구들이 여럿 쌓여 있었으며, 다른 한쪽에는 해골이 서 있었다. 그 해골의 절반쯤은 뒤쪽의 벽에 기대어져 있고, 나머지 절반쯤은 끈으로 목을 묶어 지탱하고 있었으며, 한쪽 손의 손가락은 옆에 세워놓은 오래된 검의 손잡이 위에 놓여 있었다. 그 외에도 여러 가지 무기들이 바닥에 나뒹굴고 있었다. 벽에는 아무런 장식도 없었으며 날개를 펼치고 있는 크고 마른 박쥐와, 호저의 가죽과 박제를 한 바다쥐 등이, 그것이 무엇인지 알아볼 수 없는 형체가 되어 걸려 있었다. 그가 이런 신기한 망상에만 빠져 있는

가 하면, 다른 한편으로는 그것과 전혀 거리가 먼 일들도 생각하곤 했다.

그의 마음은 결코 황홀한 감정으로만 가득 채워진 것이 아니라 마치 문밖의 새벽처럼 냄새를 머금고 있는 미풍이 되기도 하고, 또 어떨 때는 커다란 나무에 부는 폭풍이 되기도 했다. 그는 장밋빛 안경을 통해서 모든 사물을 보았다. 그가 창을 통해서 아래쪽 마을을 지나는 처녀를 볼 때면 그 처녀들은 전부 소설 속의 인물이 되었으며, 그녀의 그림자가 멀리 가로수 속으로 사라질 때까지 그것을 계속해서 생각했다. 그는 거리를 걸을 때면, 마치 소설을 읽는 듯한 마음이 되어 거기서 일어나는 여러 가지 일들을 흥미로운 장면으로 받아들였다. 그리고 여자의 아름다운 목소리가 귀에 들어올 때마다 그는 천사의 날개가 자신의 영혼을 쓰다듬고 가는 것 같다는 느낌을 받았다. 실제로 그는 무언의 시인으로 오히려 진짜 시인보다 훨씬 더 공상적이고, 위험했다. 다시 말해서 그 마음 속에서 솟아오르는 샘물이 밖으로 흘러나갈 출구를 찾지 못하고 수위가 더욱 높아져 나중에는 가득 차고 넘쳐나 그 마음의 내부를 파괴할지도 모르기 때문이었다.

그는 언제나 딱딱한 침대에 누워 어떤 이야기나 시를 읽었다. 그러다 그 책을 떨어뜨리고 공상에 잠겼다. 그렇게 되면 꿈인지 생시인지 구분이 되지 않았다. 맞은편 벽이 선명하게 보이기 시작하고 아침 햇살이 밝아오면 그도 비로소 일어났다. 그리고 혈기왕성한 젊은이의 온갖 본능이 깨어나 해가 저물 때까지 자유롭게 독서, 혹은 유희를 계속했다. 낮의 커다란 폭포에 잠겨 있던 밤의 세계가 찾아오면 그의 마음에서는 별이 반짝이고 어두운 환영이 다시 떠올랐다. 하지만 그런 상태를 오래 지속하기란 쉬운 일이 아니었다. 어느 틈엔가 아름다운 세계 속으로 무엇인가가 침입해 들어와서 방황하는 마술사를 무릎 꿇게 하기 때문이었다.

어느 날 오후의 황혼 무렵이었다. 그가 평소처럼 꿈꾸는 듯한 기분으로 그 마을의 중심가를 걷고 있자니 학생 하나가 어깨를 두드리며 말을 걸었다. 그리고 오래된 갑옷을 찾아내 그것을 손에 넣고 싶으니 같이 뒷골목까지 가주지 않겠느냐고 말했다.

코스모는 고대 및 현대의 무기에 대해서 아주 잘 알고 있었기에 그 방면의 권위자로 인정받고 있었다. 특히 무기의 사용 방법에 관한 지식에 있어서는 그를 따를 만한 학생이 없었다. 그 가운데서도 어떤 종류의 것을 아주 잘 다루었기에 다른 모든 것에 대해서까지 그가 권위를 갖게 된 것이었다. 코스모는 기꺼이 그와 함께 갔다.

두 사람은 좁은 골목길로 들어서 먼지투성이의 조그만

집 앞에 다다랐다. 낮은 아치형 문을 들어서니 거기에는 세상에서 흔히 볼 수 있는, 곰팡내 나고 먼지에 뒤덮인 온갖 잡동사니가 놓여 있었다. 학생은 코스모의 감정에 만족하여 바로 그 갑옷을 사기로 했다.

거기를 나설 때, 코스모는 벽에 걸린 먼지투성이 타원형 거울을 발견했다. 거울 둘레에는 기이한 조각이 새겨져 있었는데 가게의 주인이 그것을 옮길 때 빛나고 있는 등에 비춰도 그렇게 빛나지는 않았다. 코스모는 그 조각에 마음이 끌린 듯했으나 그 이상으로 관심을 내비치는 모습은 보이지 않은 채 그 가게에서 나왔다. 두 사람은 처음 만났던 번화가로 나와 거기서 각자 반대방향으로 헤어졌다.

혼자가 된 코스모는 그 기이하고 낡은 거울을 떠올렸다. 좀 더 자세히 보고 싶다는 생각이 강하게 일었기에 그는 다시 그 가게 쪽으로 발걸음으로 돌렸다. 그가 문을 두드리자 마치 기다리고 있었다는 듯 주인이 문을 열었다. 주인은 조그만 체구의 마른 노인으로 매부리코에 번뜩이는 눈을 가졌는데, 근처에 뭐 떨어뜨린 물건이라도 없나 쉴 새 없이 그 눈을 두리번거리는 듯한 인물이었다. 코스모는 다른 물건들을 구경하는 것처럼 둘러보다 마지막으로 그 거울 앞으로 가서, 저걸 좀 내려서 보여달라고 말했다.

"나리, 직접 내리세요. 저는 손이 닿질 않으니."라고 노인이 말했다.

　코스모가 조심조심 그 거울을 내려 보니, 조각의 구도와 기교 모두 뛰어난 것이어서 참으로 정교하기도 하고, 또 값비싼 물건처럼 보이기도 했다. 그리고 그 조각에는 코스모가 아직 알지 못하는 여러 기교들이 가해져 있어, 그것이 어떤 의미가 있는 것처럼 보이기도 했다. 그것이 그의 취미와 성격의 일면에 부합하는 것이었기에 그는 그 낡은 거울에 더욱 커다란 흥미를 갖게 되었다. 그렇게 되자 무슨 일이 있어도 그것을 손에 넣어 시간이 날 때 그 테두리의 조각을 연구하고 싶어졌다.

　하지만 그는 그 거울을 평범한 일상에서 쓰려는 듯한 사람의 표정으로, 이건 꽤나 오래된 물건이니 오래 쓰지는 못할 것이라고 말하며 그 거울의 먼지를 살짝 닦아보고는 깜짝 놀라지 않을 수 없었다. 거울의 면은 눈부실 정도로 빛났으며 오랜 세월을 견딘 흔적도 보이지 않았고, 모든 점에서 제작자로부터 이제 막 받아든 것과 다를 바 없이 깨끗하게 보존되어 있었다. 그는 우선 주인에게 가격을 물어보았다.

　가난한 코스모가 도저히 손에 넣을 수 없을 정도로 비싼 값을 불렀기에 그는 말없이 그 거울을 원래의 자리에 놓았다.

　"너무 비싼가요?"라고 노인이 말했다.

　"왜 그렇게 비싼 건지 이해를 못 하겠소."라고 코스모가 대답했다. "내 생각과는 상당한 거리가 있소."

노인이 등불을 들어 코스모의 얼굴을 보았다.

"나리는 인상이 좋으십니다."

코스모는 이런 칭찬에 어떻게 대답해야 좋을지 모르는 사람이었다. 그는 이때 처음으로 노인의 얼굴을 가까이서 보았는데 남자인지 여자인지 구분이 되지 않는 섬뜩한 느낌을 주었다.

"나리의 성함은……." 하고 노인이 계속해서 말했다.

"코스모 폰 웰스탈."

"아아, 그렇습니까? 역시, 듣고 보니 아버님과 많이 닮으셨습니다. 젊은 나리, 저는 아버님을 잘 알고 있습니다. 사실을 이야기하자면 저희 집에도 아버님의 문장과 부호가 새겨진 골동품들이 꽤 많이 있습니다. 그러셨군요. 저는 나리가 마음에 들었습니다. 이렇게 하면 어떻겠습니까? 처음 말씀드린 가격의 4분의 1에 드리도록 하겠습니다. 단, 조건이 하나 있습니다만……."

그래도 코스모에게는 커다란 부담이었으나 그 정도라면 어떻게든 마련할 수 있을 것 같았다. 특히 터무니없이 비싼 가격을 불러서 도저히 손에 넣을 수 없겠구나 싶었던 차라 그것을 한층 더 손에 넣고 싶어졌다.

"그 조건이란……."

"나리께서 만약 그것을 처분하고 싶어지셨을 때는, 제가 처음에 말씀드린 돈을 제게 주셔야 한다는……."

"좋소."라고 코스모가 미소를 지으며 덧붙였다. "그건 참으로 온당한 조건이오."

"그럼, 틀림없이 약속하신 겁니다."라고 주인이 다시 한 번 다짐했다.

"명예를 걸고 틀림없이 약속하겠소."라고 손님이 말했다.

이렇게 해서 흥정이 끝났다.

코스모가 거울을 집어 들자 노인이, "제가 댁까지 가져다 드리겠습니다."라고 말했다.

"아니, 아니, 내가 가져가겠소."라고 코스모가 말했다.

그는 자신의 집을 다른 사람에게 보이는 것을 아주 싫어했다. 특히 이런 녀석, 혐오감이 점점 더해가기만 하는 이런 사람에게 자신의 집을 보여주기는 더욱 싫었다.

"그럼, 조심해서……" 하고 노인이 말했다.

그는 코스모를 위해 등을 비춰 그를 가게 밖으로 나가게 한 뒤 혼자서 중얼거렸다.

"저 거울을 파는 것도 이번이 여섯 번째야. 이쯤에서 그만두었으면 좋으련만. 그 여자도 이 정도면 얼추 만족했을 텐데……."

2

코스모는 자신의 획득물을 조심스럽게 가지고 돌아왔다. 그 도중에도 누군가가 그것을 보지는 않을지, 누군가가 미행을 하지는 않을지 걱정이 되어 끊임없이 불안을 느꼈다. 그는 몇 번이고 자신의 주위를 둘러보았으나 특별히 그의 의심을 살 만한 사람은 없었다. 설령 그의 뒤를 밟는 자가 있었다 할지라도, 또 그가 아주 교묘한 스파이였다 할지라도 그 정체를 들키고 말 것이라 여겨질 만큼 거리는 매우 혼잡하고 거리의 등불은 매우 밝았다.

무사히 하숙에 도착한 코스모는 사가지고 온 거울을 벽에 기대어 놓았다. 그는 체력이 강한 사내였으나 그래도 돌아왔을 때는 거울의 무게에서 벗어났기에 비로소 살 것 같다는 느낌이 들었다. 그는 우선 파이프에 불을 붙이고 침대에 몸을 내던진 채 곧 다시 평소처럼 환상의 품에 안겼다.

다음 날, 그는 평소보다 일찍 집으로 돌아와 긴 방의 한쪽 구석에 있는 난로 위의 벽에 그 거울을 걸었다. 그런 다음 정성껏 거울 표면의 먼지를 닦아내자 거울은 햇빛에 반짝이는 샘물처럼 맑게 보여 덮개를 덮은 속에서도 빛이 났다. 하지만 그의 흥미는 역시 거울 둘레의 조각에 있었다. 거기에 솔질을 해서 가능한 한 깨끗하게 한 뒤, 그 조각의 여러 부분에 대해서 제작자의 의도가 어디에 있었는지를 알아내기 위해 정밀한 연구를 시작했으나 그것은 실패로 끝나고 말았다. 결국은 싫증이 났으며, 실망 속에서 일을 중단해버렸다. 그리고 한동안 거울에 비친 방 안을 멍하니 바라보다 곧 반쯤 외치는 듯한 목소리로 말했다.

"이 거울은 신기한 거울이야. 이 거울에 비치는 모습과 인간의 상상 사이에는 어떤 신기한 관계가 있어. 이 방과 거울에 비친 방, 같은 것이면서도 전혀 달라. 이건 내가 지금 살고 있는 방의 모습이 아니라 내가 소설 속에서 읽은 방의 모습이야. 모든 것이 사실과는 달라. 전부가 사실의 경계를 넘어 예술의 경지로 바뀌었어. 원래는 그저 보잘것없고 초라한 물건인데 내게는 전부 흥미로운 것으로 보여. 마치 무대 위에 등장인물 하나가 나온 것만으로도 이미 이 따분하고 견딜 수 없는 인생에서 벗어나 유쾌함을 느끼고 있는 것 같은 느낌이야. 예술이란 지칠 대로 지친 일상의 감각에서 벗어나, 불안한 일상의 생활에서 벗어나 자연으로 돌아가고, 또 우리가 살고 있는 세계와 떨어진 곳에 있는 상상을 이용하고, 자연을 어느 정도까지 있는 그대로 살려서 마치 매일 아무런 야심도 없이, 아무런 두려움도 품지 않고 살아가는 어린아이의 눈에 그 주위를 둘러싼 경이로운 세계를 보여 그에 대해서 아무런 의심도 품지 않도록 하는 것과 같은 것이 아닐까? 지금 저 거울 속에 비친 해골을 보면 끔찍한 모습으로 보여. ……게다가 거울 속에 비친 전투용 도끼를 봐. 그것은 마치 갑주를 입은 어떤 자가 그 도끼를 손에 들고 힘에 넘치는 팔로 상대방의 투구와 두개골과 뇌를 부수며 다른 방황하는 유령과 함께 미지의 세계를 침략하고 있는 것처럼 보여. 만약 가능하다면 나는 저 거울 속의 방에서 살고 싶어."

이런 헛소리 같은 말과 함께 거울 안을 들여다보며 자리에서 일어난 순간, 그는 경이로움에 빠져버렸다. 거울에 비친 방의 문을 열고 소리도 없이, 아무런 말도 없이, 전신에 하얀 옷을 두른 여인이 아름다운 모습을 드러낸 것이었다. 여인은 꺼져 들어갈 것처럼 근심에 잠긴 발걸음으로 그에게 등을 보이며 조용히 방의 끝에 있는 침대로 가서 쓸쓸하다는 듯 그 위에 앉더니, 괴롭고 슬픈 표정을 그 아름다운 눈에 띄운 채 무언의 애정이 담긴 얼굴을 코스모 쪽으로 향했다.

코스모는 한동안 꼼짝도 하지 않고 돌리려 해도 돌려지지 않는 시선을 그녀에게 쏟아 부었다. 움직이려고 하면 움직일 수도 있으리라고는 생각되었으나, 끝내 뒤를 돌아 거울 속이 아닌 진짜 방을 향해 그녀를 정면으로 볼 수 있을 정도의 용기는 나지 않았다. 하지만 자신도 모르게 문득 침대 쪽을 바라보니 거기에는 아무런 그림자도 없었다. 놀라움과 두려움이 하나가 되어 다시 거울을 바라보니 거울 속에는 여전히 매우 아름다운 여인의 모습이 있었다. 이제 그녀는 눈을 감고 있었는데 그 눈썹 사이로 뜨거운 눈물을 흘리며 가슴으로는 깊은 한숨을 지을 듯, 마치 죽은 사람처럼 조용했다.

코스모는 자신의 마음을 말로는 도저히 표현할 수 없을 정도였다. 그는 이미 자각을 잃고 다시는 예전으로 돌아갈 수 없는 사람이 되어버리고 말았다. 그는 더 이상 거울 곁에 서 있을 수가 없을 것 같았다. 하지만 그녀에 대해서 실례가 된다고 마음으로는 괴로워하면서도, 또 그녀가 눈을 떠서 자신과 눈을 맞추지 않을까 두려워하면서도, 그래도 여전히 언제까지고 그녀를 가만히 바라보았다. 잠시 후 그는 마음이 약간 편안해졌다. 그녀가 조용히 눈을 열었는데 그 눈에는 더 이상 눈물이 깃들어 있지 않았다. 그리고 한동안 멍하니 있다가 곧 주위의 사물을 보려는 듯 방 안을 둘러보았고, 그 눈이 코스모 쪽으로 향했다.

거울에 비친 방 안에 그녀의 시선을 끄는 것은 없는 듯했다. 그리고 마지막으로 그를 봤는데 그는 거울을 향하고 있기 때문에 당연히 그 등밖에 보이지 않을 터였다. 거울 속에 비친 두 사람의 모습, 그것은 현실 속 방에서 그가 뒤를 돌아보지 않는 한 그와 그녀는 얼굴을 마주할 수 없는 것이었다. 하지만 그가 뒤를 돌면, 현실 속의 방에서는 그녀의 모습을 볼 수 없었다. 그렇다면 거울 속 그녀에게는 그가 허공을 보고 있는 것처럼 보일 테고, 눈과 눈이 마주할 수 없기 때문에 오히려 서로의 마음을 강하게 접근시킬 수 있는 것이 아닐까 여겨지기도 했다.

그녀가 천천히 해골 쪽으로 시선을 돌렸다. 그리고 그것을 본 순간 갑자기 떨리는 눈을 감아버린 것 같다는 생각이 들었다. 그녀는 다시 눈을 뜨지는 않았으나, 그 얼굴에는 혐오의 빛이 언제까지고 남아 있었다. 코스모는 그 혐오스러운 물건을 바로 치울까도 생각했으나 그 때문에 자신의 존재를 그녀에게 알리면, 혹시 그녀가 불안해할지도 모른다는 걱정이 들었기에 그는 그대로 선 채 그녀를 바라보았는데, 그녀의 눈꺼풀이 보옥을 담은 귀한 상자처럼 그 눈을 감싸고 있었다. 그러는 사이에 그녀의 당혹스러웠던 표정은 점차 얼굴 위에서 사라지고, 슬프다는 듯한 표정만이 약간 남아 있을 뿐이었다. 그 모습은 움직이지 않는 듯했으며, 그녀의 호흡에 따라서 규칙적인 몸의 움직임만을 보일 뿐이었다. 코스모는 그녀가 잠들었다는 사실을 깨달았다.

그는 이제 아무런 거리낌 없이 그녀를 바라볼 수 있게 되었다. 그는 아무런 꾸밈이 없는 희고 긴 옷을 입은 그녀의 잠든 모습을 바라보았다. 그 하얀 옷이 그녀의 얼굴과 어우러져 멋진 조화를 이루고 있었다. 나긋나긋한 발, 마찬가지로 부드러운 손, 그러한 것들이 그녀의 모든 아름다움을 나타내고 있었으며, 그 잠든 모습은 육체의 완전한 휴식을 나타내고 있었다.

코스모는 질릴 만큼 그 모습을 바라보았다. 결국에는 이 새로이 발견한 신전 곁에 자리를 잡고 앉아, 마치 병상 옆을 지키고 앉아 있는 사람처럼 기계적으로 책을 손에 쥐었다. 책을 봐도 마음은 그 페이지 위에 집중을 할 수가 없었다. 그는 지금까지의 경험과 전혀 반대가 되는 눈앞의 일에 매우 놀라기는 했으나, 그 놀라움은 단정적, 사색적, 자각적인 것이 아니라 단순히 수동적인 것이었다. 게다가 그런 가운데서도 코스모의 공상은 자기 최고의 꿈을 불러일으켜, 일종의 도취에 빠져 있었다.

그는 자신도 의식하지 못할 정도로 오래 앉아 있다가 마침내 깜짝 놀라 자리에서 일어나 온몸을 떨며 다시 거울을 보았으나 거울 속에 여자는 이미 없었다. 거울은 그저 그 방을 있는 그대로 비추고 있을 뿐, 그 외에는 아무것도 보이지 않았다. 그것은 마치 중앙의 보석이 떨어져버린 금의 상감(象嵌) 같기도 했고, 또 반짝이는 별이 사라진 밤하늘 같기도 했다. 그녀는 그 모습과 함께 거울 속에 비친 모든 진기한 것들까지 가지고 떠난 듯, 거울 바깥에 있는 모습과 조금도 다를 것이 없는 풍경이 되어 버렸다. 그것을 보고 그는 일단 실망했으나, 그녀는 틀림없이 다시 돌아올 것이다, 아마 내일 밤에도 같은 시간에 돌아올 것이다, 라는 희망을 품어 스스로를 위로했다. 그리고 그녀가 다시 찾아왔을 때 그 해골을 보고 혐오스러운 마음을 일으키지 않도록 했을 뿐만 아니라, 그녀를 불쾌하게 할 만한 모든 것들을 거울에 비치지 않는 방의 구석으로 전부 옮기기 위해서 가능한 한 그 방을 정리했다.

3

그날 밤 코스모는 잠을 이룰 수가 없었다.

그는 바깥의 밤바람을 맞으며 밤하늘을 올려다보아 마음을 달래기 위해 밖으로 나갔다. 그리고 외출에서 돌아왔다. 마음은 어느 정도 가라앉았으나 침대에 눕고 싶다는 생각은 들지 않았다. 아직도 그녀가 그 침대에 누워 있는 것처럼 여겨졌기에 자신이 거기에 몸을 눕힌다는 것은 왠지 신성한 것을 더럽히는 것 같다는 느낌이 들었다. 하지만 점점 피로가 느껴져 옷도 갈아입지 않고 그대로 침대에 누워 다음 날 오후 무렵까지 잠을 자버리고 말았다.

이튿날 저녁, 그는 숨 막힐 듯 두근거리는 가슴을 느끼며 은밀한 희망을 품은 채 거울 앞에 섰다. 바라보니 거울에 비치는 세계는 다시 저물녘의 빛을 모은 보랏빛 안갯속에서 빛나고 있었다. 그와 마찬가지로 모든 것들에 본래의 기쁨이 나타나 있어서, 이 가난한 지상에 광명을 부여해줄 것을 기다리고 있는 듯했다. 근처 교회에서 저녁 종소리를 울려 6시임을 알리자 다시 창백한 미녀가 나타나 침대 위에 앉았다.

그 모습을 본 코스모는 너무 기쁜 나머지 거기에 빠져들고 말았다. 그녀가 다시 찾아온 것이었다. 주위를 둘러본 그녀는 해골이 없어졌다는 사실을 알고 희미한 만족의 빛을 보였다. 얼굴에 아직 근심의 빛이 남아 있기는 했으나 어제만큼은 아니었다. 그녀는 다시 주위 모습에 신경을 써서 방 안 곳곳에 있는 달라진 기구 등을 신기하다는 듯 바라보다 곧 거기에도 싫증이 나고 졸음이 찾아왔는지 침대에 누워버리고 말았다.

이번에야말로 그녀의 모습을 놓치지 않겠다고 결심하고 그 잠든 모습에서 눈을 떼지 않았다. 그녀의 깊이 잠든 모습을 바라보고 있자니 그 잠이 그녀에게서 코스모에게로 옮겨와 마음을 도취케 하는 것처럼 느껴졌다. 하지만 그녀가 일어나 눈을 감은 채 몽유병자와 같은 발걸음으로 방에서 나갔을 때는 코스모도 꿈에서 깨어난 사람처럼 깜짝 놀랐다.

코스모는 비할 데 없는 기쁨을 느끼고 있었다. 대부분의 사람들은 비밀스러운 보물을 감추고 있기 마련이다. 인색한 사람은 돈을 감추고 있다. 골동품 수집가는 반지를, 학생은 귀한 책을, 시인은 마음에 드는 집을, 연인과는 비밀 서랍을,

모두가 저마다 가지고 있는 법이다. 코스모는 사랑스러운 여자가 비치는 거울을 가지고 있다.

코스모는 해골이 없어진 이후 그녀가 주위에 놓인 것들에 흥미를 갖기 시작했다는 사실을 알고 인생에 대한 새로운 대상물을 생각했다. 그는 거울에 비친 아무것도 없는 이 방을, 어떤 여자가 봐도 경멸하지 않도록 다시 꾸며야겠다고 생각했다. 그렇게 하기 위해서는 방을 꾸미고 가구를 놓으면 되었다. 비록 가난하기는 하나 그는 이 생각을 이룰 수 있을 만한 수완을 가지고 있었다. 지금까지는 재산이 없어서 신분에 어울리는 체면을 유지하지 못하는 것을 부끄럽게 여겨 그 재산을 만들기 위해 노력하며 근근이 살아왔으나, 한편 그는 대학에서 검술의 달인이었기에 검술 및 그 외의 연습을 위한 교수를 신청했고 자신의 생각을 이룰 수 있을 만큼의 보수도 요구했다. 이 신청에는 학생들도 놀랐다. 하지만 기쁜 마음으로 이를 받아들인 무리도 많았기에 결국은 열성적인 프라하의 젊은 귀족뿐만 아니라 돈 많은 학생과 근처 사람들까지 그것을 배우게 되었다. 그랬기에 그는 얼마지 않아 많은 돈을 얻게 되었다.

그는 우선 기구류와 이상한 장식품 등을 방의 벽장 속에 넣었다. 그리고 자신의 침대 및 그 외의 필요한 물건들을 난로 양옆에 놓고 그곳과 다른 곳을 구분하기 위해 인도의 직물로 2개의 장막을 쳤다. 그리고 지금까지 자신의 침대가 놓여 있던 구석에 그녀를 위해 아름다운 새 침대를 들여놓았다. 이처럼 사치스러운 물건들이 하루하루 늘어 나중에는 훌륭한 여성용 방이 완성되었다.

매일 밤 같은 시각에 여자는 이 방으로 들어왔다. 처음 그 새로운 침대를 보았을 때 그녀는 살포시 미소를 지으며 놀라는 듯했다. 그래도 그 얼굴에는 점점 슬픔의 빛이 감돌기 시작했으며, 눈에는 눈물이 깃들었고, 결국에는 침대 위에 몸을 던져 비단 쿠션에 몸을 묻듯 엎드려버리고 말았다.

그녀는 방 안의 물건이 늘어나거나 변할 때마다 그것을 깨닫고, 그것을 기뻐했다. 그래도 끊임없이 무엇인가 괴로워하는 듯한 모습에는 변함이 없었는데 어느 날 밤, 마침내 다음과 같은 일이 벌어지고 말았다. 평소와 다름없이 침대에 앉은 그녀는 바로 조금 전에 코스모가 벽에 걸어놓은 그림으로 시선을 가져갔다. 자리에서 일어난 그녀가 그림 쪽으로 걸어가서 주의 깊게 그것을 바라보며 기쁜 표정을 지었기에 코스모도 역시 기뻤다. 하지만 그것이 다시 슬픈 듯한, 눈물 머금은 듯한 표정으로 바뀌더니 침대의 베개에 엎드려버렸다 싶었는데, 잠시 후 그 얼굴빛도 점점 가라앉고 괴로워하는 듯한 모습도 사라져 이번에는 평온한, 희망을 품은 듯한 표정이 떠오르기 시작했다.

그러는 사이에 코스모는, 그의 성정을 통해서 누구나 생각해볼 수 있듯 사랑하는 마음을 품게 되었다. 사랑, 그것은 충분히 성숙된 사랑이었다. 하지만 슬프게도 그는 그림자를 사랑하게 된 것이었다. 다가갈 수도 말을 걸 수도 없었다. 그녀의 아름다운 입술에서 나오는 소리도 들을 수가 없었다. 단지 꿀벌이 꿀단지를 바라보는 것처럼 그는 눈으로 그녀를 바라보고 있을 뿐이었다. 그는 끊임없이 홀로 노래를 부르고 있었다.

나는 죽은 처녀의 사랑에…….

코스모는 애모의 정 때문에 가슴이 터질 듯했으나, 그래도 죽을 수는 없었다. 그녀를 위해 마음을 다하면 다할수록 그녀에 대한 사랑은 더욱 커져갈 뿐이었다. 설령 그녀가 코스모에게 다가올 수는 없다 할지라도, 상관없는 사람이 그녀 때문에 목숨을 바칠 정도로 사랑에 괴로워하고 있다는 사실을 그녀가 기뻐해 주기만 하면 좋겠다고 바라고 있었다. 코스모는 자신과 그녀가 지금은 이렇게 떨어져 있지만 언젠가는 그녀가 자신을 보고 어떤 신호를 보내줄 것이라는 생각으로 남몰래 자신을 위로하고 있었다. 왜냐하면 '모든 사랑하는 사람의 마음은 상대방에게 통하는 법이다.' 라고 생각하고 있었기 때문이었다. 그리고 '실제로 얼마나 많은 연인들이 이 거울 속과 마찬가지로 그저 바라보기만 할 뿐, 그 이상은 다가가지 못하고 있는가. 알 듯 모를 듯, 상대방의 마음에 닿지 못하고 그저 이 우주와도 같은 막연한 마음만으로 몇 년이고 방황하고 있는가.' , 또 '내가 만약 저 여인과 이야기를 나눌 수만 있다면, 저 여인이 내 말을 들을 수만 있다면 그것만으로도 나는 만족할 수 있어.' 라는 생각을 하기도 했다. 한번은 벽에 그림을 그려 자신의 생각을 전달해볼까도 싶었으나, 막상 그림을 그려보니 손이 떨려 와서 자신의 실력과는 달리 잘 그릴 수가 없었기에 그것도 그만두기로 했다.

살아 있는 자는 죽고, 죽은 자는 다시 사네.

어느 날 밤의 일이었다. 코스모가 자신의 보물인 그녀를 바라보고 있자니, 그녀 역시 코스모의 열정적인 눈이 자신을 바라보고 있다는 사실을 깨달은 듯한 표정을 살짝 보인 것처럼 느껴졌다. 심지어는 그녀가 목에서부터 뺨, 이마까지 붉게 물들였기에 코스모는 옆으로 다가가고 싶다는 마음에 다른 아무것도 생각할 수가 없었다. 그날 밤, 그녀는 다이아몬드로 반짝이는 야회복을 입고 있었다. 그것은 특별히 그녀의 아름다움을 더해주지는 않았지만, 또 다른 아름다움을 보이고 있었다. 그녀의 아름다움은 무한한 것이어서 이렇게 다른 옷을 입고 있으니 더욱 특별한 사랑스러움이 느껴졌다. 모든 자연의 마음은 자연의 아름다움을 내보이기 위해 끝도 없이 여러 가지 형태를 드러내기에 이 세상에 나온 모든 아름다운 사람들은 같은 심장의 고동을 가지고 있지만 같은 얼굴을 가진 이는 아무도 없다. 개인에 대해서도 역시 마찬가지인데 주변의 것들을 끝없이 바꿔서 온갖 아름다움을 내보이지 않으면 안된다.

다이아몬드는 어두운 밤의 비구름 사이에서 별이 반짝이는 것처럼 그녀의 머리카락 속에서 반쯤은 그 빛을 감춘 채 빛나고 있었다. 그녀의 팔찌는 그녀가 눈처럼 하얀 손으로 빨개진 얼굴을 가릴 때마다 무지개가 가진 것처럼 여러 가지 색으로 반짝이고 있었다. 하지만 그녀의 아름다움에 비하자면 이들 장식은 아무것도 아니었다.

'단 한 번만이라도 좋으니 저 여자의 한쪽 발에라도 입맞춤을 할 수 있으면 좋을 텐데…….'

코스모는 이렇게 생각했다. 아아, 하지만 그 열정도 보답받지는 못했다. 그녀가 아름다운 마법의 거울 속 세계에서 이 세상으로 나올 2가지 길이 있었으나 그는 그것을 알지 못했다. 곧 어떤 슬픔이 밖에서부터 솟아올랐다. 처음에는 단순한 한탄이었으나 후에는 그것이 괴로움을 일으켜 그의 마음 깊숙한 곳으로 파고들었다.

'저 여자는 어딘가에 사랑하는 사람이 있을 거야. 틀림없이 그 사람의 말이 떠올라 얼굴을 붉힌 걸 거야. 저 여자는 내 방에서 나가면 밤낮으로 늘 다른 세계에서 살고 있어. 저 여자는 내 모습을 알지 못해. 그런데 저 여자는 왜 여기로 와서 나처럼 강한 사내가 저 여자를 더 이상은 숭배할 수 없을 정도로 사랑하는 마음을 갖게 한 것일까?'

코스모가 다시 그녀를 바라보니 그녀는 백합처럼 창백한 얼굴빛을 하고 있었으며, 슬픔의 빛이 끊임없이 반짝이는 보석의 빛을 가리고 있는 것처럼 보였다. 그 눈에는 다시 조용한 눈물이 배어 있었다. 그날 밤에는 그녀가 평소보다 일찍 방을 나갔기에 홀로 남은 코스모는 가슴속이 갑자기 공허해졌으며, 전 세계의 지각이 깨져버린 듯한 느낌이 들었다.

이튿날 밤(그녀가 이 방에 오기 시작한 이후 처음 있는 일이었다) 그녀는 오지 않았다.

코스모는 파멸 상태에 있었다. 그녀와의 사랑에 대해서 자신의 적이 있다는 생각이 떠오른 이후부터는 단 한 순간도 차분한 마음으로 있을 수가 없었다. 그는 지금까지보다 한층 더 그녀를 직접 만나보고 싶어졌다. 그는 자기 자신에게 말했다. 만약 내 사랑이 실패라고 한다면 그건 어쩔 수 없는 일이야. 그때는 이 프라하를 떠나면 그만이야. 그리고 어떤 일인가에 끊임없이 매달려 모든 고통을 잊고 싶어. 그것이 슬픔을 얻은 모든 사람들이 가야 할 길이야.

이렇게 생각하면서도 그는 다음 날 저녁에도 말로 표현할 수 없는 초조함을 가슴에 품은 채 그녀가 오기를 기다렸다. 하지만 그녀는 오지 않았다.

4

이제는 코스모도 번뇌하는 사람이 되어버리고 말았다. 사랑이 깨져버린 그의 얼굴을 보고 동료 학생들이 놀려댔기에 그는 마침내 교수로 나가는 것을 그만두고 계약도 파기해버리고 말았다. 그는 이제 아무것도 필요 없다고 생각했다. 위대한 태양이 빛나고 있는 하늘도, 무심하게 그저 불타오르고 있는 사막에 지나지 않았다. 거리를 오가는 남자와 여자들도 그저 꼭두각시 인형처럼 보일 뿐, 아무런 흥미도 끌지 못했다. 그에게는 모든 것이 단지 사진기 속의 간유리에 비치는 끊임없는 현상의 변화로밖에 보이지 않았다. 오로지 그녀만이 코스모의 우주이자, 그의 생명이자, 인간으로서의 행복이었던 것이다.

6일이나 계속해서 그녀는 오지 않았다. 코스모는 먼 옛날에 결심을 했고, 그 결심을 실행할 생각이었으나 그는 열정에 사로잡혀서 괴로움으로 머리를 고통스럽게 하고만 있을 뿐이었다. 그는 이론적으로 생각했다. 그녀의 모습이 거울 속에 나타난다는 것은 거울에 어떤 마력이 숨겨져 있다는 사실을 보여주는 것이다. 이에 그는 지금까지 이처럼 기괴한 일에 관해서 해왔던 연구를 다시 한 번 생각해보기로 결심했다. 그가 혼자서 이렇게 말했다.

"만약 악마가 그녀를 거울 속에 나타나게 한 거라면, 내가 알고 있는 악마의 이야기처럼 거울 속에 그녀를 나타나게 하는 것뿐만 아니라 살아 있는 모습 그대로를 내 앞에 직접 나타나게 할 수도 있을 거야. 만약 그녀가 내 앞에 나타나 내가 그녀에게 어떤 나쁜 짓을 한다면 그건 전부 사랑이 시킨 짓이야. 나는 그녀의 입을 통해서 사실만 들으면 돼."

코스모는 '그 여자는 지상의 여자임에 틀림없어. 지상의 여자가 어떤 이유로 그 그림자를 이 마법의 거울 속에 비치고 있는 거야.' 라고 믿었다.

그는 비밀의 서랍을 열어 그 안에서 마술에 관한 책을 꺼내 램프를 밝히고 한밤중에서부터 새벽 3시까지 사흘이나 계속해서 읽고 그것을 노트에 적었다. 그런 다음 그는 책을 다시 넣고 다음 날 밤에는 마법에 필요한 재료를 사기 위해 거리로 나갔는데 그가 원하는 물건을 얻기란 그리 쉬운 일이 아니었다. 왜냐하면 그런 종류의 미약(媚藥)을 만들거나, 강신

(降神)과도 비슷한 일을 하는 데 필요한 약이 책에도 완전히는 기록되어 있지 않았기 때문이었다. 또 그 분량도 자신의 간절한 요구를 만족시키는 데 그치게 할만큼의 한도를 지킨다는 것이 그렇게 쉽지 않은 일이기 때문이었다. 그래도 그는 끝내 자신이 원하는 모든 것들을 구할 수 있었다. 그녀가 거울 속에 나타나지 않은 지 7일째 되던 날 저녁에 그는 폭군적인 난폭한 힘을 빌릴 준비를 모두 마쳤다.

그는 우선 방의 중앙에 있는 물건들을 치우기 시작했다. 그리고 몸을 숙여 자신이 서 있는 곳 주위에 둥글고 붉은 선을 그었다. 그런 다음 네 구석에 신기한 기호를 적고 7과 9에 관한 숫자를 적은 뒤 그 원의 어느 부분에도 조금의 틀림이 없는지 세심하게 살펴보고 몸을 일으켰다.

그가 몸을 일으켰을 때 교회의 종이 7시를 알렸다. 그와 동시에 그녀도 마치 처음 나타났을 때처럼 썩 내키지 않는다는 듯한 느린 걸음으로 다시 나타났다. 코스모는 몸을 떨었다. 그리고 거울에서 떨어져 뒤를 돌아보니 그녀는 피곤한 듯 창백한 얼굴을 하고 있었는데, 무슨 병에 걸렸거나 걱정거리라도 있는 듯한 모습이었다. 코스모는 쓰러질 것만 같았기에 도저히 앞으로 걸어갈 수가 없었다. 그래도 가만히 그녀의 얼굴과 모습을 바라보고 있자니 모든 기쁨과 슬픔에서 벗어나 가슴이 벅차오르기 시작했고 그녀와 이야기를 나누고 싶다,

자신의 말을 그녀가 들어주거나 한마디라도 좋으니 대답을 해주었으면 좋겠다고 생각하게 되었다. 그는 더 이상 참을 수가 없었기에 전부터 준비하고 있던 일에 서둘러 착수했다.

선을 그은 장소에서 조심스럽게 걸어서 선 가운데 조그만 화로를 놓고 그 안의 숯에 불을 피워 그것이 타는 동안 그는 창을 열고 화로 옆에 앉아 있었다. 그때는 후텁지근한 저녁으로 쉴 새 없이 천둥이 치고 하늘이 답답할 정도로 하계의 공기를 짓누르고 있었다. 살짝 보라색이 감도는 공기가 떠다니고 있었으며 마을의 연무조차 그것을 지워버릴 수 없는 먼 교외의 냄새가 창으로 들어왔다. 잠시 후 숯의 불이 활활 타오르기 시작하자 코스모는 그 위에 향과 그 밖의 재료들을 혼합한 것을 뿌렸다. 그런 다음 조금 전에 그린 선 안으로 다가가 화로가 있는 곳에서 뒤를 돌아 거울 속 여자의 머리를 바라보며 강력한 마법의 주문을 떨리는 목소리로 되풀이했다.

그로부터 얼마 지나지 않아서 그녀의 얼굴이 창백해지더니, 곧 파도가 밀려오듯 이번에는 얼굴이 붉어졌고 손을 들어 그 얼굴을 가렸다. 그는 더욱 강하게 계속해서 마법을 외웠다. 그녀는 자리에서 일어나 불안하다는 듯 방 안을 이리저리 돌아다니며 무엇인가 앉을 만한 것이 필요한 사람처럼 주위를 둘러보았다. 그러다 그녀도 갑자기 발견을 한 모양이었다. 그녀는 눈을 커다랗게 뜨고 그를 바라보다 뭔가 마음에 들지 않는다는 듯한 모습으로 몸을 뒤로 물려 거울 가까이 다가갔다.

코스모의 눈이 그녀에게 어떤 종류의 매력을 부여한 모양이었다. 코스모는 지금까지 그렇게 가까이서 그녀를 본 적이 없었다. 눈과 눈이 마주칠 정도까지 다가갔으나 그래도 그녀의 표정은 알 수가 없었다. 그 표정은 부드러운 애원을 담고 있는 것이었는데, 말로 표현할 수 없는 그 이상의 무엇인가가 있었다. 그는 가슴속 생각이 목구멍까지 치밀어 올랐으나 지금은 아직 마법을 계속하고 있었기에 그 환희도 초조함도 겉으로 드러낼 수가 없었다.

그녀의 얼굴을 가만히 들여다보던 코스모는 지금까지 알지 못했던 매력을 느꼈다. 그녀가 갑자기 거울 속의 방에서 문밖으로 걸어나가는가 싶더니 그 다음 순간에 코스모의 방(거울 속이 아닌)으로 실제의 모습이 되어 들어왔다.

그는 모든 것을 잊고 거기서 펄쩍 뛰어오르더니 그녀 앞에 무릎을 꿇었다. 지금 이 순간 그가 열정의 꿈속에서 그려왔던 그녀가 살아 있는 모습으로 천둥이 치는 황혼 속에, 마법의 불이 반짝이는 가운데 홀로 그의 옆에 서 있는 것이었다.

"당신은 어째서 이 비 내리는 거리를 지나 저처럼 가엾은 여자를 여기로 데리고 온 거죠?"라고 그녀가 떨리는 목소리로 말했다.

"당신을 사랑하고 있기 때문입니다. 저는 당신을 거울 속에서 불러냈을 뿐입니다."

"아아, 저 거울!" 하고 그녀는 거울을 올려다보며 몸을 떨었다. "아아, 저 거울이 있는 한 저는 일종의 노예에 지나지 않아요. 제가 여기에 온 걸 마술의 힘 때문이라고 생각해서는 안 돼요. 당신이 저를 만나고 싶어 한다는 사실이 제 마음을 울린 거예요. 그것이 저를 여기로 오게 한 거예요."

"그럼 당신은 저를 사랑해주실 건가요?"

코스모가 죽음처럼 조용한, 그러나 감정에 북받쳐 잘 알아들을 수 없는 목소리로 말했다.

"그건 저도 모르겠어요. 제가 저 마법의 거울 때문에 괴로움을 당하고 있는 동안에는 뭐라고 말씀드릴 수가 없어요. 그래도 당신의 가슴에 안겨서 죽을 때까지 울 수만 있다면 얼마나 기쁠지 모르겠어요. 당신이 저를 사랑해주시고 있다는 사실은 알고 있어요. 아니, 그것도 알 수 없는 일이지만……. 그래도……."

무릎을 꿇고 있던 코스모가 자리에서 일어났다.

"저는 당신을 사랑하고 있습니다. 왜인지는 모르겠으나 전부터 사랑하고 있었습니다. 그것 외에는 아무것도 생각하고 있지 않습니다."

그가 그녀의 손을 잡자 그녀는 손을 뺐다.

"안 돼요. 저는 당신의 손안에 있어요. 그러니 안 돼요……."

이번에는 그녀가 코스모 앞에 무릎을 꿇고 앉아 울기 시작했다.

"만약 당신이 저를 사랑하신다면 저를 자유롭게 해주세요. 당신에게서도 자유롭게 해주세요. 저 거울을 깨뜨려주세요."

"그렇게 한 뒤에도 당신을 만날 수 있나요?"

"그건 말씀드릴 수가 없어요. 당신을 속이지는 않겠지만……. 두 번 다시 볼 수 없을지도 몰라요."

날카로운 놀라움이 코스모의 가슴속에서 일어났다. 지금 그녀는 그의 손안에 있다. 그녀가 코스모를 싫어하는 것도 아니었다. 그리고 만나고 싶을 때면 언제라도 만날 수 있지만, 거울을 깨뜨린다는 것은 곧 그의 진실한 생활을 파괴하는 일이자 그의 우주에서 단 하나뿐인 광명을 추방하는 일이기도 했다. 사랑의 낙원을 볼 수 있는 이 유일한 창을 잃는다면 그에게 있어서 전 세계는 감옥에 지나지 않을 것이다. 사랑에 대해서 불순한 듯하기는 했으나 그는 그것의 실행을 망설이지 않을 수 없었다.

그녀가 슬퍼하며 자리에서 일어났다.

"아아, 그분은 나를 사랑하고 있지 않아. 나는 느끼고 있는데 그분은 사랑해주시지 않아. 나는 이제 자유로워지지 않아도 좋으니, 그분을 사랑할 거예요."

"더는 기다릴 수 없어."

코스모는 이렇게 외치며 커다란 검이 세워져 있는 방의 구석으로 달려갔다.

세상은 이미 어두워져 있었다. 방 안에서는 타다 남은 불이 빨갛게 빛나고 있었다. 그는 칼집을 손에 쥐고 거울 앞에 섰다. 그가 칼자루의 끝으로 거울을 향해 일격을 가하자 칼이 칼집에서 반쯤 빠져나왔으며 칼끝은 거울 위의 벽을 때렸다. 그 순간 무시무시한 천둥이 방 안에서 일어나 코스모는 두 번 다시 거울을 때리지 못하고 의식을 잃은 채 난로 옆에 쓰러져 버리고 말았다.

5

코스모가 의식을 회복했을 때는 여자도 거울도 사라지고 없었다. 그 이후 그는 두통에 시달려 몇 주일 동안 침대에 누워 있었다.

이성을 되찾은 그는 거울의 행방에 대해서 생각하기 시작했다. 그녀에 대해서는 지금까지처럼 돌아와 주기를 바랐으나 그녀의 운명은 거울 안에 속한 것이어서 거울과 운명을 함께하고 있었다. 그는 거기에 대해서 더욱 초조함을 느꼈다. 그녀가 거울을 가지고 떠난 것이라고는 여겨지지 않았다. 그것이 벽에 단단히 고정되어 있었던 것은 아니지만, 그녀가 그것을 들고 가기에는 너무나도 무거웠다. 그는 또 그때의 천둥에 대해서 생각했다. 자신을 때려 쓰러뜨린 것은 그 천둥이 아니라 다른 어떤 무엇인 것 같다고 단정 지었다. 그에게 복수를 꾀하고 있던 악마가 자신의 안전을 도모하기 위해서 사람으로서는 알 수 없는 신비한 마력으로 그런 짓을 한 것 아니었을까? 그도 아니라면 어떤 다른 방법으로 그의 거울이 예전의 주인에게로 돌아간 것일까? 그리고 생각하기도 싫은 일이지만, 다시 다른 남자에게 그녀를 건네주는 것 아닐까? 그 남자는 코스모 이상으로 마법의 힘을 가지고 있어서 그때 망설이다 거울을 깨지 못했던 그의 이기적인 행동을 저주하는 여러 가지 사고를 만들어내는 것 아닐까? 실제로 이러한 생각들을 하며 자신이 사랑하는 사람을 위해서, 그리고 자신에게 자유를 구한 여자를 위해서 여러 가지로 걱정을 하는 것은 거울의 주인인 코스모에게는 어느 정도 당연한 일이었다. 이처럼 코스모의 끊임없는 관찰 위에 떠오른 모든 것들은 사랑에 괴로워하는 사람의 마음을 어지럽히기에 충분한 것들이었다.

그는 자신의 몸이 완전히 회복되기를 기다리지 못하고

마침내 외출을 하기로 했다. 그는 우선 다른 무엇인가를 보러 온 듯한 얼굴로 그 골동품 가게의 노인을 찾아갔다. 거울에 대해서 잘 알고 있는 노인네가 조소하는 듯한 얼굴을 하고 있다는 사실을 코스모도 깨달을 수 있었다. 하지만 코스모는 거기에 있는 가구와 기물들 사이에서 거울을 찾아내지 못했을 뿐만 아니라 그 거울이 어떻게 됐는지도 알아내지 못했다.

노인은 그 거울을 도둑맞았다는 얘기를 듣고 매우 놀랐다. 하지만 그 놀람은 거짓이고 마음은 태연한 것 같다는 사실을 코스모는 알 수 있었다. 그는 가슴 가득 슬픔을 품고 있으면서도 그것은 가능한 한 숨기고 주위를 여러 가지로 찾아보았으나 결국은 헛수고로 끝나버리고 말았다.

그는 타인에게 특별히 무엇인가를 물으려고는 하지 않으나 그래도 수색의 단서가 될 만한 암시가 있으면 어떤 것이라도 놓치지 않겠다는 듯 늘 귀를 쫑긋 세우고 있었다. 혹시 운 좋게 거울을 잠깐이라도 보게 된다면 그 자리에서 바로 깨뜨리기 위해 외출을 할 때면 언제나 짧고 묵직한 철퇴를 가지고 다녔다. 그에게 있어서 그녀를 만나는 일은 이제 두 번째 문제가 되었다. 단지 그녀가 자유를 얻을 수만 있다면 그것으로 충분하다고 생각했다. 그는 창백한 유령처럼 야위었고, 자신의 실수 때문에 그녀가 얼마나 괴로워하고 있을지 마음의 아픔을 느끼며 방방곡곡을 돌아다니고 있었다.

어느 날 밤, 마을에서도 가장 웅장한 별장 중 하나로 유명한 집의 집회에 코스모도 섞여 있었다. 그는 가난했지만 자신의 수색에 도움이 될 만한 어떤 단서를 찾을 수 있지 않을까 싶어 모든 초대에 응해 그 기회를 잃지 않으려 노력했다. 그는 이 자리에서도 뭔가 찾아낼 수 있지 않을까 싶어 여기저기서 흘러나오는 사람들의 이야기를 하나하나 놓치지 않으며 돌아다니고 있었다. 그러던 중, 회장의 한쪽 구석에서 조용히 이야기를 나누고 있는 여자들에게 다가갔는데 한 여자가 다른 여자에게 이런 얘기를 하는 것이 들려왔다.

"당신은 그 호헨와이스 댁의 따님이 이상한 병에 걸리셨다는 사실을 알고 계신가요?"

"네, 그분은 벌써 1년 넘게 몸이 좋지 않으세요. 그렇게 아름다운 분이 그렇게 끔찍한 병에 걸리다니, 정말 안됐어요. 지난 2, 3주 동안에는 몸이 많이 좋아졌었는데 2, 3일 전부터 다시 안 좋아져서 전보다 더 심해졌다고 해요. 남에게 말 못할 사연이 있나 봐요."

"그 병에 어떤 사연이라도 있는 건가요?"

"저도 잘은 모르겠지만 이런 얘기가 있어요. 1년 반쯤 전에 댁에서 어떤 중요한 일을 맡고 있던 할멈을 아가씨가 혼낸적이 있었대요. 그러자 그 할멈은 뭔가 뭔지 모를 위협적인 말을 남기고 그대로 모습을 감추어버렸대요. 그로부터 얼마

지나지 않아서 병에 걸린 거라고 하던데……. 그리고 이상하게도 아가씨의 드레싱룸에 놓고 매일 쓰던 고대의 거울이 동시에 사라졌다고 해요."

그 다음부터 여자들의 이야기는 조그만 속삭임이 되었기에 코스모는 얘기를 더 들어보고 싶었으나 그 이상은 알아들을 수가 없었다. 그렇다면 그 여자들의 호기심 속으로 뛰어들어 함께 얘기를 나눴으면 좋았을 테지만, 그는 너무나도 놀라서 그렇게 할 수가 없었다. 호헨와이스 가 딸의 이름은 코스모도 예전부터 알고 있었지만 얼굴은 아직 한 번도 본 적이 없었다. 그 딸이 거울 속에서 나온 여자가 아닌 한, 코스모는 한 번도 본 적도 없는 여자이니, 그 끔찍했던 날 밤에 자신 앞에 무릎을 꿇었던 사람일지 아닐지를 그는 의심하지 않을 수 없었다. 그는 워낙 몸이 약해져 있었기에 지금 들은 말 때문에 마음에 커다란 피로를 느껴 더 이상 그 자리에 차분하게 있을 수가 없었다. 그는 밖으로 나가 자신의 하숙에 도착했다.

그 아가씨에게 다가간다는 건 꿈에도 생각지 못할 일이었지만, 적어도 사는 곳을 알았다는 건 기쁨이었다. 또 끔찍한 감금 상태에서 그녀를 자유롭게 해줄 수만 있다면 얼마나 행복할지를 생각하는 것만으로도 그에게는 커다란 기쁨이었다. 그는 전혀 생각지도 못했던 기회에 이 정도의 사실을 알아낸 것처럼 앞으로도 전혀 생각지 못한 일이 곧 일어나주기를 바라고 있었다.

　"자네 최근에 스타인왈드를 만난 적 있나?"

　"아니, 한동안 보지 못했어. 그는 나의 좋은 검투 상대였는데…… . 골동품 가게에서 나오는 모습을 본 이후로 못 본 거 같아. 그 왜, 자네와 함께 갑옷을 보러 갔던 데 있지 않은가? 그 가게야. 정확히 3주 전이었어."

　이 이야기에서 코스모는 힌트를 얻었다. 폰 스타인왈드는 앞뒤 가리지 않는 격한 성격의 소유자로 대학에서도 모두가 두려워하는 사람이었다. 그렇다면 틀림없이 그가 거울을 가지고 있는 것이라고 생각했으나 코스모에게는 만만치 않은 상대였다. 이번 일에서 난폭하고 급격한 수단은 어쨌든 성공을 거둘 수 있을 것 같지 않았다. 코스모가 바라는 것은 단지 그 거울을 깰 기회를 얻는 것뿐이었다. 그를 위해서는 때를 기다릴 수밖에 없었다. 그는 마음속으로 여러 가지 수단과 방법을 생각해보았으나 이렇다 할 좋은 생각은 떠오르지 않았다.

　마침내 그 기회가 왔다. 어느 날 저녁, 스타인왈드의 집 앞을 지나고 있는데 그날따라 몇 개의 창에 휘황하게 불이 밝혀져 있는 것이 보였다. 잠시 주의해서 살펴보니 무슨 모임이 있는 듯 사람들이 하나둘 안으로 들어가기에, 코스모는 급히 서둘러 하숙으로 가서 가능한 한 화려한 옷을 입고 자신도 손님들 사이에 섞여 그 집으로 무사히 들어가야겠다고 생각했다. 코스모는 그러기에 충분한 풍채를 가지고 있었다.

이 마을의 다른 곳에 위치한 높다란 집의 한 조용한 방에 살아 있다고는 여겨지지 않는, 대리석과도 같은 모습을 한 여자 하나가 누워 있었다. 입을 굳게 다물고 있었으며, 눈꺼풀도 닫혀 있었기에 아름다운 죽음이 그 얼굴을 얼어버리게 한 것이 아닐까 여겨졌다. 그 손은 가슴 위에 얹어져 있었으나 숨도 쉬지 않는 듯했다. 그 죽은 사람 곁에는 두어 명의 다른 사람들이 서 있었는데 인간의 목소리가 아직 살아 있는 자의 목숨을 깰까 두려워하는 듯한 조그만 목소리로 속삭이고 있었다. 죽은 자의 영혼은 인간의 모든 감각이 닿을 수 없는 높은 곳에 있음에도 불구하고 여자 곁에서는 두 명의 다른 여자들이 슬픔을 억누른 듯한 표정으로 아주 조용히 이야기를 나누고 있었다.

"벌써 한 시간 이상이나 이렇게 계세요."

"이제 얼마 남지 않은 것 같네요."

"지난 몇 주 사이에 왜 이렇게 야위신 걸까요? 무엇을 그렇게 괴로워하시는 건지 말씀을 해주시면 좋으련만, 정신이 있을 때도 통 말씀을 해주시지 않으세요."

"혼수상태에서도 아무런 말씀 안 하시던가요?"

"아무 말씀도 못 들었어요. 그런데 이분이 걸을 수 있게 되었을 때, 한 시간씩이나 모습을 감춘 적이 있어서 집안사람들 모두가 놀랐었대요. 그때 이분은 비에 젖어서 피로와 공포로 죽을 것처럼 되어 있었다고 하던데……. 그때도 무슨 일이 있었던 건지 아무런 말씀도 하지 않으셨어요."

순간 곁에 있던 사람들의 귀에, 움직이지 않는 죽은 여자의 입에서 새어나온 들릴락 말락 하는 가느다란 소리가 들려왔기에 깜짝 놀랐다. 그리고 뭐가 뭔지 알 수 없는 소리가 이어졌는데 그 가운데 '코스모'라는 말이 그녀의 입에서 나왔다. 이후 한동안 다시 그대로 잠들어 있는가 싶더니 갑자기 커다란 외침과 함께 침대 위에서 벌떡 일어나 굳게 쥔 두 손을 머리 위로 올리고 눈을 커다랗게 반짝이며 마치 무덤에서 빠져나온 유령처럼 미친 듯 기뻐하는 소리를 올렸다.

"저는 이제 자유예요. 저는 자유예요. 당신께 감사의 말씀을 올리겠어요!"

그녀는 침대 위에 몸을 던지고 울기 시작했다. 그러다 다시 일어나서는 방 안 여기저기를 빠르게 돌아다녔는데 뭔가 기뻐하는 듯한, 놀란 듯한 모습을 보이다 마침내 어리둥절한 채 그 모습을 지켜보고 있던 사람을 돌아보며 말했다.

"리사, 얼른. 내 외투와 두건을 가져다줘."

그녀가 낮은 목소리로 다시 말했다.

"얼른 가져다줘, 그분 댁에 가야 하니. 너도 가고 싶으면 나를 따라와."

잠시 후 두 사람은 거리로 나와 몰다우에 걸려 있는 다리를 향해 발걸음을 재촉했다. 달은 하늘 가운데 맑게 떠 있었으며 거리에는 오가는 사람도 없었다. 아가씨는 곧 시녀를 앞질러 달리기 시작했고 시녀가 다리에 막 접어들었을 때, 그녀는 다리의 중간쯤을 건너고 있었다.

"당신은 자유로워지셨나요? 거울은 깨버렸습니다. 자유로워지셨나요?"

아가씨가 서둘러 갈 때 그녀의 옆에서 이런 목소리가 들려왔다. 아가씨가 고개를 돌려 바라보니, 훌륭한 옷을 입고 하얀 얼굴을 한 채 코스모가 몸을 떨며 다리 구석의 난간에 기대어 서 있었다.

"아아, 코스모. 저는 자유로워졌어요. 저는 언제까지고 당신의 것이에요. 지금 당신 댁으로 가던 길이었어요."

"저도 당신에게로 가던 길이었습니다. 죽음이 저를 이렇게 만들었습니다. 더 이상은 어떻게 해볼 수가 없었습니다. 저는 보답을 받은 걸까요? 저는 조금이라도 당신을 사랑할 수 있을까요……. 정말로……."

"당신이 저를 사랑하고 계시다는 걸, 저도 잘 알았어요. 그런데 왜 '죽음'이라는 말을 입에 담으시는 거죠?"

그 대답은 들을 수가 없었다. 코스모는 손으로 옆구리를 세게 누르고 있었는데 아가씨가 그곳을 자세히 살펴보니 누르고 있는 그의 손가락 사이로 많은 양의 피가 뿜어져 나오고 있었다. 그녀는 참혹함과 슬픔이 가슴 가득 밀려와 두 손으로 그를 끌어안았다.

시녀인 리사가 달려왔을 때 아가씨는 죽은 자의 창백한 얼굴 앞에 무릎을 꿇고 앉아 있었다. 그 죽은 자의 얼굴은 요마(妖魔)처럼 달빛 아래서 미소를 짓고 있었다.

유령의 이사

프랭크 리처드 스톡턴(Francis Richard Stockton, 1834~1902)

미국의 소설가, 유머 작가. 특히 19세기 후반의 10년간에 걸쳐 많은

인기를 얻었던 일련의 혁신적인 동화 작가로 널리 알려져 있다. 대

표작으로는 『여자일까 호랑이일까』, 『포모나 여행기』, 『연해에 나타

난 해적들』 등이 있다.

1

　　존 힝크만 씨의 전원주택은 여러 가지 면에서 내게는 매우 유쾌한 곳으로 약간 충동적이기는 했으나 참으로 마음 편하게 대접해주는 우거(寓居)였다. 정원에는 깨끗하게 자른 잔디밭과 탑처럼 뾰족하게 솟은 떡갈나무와 느릅나무가 있었으며 그 외의 곳곳에도 나무들이 우거져 있었다. 집에서 그리 멀지 않은 곳에 실개천이 있고 거기에는 통나무를 거칠게 깎아 만든 다리가 걸려 있었다.

　　거기에는 꽃도 있고 과일도 있었으며, 유쾌한 사람들도 살고 있었고 장기, 당구, 승마, 산책, 낚시 등의 놀이 시설도 갖추어져 있었다. 그러한 것들은 물론 크게 사람들의 마음을 끄는 것이기는 하나 단순히 그것뿐이라면 오래 머물고 싶은 마음은 들지 않을 것이다. 나는 송어가 잡히는 철에 초대를 받았는데 무엇보다도 초여름에 초대받았다는 사실을 기뻐하며 방문했다. 풀은 말라 있고 햇볕은 그렇게 따갑지 않았으며 산들산들 바람이 불고 있었다. 그런 계절에 나의 마데라인 양과 함께 가지가 무성한 느릅나무 그늘을 한가로이 거닐기도 하고 나무 사이를 조용히 지나가기도 했다.

나는 나의 마데라인 양이라고 했지만, 사실 그녀는 아직 나의 것이 아니다. 그녀는 자신의 몸을 내게 바치지도 않았으며 나도 아직은 아무런 말도 하지 않았으나 내가 앞으로 이 세상에서 살아가기 위해서는 무슨 일이 있어도 그녀를 나의 것으로 만들지 않으면 안 되겠다고 생각하고 있기 때문에 내 마음속에서만은 그녀를 나의 마데라인이라 부르고 있는 것이다. 내 생각을 얼른 그녀 앞에서 고백해버린다면 이렇게 혼자 끙끙 앓을 필요도 없을 테지만 내게 그것은 매우 어려운 사건이었다.

사랑에 빠진 모든 사람들이 두려워하듯 무릇 연애에 성공하느냐, 성공하지 못하느냐 조바심을 치는 동안에도 역시 즐거운 시기가 있는 법인데, 갑자기 그것을 돌파하여 종말에 다가가 내 애정의 목적물과의 소통, 혹은 결합을 단번에 정리해버리는 것을 두려워했을 뿐만 아니라, 나는 주인인 존 힝크만 씨를 매우 두려워하고 있기 때문이기도 했다. 그 신사는 나의 좋은 친구이기는 했으나 그에게 당신의 조카딸을 달라고 말하는 것은, 나 이상으로 대담한 사내가 아니면 불가능한 일이었다. 그녀는 주로 집안일 전부를 맡아서 처리하고 있을 뿐만 아니라, 힝크만 씨가 가끔 들려주는 얘기에 의하면 그는 만년이 되면 그녀에게 몸을 의지할 생각인 듯했다. 이 문제에 대해서 마데라인 양이 승낙할 것이라는 확신이 있다면 단호히 말을 꺼내볼 만큼의 용기도 생겼을 테지만, 사정은 앞서 이야기한 것과 같아서 나는 한 번도 그녀에게 그러한 마음을 털어놓은 적이 없었고, 단지 그것에 대해서 밤낮으로, 특히 밤이면 날이 새도록 끊임없이 생각만 할 뿐이었다.

어느 날 밤, 나는 내 침실로 주어진 넓은 방의 커다란 침대 위에 누워 아직 잠들지 못하고 있었는데 그 방의 일부에 스며들기 시작한 새로운 달의 희미한 빛 속으로 주인인 힝크만 씨가 가까이에 있는 커다란 의자 옆에 서 있는 것이 보였다.

나는 매우 놀랐다. 거기에는 두 가지 이유가 있었다. 첫 번째로 그는 지금까지 단 한 번도 내 방에 온 적이 없었다. 두 번째로 그는 오늘 아침에 외출했는데 며칠 동안 돌아오지 않을 예정이었다. 그랬기 때문에 나는 오늘 밤, 마데라인 양과 함께 달을 보며 오래도록 복도에 있을 수 있었던 것이었다. 지금 여기에 나타난 사람의 모습은 틀림없이 평상복을 입고 있는 힝크만 씨였으나, 단 그 모습이 어딘가 흐릿하게 보여 분명히 유령일 것이라는 생각이 들게 했다.

그 선량한 노인이 도중에 살해당하기라도 한 걸까? 그래서 그의 혼백이 그 사실을 내게 알리기 위해 돌아온 것일까? 그리고 그의 사랑하는 사람의 보호를 내게 부탁하기 위해서 온 것일까? 이런 생각이 들자 내 가슴은 갑자기 뛰기 시작했다.

그 순간 그 유령과도 같은 것이 말을 하기 시작했다.

"당신은 힝크만 씨가 오늘 밤 돌아올 건지 안 돌아올 건지 알고 계십니까?"

그는 걱정스럽다는 듯한 모습이었다. 이럴 때일수록 겉으로는 태연한 척해야 한다고 생각하며 내가 대답했다.

"돌아오지 않으실 거야."

"아아, 다행이로군." 하고 그가 자기 옆의 의자에 기대며 말했다. "이 집에서 2년 반 동안이나 살았는데 그 사람은 단 하룻밤도 집을 비운 적이 없었습니다. 오늘 밤 그가 돌아오지 않는 것이 제게 얼마나 커다란 도움이 되는지 당신은 상상도 못 하실 겁니다."

이렇게 말하며 그는 다리를 뻗고 등을 의자에 기댔다. 그 모습은 처음보다 뚜렷해졌으며 옷의 색깔도 선명해졌고 걱정스러워하는 것처럼 보였던 그의 표정에도 다행이라는 듯한 만족의 빛이 감돌았다.

"2년 반……." 하고 내가 외쳤다. "네 말은 언뜻 이해가 되지 않는데."

"제가 여기에 온 지, 틀림없이 그 정도의 시간이 흘렀습니다."라고 유령이 말했다. "저는 워낙 일반적인 경우와는 사정이 달라서. 그에 대해서 잠깐 말씀드리기 전에 힝크만 씨에 대해서 다시 한 번 여쭙고 싶습니다만, 그 사람 오늘 밤에 틀림없이 돌아오지 않는 겁니까?"

"내 말 어디에도 거짓은 없어."라고 내가 대답했다. "힝크만 씨는 오늘 320㎞나 떨어진 브리스톨에 갔으니까."

"그럼 계속해서 말씀드리도록 하겠습니다."라고 유령이 말했다. "제 말을 들어줄 사람을 찾아냈다는 게 저는 무엇보다도 기쁩니다. 하지만 힝크만 씨가 여기로 들어와 저를 잡으려 하면 저는 놀라 어쩔 줄 모를 겁니다."

그 말에 나는 아주 당황하지 않을 수 없었다.

"하나같이 이상하기 짝이 없는 말들뿐이로군. 자네, 힝크만 씨의 유령이 맞기는 한 건가?"

이는 대담한 질문이었으나 내 마음속은 공포를 품을 여지가 없을 만큼 다른 감정들로 가득 들어차 있었다.

"그렇습니다. 저는 힝크만 씨의 유령입니다."라고 상대가 대답했다. "하지만 제게는 그 권리가 없습니다. 그렇기 때문에 저는 늘 불안에 떨며 그 사람을 두려워하고 있습니다. 이건 정말 전례가 없는 이상한 일로…… 지금으로부터 2년 반 전에 존 힝크만이라는 사람은 커다란 병에 걸려 이 방에 누워 있었는데 한때는 정신이 아득해져서 이제는 정말 죽은 것이라 여겨졌습니다. 그 보고가 너무나도 경솔했기에 그를 이미 죽은 것이라 인정하게 되었고 제가 그 유령으로 결정되었습니다. 그렇게 해서 드디어 그 유령이 되었는데, 노인이 다시 숨을 쉬기 시작하더니 점점 기운을 회복해서 신기하게도 원래의 몸이 되었다는 사실을 알게 되었습니다. 그때 저는 얼마나 놀랍고, 또 두렵던지. 한번 생각해보십시오. 그렇게 되자 제 입장은 매우 복잡하고 어려운 것이 되어버렸습니다. 다시 처음처럼 무형체로 돌아갈 힘도 없고, 그렇다고 해서 살아 있는 인간의 유령이 될 권리도 없으니까요. 제 친구들은 '그냥 그대로 조금만 기다려. 힝크만 씨도 노인이니 그렇게 오래 살지는 못할 거야. 그가 이번에 죽으면 네 지위를 확보할 수 있을 테니 그때까지만 기다려.' 라고 충고를 해줍니다만……."하고 그가 점점 기운을 차리며 이야기를 계속했다.

"그런데 말입니다, 그 영감, 예전보다 더욱 건강해져서 저의 곤란한 상태가 언제까지 계속될지 알 수가 없습니다. 저는 그와 마주치지 않도록 하루 종일 도망 다니고 있는데 그렇다고 해서 이 집을 떠날 수도 없고, 또 그 노인이 어디든 제 뒤를 따라올 것 같아 정말 난처한 입장입니다. 저는 그 노인의 저주를 받고 있는 겁니다."

"그렇게 된 거로군. 그거 참 기묘한 상태에 빠지게 됐어."

라고 내가 말했다. "그런데 자네는 왜 그렇게 힝크만 씨를 무서워하는 거지? 그 사람이 자네에게 해를 입힐 리는 없을 텐데……."

"물론 해를 입히는 건 아닙니다."라고 유령이 말했다. "하지만 그 사람이 실재한다는 것 자체가 제게는 충격이고 공포입니다. 만약 당신이 제 입장이라면 어떤 생각이 드시겠습니까? 한번 상상해보세요."

나는 어차피 그것을 상상할 수 있을 리 없었기에 그저 몸을 떨었을 뿐이었다. 유령이 다시 말을 이었다.

"만약 제가 질이 좋지 않은 유령이었다면 힝크만 씨보다는 다른 사람의 유령이 되는 편이 더 유쾌할 것이라고 생각했을 겁니다. 그 노인은 화도 잘 내고 아주 교묘하게 온갖 험담을 퍼붓기도 하고……, 지금까지 그런 사람은 거의 본 적이 없습니다. 그러니 그가 저를 발견해서 왜 여기에 있는지, 또 몇 년 동안 여기에 있었는지를 알게 된다면……. 아니, 틀림없이 발견해내고 말 겁니다. 그러면 어떤 일이 벌어질지, 저조차 짐작이 가지 않을 정도입니다. 저는 그가 화내는 모습을 본 적이 있습니다. 물론 사람들에게 해를 끼치지는 않았습니다만, 그 폭풍우는 실로 어마어마한 것이어서 상대방들은 모두 그 앞에서 몸 둘 바를 모르고 쩔쩔맸습니다."

그것이 전부 사실이라는 점은 나도 잘 알고 있었다. 힝크만 씨에게 그런 버릇이 없었다면 나도 그의 조카딸에 대해서 적극적으로 교섭을 할 수 있었을 것이다. 이런 생각이 들자 나는 이 불행한 유령에게 진심에서 우러나는 동정심을 품게 되었다.

"그거 참 딱하게 됐군. 자네 입장이 정말 난처하게 됐어. 한 인간이 두 명이 되었다는 이야기는 나도 들은 적이 있어. 만약 그가 자신과 같은 사람이 있다는 사실을 알게 된다면 틀림없이 크게 분노하리라는 점도 상상이 돼."

"아니, 그것과 이것은 얘기가 전혀 다릅니다."라고 유령이 말했다. "한 사람이 두 명이 되어 지상에서 사는……, 독일에서 말하는 도플갱어는 조금도 다르지 않은 사람이 둘 있는 것이니, 물론 여러 가지 복잡한 일이 일어나기는 하겠지만, 제 경우는 그것과 전혀 다릅니다. 저는 힝크만 씨와 여기서 같이 사는 것이 아니라 그를 대신하기 위해 여기서 기다리고 있는 것이니 그가 그 사실을 알면 얼마나 화를 낼지 알 수 없는 일입니다. 당신은 그렇게 생각지 않으십니까?"

나는 바로 고개를 끄덕였다.

"그런데 오늘은 그 사람이 외출을 했기에 저도 잠시 편안하게 지낼 수 있는 겁니다."라며 유령이 말을 이었다. "그리고 당신과 이렇게 이야기할 수 있는 기회를 얻어 매우 기쁩니다. 저는 가끔 이 방에 와서 당신이 자는 모습을 보았습니다만, 함부로 말을 걸 수는 없었습니다. 당신이 저와 이야기를 나누다 만약 그 소리를 힝크만 씨가 듣게 된다면 무슨 일로 당신이 혼잣말을 하는 건지 이 방으로 보러 올 우려가 있기에……."

"그럼 자네가 하는 말이 다른 사람의 귀에는 들리지 않는다는 건가?"라고 내가 물었다.

"들리지 않습니다."라고 상대가 말했다. "누군가가 제 모습을 볼 수 있을지는 모르겠지만, 누구도 제 목소리를 들을 수는 없습니다. 제 목소리는 제가 말을 건 사람에게만 들리고 다른 사람에게는 들리지 않습니다."

"그건 그렇고 자네는 무슨 일로 나와 이야기를 하러 온 거지?"

"저도 때로는 사람과 이야기를 나누고 싶어집니다. 특히 당신처럼 자신의 가슴 가득 고통이 있어서 저희와 같은 자들이 나타나 말을 걸어도 놀랄 여지가 없는 사람과 이야기를 나누어보고 싶었습니다. 당신도 제게 후의를 품어주시기를, 특별히 부탁드리겠습니다. 힝크만 씨가 장수를 하게 되면 저도 더는 견딜 수 없을 테니 지금 가장 바라는 것은, 어디 다른 데로 이사를 하는 겁니다. 그를 위해서 당신도 힘을 빌려주시리라 믿고 있습니다."

"이사……."하고 나도 모르게 커다란 소리로 말했다. "그건 또 무슨 소리지?"

"그건 말입니다,"라고 상대가 말했다. "저는 지금부터 누군가의 유령이 되러 갈 겁니다. 진짜로 죽은 사람의 유령이 되고 싶습니다."

"그거 아주 간단한 일이로군."하고 내가 말했다. "그런 기회는 자주 있을 테니……."

"천만의 말씀……." 하고 상대가 빠른 어조로 말했다. "당신은 저희 동료들 사이에서도 경쟁이 심하다는 사실을 모르시는 모양이군요. 어딘가에 자리 하나가 나서 제가 거기로 가려 해도, 자신이 그 유령이 되겠다는 신청이 많아 쉽지가 않습니다."

"그런 사정이 있는 줄은 몰랐군."하고 나도 거기에 대해서 커다란 흥미를 느끼기 시작했다. "그럼 거기에는 규칙을 통제하는 조직이 있거나, 혹은 선착순으로 가는 거겠군. 다시 말해 이발소에 간 손님들이 순서대로 머리를 깎는 것처럼……."

"아니, 그게 그렇지가 않습니다. 저희 동료 중에는 끝도 없이 기다리기만 하는 자도 있습니다. 만약 여기에 유령이 되기 좋은 사람이 있다고 한다면, 거기서는 언제나 커다란 경쟁이 벌어집니다. 또 좋지 않은 사람인 경우에는 아무도 돌아보려 하지 않습니다. 그렇기 때문에 꽤 괜찮은 자리가 있다는 사실을 알게 되었을 때는 급히 그곳으로 달려가서 제가 지금 처한 궁지에서 벗어날 수 있도록 손을 쓰지 않으면 안 됩니다. 그를 위해서 당신이 도움을 주실 수 있으리라 생각합니다. 혹시 언제, 어디서 유령이 될 만한 자리가 날 것 같다는 사실을 알게 된다면 다른 사람들에게 소식이 전해지기 전에 제게 미리 알려주시기 바랍니다. 당신이 슬쩍 가르쳐주시면 저는 바로 이사할 준비에 들어가겠습니다."

"그건 무슨 뜻이지?"라고 내가 커다란 소리로 외쳤다. "자네, 혹시 나보고 자살이라도 하라는 말인가? 아니면 자네를 위해서 살인이라도 하라는 말인가?"

"아니, 아니, 그런 게 아닙니다."라며 그가 쾌활하게 웃었다. "여기저기에 아주 커다란 흥미를 가지고 주의해서 봐야 할 연인들이 있습니다. 그런 사람들이 어떤 일을 계기로 의기소침해진다면 그건 유령이 되기에 아주 좋은 자리입니다. 그렇다고 해서 당신 얘기를 한 건 아닙니다. 제가 이렇게 이야기를 한 것은 오직 당신 한 사람뿐이니 만약 제게 도움이 될만한 일이 있으면 바로 알려달라고 부탁하고 있는 것일 뿐입니다. 그 대신 저도 당신의 연애 사건에 기꺼이 조력할 생각입니다."

"자네는 내 연애 사건을 알고 있는 듯하군." 하고 내가 말했다.

"물론입니다!" 라고 그가 입을 약간 벌리고 말했다. "저는 여기서 살고 있으니까요. 그걸 모를 리 있겠습니까?"

마데라인 양과 나와의 관계를 유령이 늘 지켜보았고, 두 사람이 나무 사이를 유쾌하게 산책할 때도 그가 지켜본 건가 하는 생각이 들자, 그건 썩 기분 좋은 일이 아니었다. 하지만 그는 유령치고는 상당한 예외에 속하는 존재로 그의 동료들에 대해서 우리가 일반적으로 품고 있는 것과 같은 반감은 들지 않았다.

"이제 그만 가봐야 합니다."라고 유령이 자리에서 일어나며 말했다. "내일 밤에도 어딘가에서 뵙기로 하겠습니다. 그리고 당신이 저를 돕고, 저도 당신을 돕기로 한 약속을 잊지 마시기 바랍니다."

이 대화에 대해서 마데라인 양에게 어떤 식으로든 얘기를 해야 하는 건지 말아야 하는 건지, 나는 한동안 망설였으나 곧 생각을 바꿔 이 문제에 대해서는 침묵을 지켜야 한다는 사실을 깨달았다. 만약 이 집에 유령이 있다는 사실을 안다면, 그녀는 아마도 당장에 이 집에서 나갈 것이다. 이 일에 대해서는 아무런 말도 하지 않고 나 역시 행동을 조심한다면 그녀에게 의심받을 염려는 조금도 없을 듯했다. 나는 힝크만 씨가 처음 말했던 것보다 단 하루라도 좋으니 늦게 오기를 빌었다. 그러면 나는 우리의 장래의 목적에 대해서 마데라인 양과 차분하게 상의할 수 있으리라 생각했으나, 지금은 그런 이야기를 할 기회가 정말로 주어진다 할지라도 그것을 어떻게 이용해야 좋을지, 나는 그 준비가 되어 있지 않았다. 만약 무슨 말인가를 꺼냈다가 그녀에게 거절당한다면 나는 대체 어떻게 되는 것일까?

뭐가 어찌 됐든 내가 그녀에게 모든 사실을 털어놓아야 한다면 지금이 바로 그 기회라고 생각했다. 마데라인 양도 내 마음속에 떠오른 정서를 대충은 짐작하고 있을 테니, 그녀 자신도 어떻게 해서든 그것이 해결되기를 바라는 것도 당연한 일일 듯했다. 그러니 내가 무턱대고 어둠 속을 걷고 있는 것 같다는 생각은 들지 않았다. 만약 내가, 당신을 내게 주었으면 좋겠소, 라고 청하기를 그녀도 은밀하게 기다리고 있다면 그녀는 미리 그것을 승낙하겠다는 기색을 내비칠 것이다. 그리고 만약 그런 마음을 내비칠 생각이 없는 것처럼 보인다면 나는 아무런 말도 하지 않고 모든 일을 이대로 보류해두는 편이 오히려 좋을 것이라고 생각했다.

그날 밤, 나는 마데라인 양과 함께 달빛이 환하게 쏟아지는 복도에 앉아 있었다. 그것은 오후 10시에 가까운 시간으로 나는 저녁을 먹고 나면 늘 내 감정을 고백하기 위한 준비 행동을 시작했다. 나는 그것을 적극적으로 실행해야겠다고는 생각지 않았다. 적당하다 싶은 곳에서부터 천천히 시작해서 드디어 앞길에 빛이 보인다 싶을 때 비로소 진정을 토로할 생각이었다.

그녀도 자신의 입장을 잘 이해하고 있는 것처럼 보였다. 적어도 내가 보기에, 나는 마음을 털어놓아도 좋을 곳까지 거의 다 온 듯했으며 그녀도 그것을 바라고 있는 것처럼 느껴졌다. 어쨌든 지금은 나의 일생이 걸린 중대한 위기로 내가 그 말을 꺼내는 순간 평생 행복하게 되느냐, 아니면 영원히 비참함을 맛보게 되느냐가 결정될 터였다. 하지만 내가 입을 다물고 있으면 그녀는 쉽게 그런 기회를 주지 않을 것이라 여겨지는 여러 가지 이유가 있었다.

어쨌든 마데라인 양과 함께 앉아 약간의 이야기를 나누며 나는 이 중대한 사건에 대해서 한껏 고민을 하고 있었는데 문득 시선을 들어보니 우리와 얼마 떨어지지 않은 곳에 그 유령의 모습이 있었다.

유령은 복도 난간에 앉아 기둥에 등을 기댄 채 한쪽 발은 위로 올리고 한쪽 발은 아래로 늘어뜨리고 있었다. 나는 마데라인 양과 마주보고 있었으니 그는 그녀의 뒤쪽, 내 거의 정면에 나타나 있었던 것이다. 나는 그것을 보고 굉장히 놀란 표정을 지었을 것임에 틀림없었을 테지만 다행히 그녀는 정원의 풍경을 바라보고 있었기에 눈치채지 못한 듯했다.

유령이 오늘 밤 어딘가에서 만나자고 말하기는 했으나 설마 마데라인 양과 함께 있는 곳에 나타날 줄은 꿈에도 생각지 못했다. 만약 그녀가 숙부의 유령을 발견한다면 나는 뭐라고 그 사정을 설명하면 좋단 말인가? 특별히 소리를 내지는 않았지만 나의 당황스러워하는 표정을 유령도 분명히 보았다.

"걱정하실 것 없습니다."라고 그가 말했다. "제가 여기에 있어도 아가씨에게 들킬 염려는 없습니다. 또 제가 아가씨에게 직접 말을 걸지 않는 한 아무 소리도 들리지 않습니다. 물론 말을 걸 생각은 없습니다."

그것을 듣고 나도 안심한 표정을 지었으리라. 유령이 계속해서 말했다.

"그러니 걱정하실 것 없습니다. 그런데 제가 보기에 당신은 아무래도 말을 잘 못하는 것 같습니다. 저였다면 시간을 끌지 않고 벌써 말을 꺼냈을 겁니다. 이런 좋은 기회는 두 번 다시 없을 겁니다. 망설여서는 안 됩니다. 제가 판단하기에 상대방 여성도 당신의 말에 기꺼이 귀를 기울일 겁니다. 아가씨 역시 평소부터 그 말을 기다리고 있었으니까요. 이 집의 주인인 힝크만 씨는 이번을 마지막으로 당분간은 어디에도 가지 않을 것 같습니다. 올여름에는 틀림없이 어디에도 가지 않을 겁니다. 물론 제가 당신 입장이었다면 힝크만 씨가 어디에 있든 처음부터 그 사람의 조카딸을 사랑하지는 않았을 테지만. 마데라인 양에게 그런 말을 한 녀석이 있다는 사실을 알면, 그 사람은 노발대발해서 그야말로 한바탕 폭풍우가 휘몰아칠 겁니다."

나 역시도 그렇게 생각하고 있었다.

"나도 그 일을 생각하면 정말 견딜 수가 없어. 그를 생각하면……." 하고 나도 모르게 커다란 소리로 말하고 말았다.

"네? 누구를 생각하면……." 하고 마데라인 양이 갑자기 고개를 돌려 물었다.

이거 정말 큰일이다. 유령의 긴 이야기는 마데라인 양의 주의를 끌지 않았지만, 내가 깜빡하고 커다란 소리를 냈기 때문에 그것은 또렷하게 그녀의 귀에 들린 것이었다. 그에 대해서 어떻게든 빨리 설명을 하지 않으면 안 되었으나 물론 그 사람이 그녀의 소중한 숙부라고는 말하지 않고, 나는 순간적으로 떠오른 다른 사람의 이름을 댔다.

"아, 빌라 씨를 말하는 겁니다."

순간적으로 떠오른 이름이기는 했으나 이것은 매우 정당한 진술이었다. 빌라라는 사람은 일개 신사로, 그도 마데라인 양에게 커다란 관심을 보이고 있는 듯했기에 나는 그를 생각할 때마다 견딜 수 없는 불쾌감을 느끼곤 했다.

"빌라 씨에 대해서 그렇게 얘기하는 건 좋지 않아요."라고 그녀가 말했다. "그분은 젊은 나이에 어울리지 않게 매너도 아주 좋고, 이해심도 깊고, 평소의 태도도 쾌활한 분이세요. 그분은 이번 가을부터 입법관으로 선출되었다고 하는데 저도 적임자라고 생각해요. 그분이라면 틀림없이 잘하실 거예요. 해야 할 말이 있으면 어떨 때, 어떻게 말해야 하는지 그분은 잘 알고 계시니까요."

그녀는 특별히 화가 난다는 듯한 모습은 보이지 않았으며 매우 조용히, 매우 자연스럽게 말했다. 만약 마데라인 양이 내게 호의를 품고 있다면 내가 경쟁자에 대해서 탐탁지 않다는 듯한 태도를 취했다 할지라도, 그것에 대해서 좋지 않은 감정을 품지는 않을 것이다. 그녀의 말 전체를 놓고 생각해보니 나도 대충 짐작이 갈 만한 힌트를 얻을 수 있었다. 만약 빌라 씨가 지금의 내 입장에 있었다면 바로 자신의 생각을 털어놓았을 것임에 틀림없다고 나는 생각했다.

"그렇습니다. 그 사람에 대해서 그런 생각을 갖는 것은 좋지 않은 일일지 모르겠으나……"하고 내가 말했다. "저는 아무래도 참을 수가 없습니다."

그녀는 나를 탓하려고도 하지 않고 그 후부터는 더욱 차분해진 것처럼 보였다. 하지만 나는 한없이 괴로웠다. 마음속으로 끊임없이 빌라를 생각하고 있다는 사실을 여기서 인정하고 싶지는 않았기 때문이었다.

"그렇게 큰 소리로 말하지 않는 편이 좋을 겁니다."라고 유령이 말했다. "그렇지 않으면 당신이 곤란해지게 될 겁니다. 저는 모든 일이 당신을 위해 좋은 쪽으로 흘러가기를 바라고 있습니다. 그렇게 되면 당신도 적극적으로 저를 도와주게 될 테니. 특히 제가 당신을 도와드릴 수 있을 만한 기회를 만들면……."

그가 나를 도와주려면, 지금은 여기서 당장 떠나는 것이 가장 좋을 것이라고 나는 그에게 말하고 싶었다. 젊은 아가씨와 사랑을 나누려 하고 있는데 옆의 난간에 유령이 있었다. 게다가 그 유령은 내가 가장 두려워하는 그녀의 숙부의 유령이라는 점을 생각하면 장소도 그렇고, 때도 그렇고, 나는 몸서리를 치지 않을 수 없었다. 그런 상황 속에서 사건을 진전시킨다는 것은, 물론 불가능한 일은 아닐 테지만 매우 어려운 일인 것만은 틀림없는 사실이었다. 게다가 나는 내 마음을 상대 유령이 깨닫게 할 수만 있을 뿐, 그것을 말로 이야기할 수는 없었다.

유령이 계속해서 말했다.

"아마 당신은 아직 제게 도움이 될 만한 소식을 듣지 못하셨을 것이라 생각됩니다. 저도 그것을 걱정하고 있습니다. 하지만 뭔가 하실 말씀이 있으시다면 당신이 혼자되실 때까지 기다릴 수도 있습니다. 오늘 밤 당신의 방으로 찾아가도 됩니다. 아니면 이 여성이 자리를 뜰 때까지 여기서 기다려도 상관없습니다만……."

"여기서 기다릴 필요는 없어."라고 내가 말했다. "네게는 아무런 할 말도 없으니까."

마데라인 양이 깜짝 놀라 자리에서 벌떡 일어났다. 그 얼굴은 새빨개졌으며, 그 눈은 불타오를 듯 반짝였다.

"여기서 기다릴……."하고 그녀가 외쳤다. "제가 뭘 기다린다고 생각하시는 거죠? 제게 아무런 할 말도 없다……. 네, 그러시겠죠. 제게 무슨 하실 말씀이 있으시겠어요."

"마데라인 양."하고 내가 그녀 쪽으로 다가가며 외쳤다. "제 말을 한번 들어보세요."

하지만 그녀는 이미 떠나버리고 말았다. 이렇게 되자 나는 세상의 파멸이 찾아온 듯한 느낌이 들었다. 나는 매우 난폭하게 유령을 돌아보았다.

"제길! 네 녀석이 모든 일을 망쳐버리고 말았어. 네 녀석이 내 일생을 암흑으로 만들어버렸어. 네 녀석만 없었어도……."

여기까지 말한 뒤 내 목소리에서는 힘이 빠져버리고 말았다. 더 이상은 말을 할 수가 없었던 것이다.

"당신은 제 탓을 합니다만, 저는 잘못한 것이 없습니다." 라고 유령이 말했다. "저는 당신을 격려해서 당신을 도울 생각이었습니다. 그런데 당신이 멍청한 짓을 해서 이런 결과를 맞이하게 된 겁니다. 하지만 실망하실 필요는 없습니다. 이런 실수는 아직 어떤 식으로든 변명이 가능합니다. 어쨌든 마음을 굳게 먹으세요. 그럼, 안녕히 계세요."

그는 비누거품이 녹듯 난간에서 사라져버리고 말았다.

내가 자신도 모르게 내뱉은 말에 대해서 설명하기란 불가능한 일이었다. 그날 밤늦게까지 잠을 자지 않고 거듭거듭 그 일에 대해서 생각한 결과, 나는 사실의 진상을 마데라인 양에게 밝힐 수 없다는 결론에 다다랐다. 그녀 숙부의 유령이 이 집에 들러붙어 있다는 사실을 그녀에게 밝히느니, 평생 나 혼자 괴로워하는 편이 낫겠다고 생각했다. 지금 힝크만 씨는 집에 없다. 그러니 그의 유령이 나타났다는 사실을 안다면, 그녀는 숙부가 세상을 떠난 것이라고 믿을 것임에 틀림없었다. 그녀도 놀라 목숨을 잃고 말 것이다. 내 가슴 속에 어떤 상처를 입는다 할지라도 이 사실만은 결코 그녀에게 밝히지 않겠다고 결심했다.

이튿날은 그렇게 시원하지도, 그렇게 따뜻하지도 않은 화창한 날이었다. 산들산들 부는 바람도 부드러워서 자연이 미소 짓고 있는 것처럼 보였다. 하지만 그날은 마데라인 양과 함께 산책을 하지도 못했고, 승마를 하지도 못했다. 그녀는 하루 종일 일을 하는 듯, 나는 그 모습을 잠깐 봤을 뿐이었다. 우리는 식사를 할 때 얼굴을 마주했으나 그녀는 매우 얌전했다. 그리고 조용했으며 조심스러웠다. 전날 밤, 그녀에게 매우 거친 행동을 하기는 했으나 내 말의 의미는 잘 이해하지 못했을 테니 그것을 알고 싶어 할 것이라고 생각했다. 그녀에게 있어서 그것은 당연한 일로 어젯밤의 내 얼굴빛만으로는 말의 의미를 파악하지 못했을 것이다. 나는 시선을 내리깐 채 시무룩해서 아주 가끔씩만 말을 했을 뿐이었는데, 나의 암흑처럼 괴로운 지평선을 가로지르는 한 줄기 광명은 그녀가 애써 평정을 가장하면서도 완전히 숨기지는 못하고 어쩔 수 없이 즐겁지 않다는 듯한 기색을 내보였다는 점이었다.

달이 밝은 복도도 그날 밤은 텅 비어 있었다. 나는 집 주위를 천천히 돌아다니다가 도서실에 혼자 있는 마데라인 양을 발견했다. 그녀가 책을 읽고 있었기에 나는 그곳으로 가서 옆의 의자에 앉았다. 나는 설령 충분하지는 않다 할지라도 어느 정도까지는 어젯밤의 행동에 대해서 변명을 해야 한다고 생각했다. 그리고 어젯밤 내가 한 말을 해명하기 위해 애써 노력하는 것을 그녀는 조용히 귀 기울여 듣고 있었다.

"당신이 무슨 생각으로 그런 말씀을 하셨든 저는 조금도 신경 쓰지 않아요."라고 그녀가 말했다. "하지만 당신은 너무 거칠어요."

나는 그녀의 너무 거칠다는 말을 열심히 부인했다. 그리고 내가 그녀에게 거친 행동을 할 리가 없다는 사실을 그녀도 충분히 이해할 수 있을 것이라 여겨질 만큼 부드럽고 온화한 말로 들려주었다. 나는 그것에 대해서 간곡하게 설명한 뒤, 거기에 어떤 방해물이 없었다면 그녀가 모든 일을 납득할 수 있도록 좀 더 명백하게 이야기했을 것이라는 사실을 믿어달라고 그녀에게 애원했다.

그녀는 한동안 말이 없다가, 마침내 전보다 더 부드럽게 말했다.

"그런데 그 방해물이란 게 제 숙부님과 관계가 있는 건가요?"

"그렇습니다."라고 한참을 망설이다 대답했다. "그건 어느 정도 그 사람과 관계가 있는 겁니다."

이에 대해서 그녀는 아무런 대답도 하지 않았다. 그리고 자신의 책을 바라보았지만 그것을 읽고 있는 것 같지는 않았다. 그 얼굴을 살펴보니 그녀는 내게 약간 마음을 열기 시작한 듯했다. 그녀도 자신의 숙부에 대해서 나와 같은 생각을 가지고 있고, 그것이 내가 말하는 것을 방해한 것이라 생각하고 있었기에—참으로 방해가 될 만한 여러 가지 사정이 있었다.—, 그렇다면 나는 매우 난처한 입장에 있는 것이니 그 때문에 말이 약간 거칠어지는 것도, 또 약간 엉뚱한 행동을 하는 것도 용서를 해주어야 한다고 생각했던 것이리라. 나 역시 부분적이기는 하나 열정적인 나의 설명이 상당한 효과를 거두었다는 사실을 알고, 여기서 지체 없이 내 생각을 밝히는 편이 나를 위해서 좋으리라고 생각했다. 그녀가 내 청을 받아들이든, 받아들이지 않든 그녀와 나의 우정이 전날보다 더 악화될 것 같지는 않다는 생각이 들었다. 내가 나의 사랑을 이야기하면, 어젯밤 내가 어처구니없게도 소리를 지른 일 따위는 완전히 잊어줄 것만 같았다. 그런 얼굴빛이 내게 커다란 용기를 심어주었다.

나는 내가 앉아 있던 의자를 그녀 쪽으로 약간 당겼다. 그 순간, 그녀 뒤쪽의 문을 통해 유령이 방으로 뛰쳐 들었다. 물론 문이 열린 것도 아니고, 무슨 소리가 들린 것도 아니었으나 나는 그것을 뛰쳐 든 것이라고밖에 달리 표현할 길이 없다. 그는 매우 흥분해서 머리 위로 치켜든 두 손을 흔들어대고 있었다. 그것을 본 순간 나는 지긋지긋하다는 생각이 들었다. 주제넘게 나서기 좋아하는 유령 녀석이 뛰쳐 들었으니 모든 희망이 사라졌다고 생각했다. 녀석이 여기에 있는 동안 나는 아무런 말도 할 수 없으리라.

"알고 계십니까?"라고 유령이 외쳤다. "존 힝크만 씨가 저쪽 언덕을 올라오고 있다는 사실을……. 앞으로 15분만 있으면 집에 도착할 겁니다. 당신이 그녀를 얻기 위해 무엇인가를 할 생각이었다면 서둘러서 하세요. 하지만 저는 그런 말을 하러 온 게 아닙니다. 아주 멋진 소식을 전해드리러 온 겁니다. 저도 드디어 이사를 가게 되었습니다. 지금으로부터 채 40분도 안 지났습니다만, 러시아의 한 귀족이 허무당에게 살해당했는데 아직 그의 유령으로 가겠다고 나선 자가 없습니다. 제 친구가 저를 거기에 넣어줬기에 마침내 이사를 할 수 있게 되었습니다. 그 끔찍한 힝크만 씨가 언덕을 올라오기 전에 저는 이곳을 떠나도록 하겠습니다. 그 순간부터 저는 지긋지긋한 가짜 유령에서 벗어나 새로운 지위를 얻게 되는 겁니다. 그럼 안녕히 계세요. 마침내 한 인간의 진짜 유령이 돼서 제가 얼마나 기쁜지 당신은 상상도 못 할 겁니다."

"오!"라고 내가 자리에서 일어나 아주 볼품없이 양팔을 벌리며 외쳤다. "저는 당신이 저의 것이기를 하늘에 기원합니다!"

"저는 지금 당신의 것이에요."

마데라인 양이 눈물 가득한 눈으로 나를 올려다보며 말했다.

성찬제

아나톨 프랑스(Anatole France, 1844~1924)

프랑스의 시인, 소설가, 비평가. 사상적으로는 회의주의의 흐름을

잇는 자유사상가로 알려져 있다. 인간 전체를 경멸하고 신랄하게

풍자했다. 1921년 노벨문학상 수상. 대표장으로는 『실베스트라 보나

르의 죄』, 『붉은 백합』, 『타이스』 등이 있다.

이것은 어느 시원한 여름밤, 우리가 화이트 호스 나무 아래 앉아 있을 때 느뵈다몽에 있는 성 유라리 교회의 관리인이 좋은 기분으로 죽은 자의 건강을 빌기 위해 오래된 포도주를 마시며 들려준 이야기다. 그는 그날 아침, 하얀 눈물을 관 속에 잔뜩 뿌리고 충분한 경의를 표하며 그 죽은 자를 묘지로 옮겼다고 한다.

 돌아가신 것은 저의 가엾은 아버지였습니다만……. (관리인이 이야기를 시작했다.) 평생 무덤 파는 일을 했습니다. 아버지는 마음씨 좋은 사람으로 그런 일을 하게 된 것도 결국은 곳곳의 묘지에서 일하고 있는 사람들과 마찬가지로 그것이 마음 편한 일이기 때문이었습니다. 무덤 파는 일을 하는 사람들에게 '죽음'이란 조금도 두려운 존재가 아닙니다. 그들은 그런 것을 전혀 생각지 않는 것입니다. 예를 들어서 저만 해도 밤에 묘지에 들어가는 정도의 일은, 마치 이 화이트 호스의 나무 밑에 있는 것과 다를 바 없이 조금도 무서운 일이 아닙니다. 가끔 유령을 만나는 일도 있습니다만, 만나봐야 별거 없습니다. 저희 아버지도 당신의 일에 대해서는 저와 같은 생각으로, 묘지에서 일하는 것을 특별하다고는 생각지 않았을 겁니다. 저는 고인의 버릇과 성격을 잘 알고 있습니다. 성직자분들께서 전혀 알지 못하는 것까지 알고 있습니다. 제가 본 것들만 전부 얘기해도 여러분은 깜짝 놀라실 테지만, 말은 적은 편이 현명하다고 하지 않습니까? 저희 아버지가 바로 그런 사람이었는데 언제나 좋은 기분으로 실을 자으시면서 당신이 알고 있는 이야기 스무 개 가운데서 단 한 가지밖에 들려주지 않는 분이셨습니다. 아버지는 그런 식으로 말씀하시면서 종종 같은 이야기를 들려주시곤 했습니다만…….
그렇습니다, 제가 기억하고 있는 것만 해도 카트린 퐁텐에 관한 이야기는 적어도 백 번 정도는 하셨을 겁니다.

카트린 퐁텐은 아버지가 어렸을 때 자주 봤다고 하셨는데 나이 지긋한 할머니였다고 합니다. 그 지방에는 아직도 그 할머니를 기억하고 있는 노인이 세 명이나 있다고 하는데 그 할머니는 꽤나 유명했던 사람으로 아주 가난했던 데 비해서는 상당히 평판이 좋은 사람이었던 듯합니다. 할머니는 그 무렵 논스 가도의 모퉁이에 있는—지금도 있다고 합니다만— 조그만 탑처럼 생긴 집에서 살았는데, 그것은 반쯤이나 허물어진 낡은 집으로 울스란 수녀원의 정원 쪽에 있다고 합니다. 그 탑 위에는 지금도 여전히 옛날 사람의 모습을 한 조각의 흔적과 반쯤 닳아 없어진 글이 새겨져 있는데, 얼마 전에 돌아가신 성 유라리 교회의 레버슬 목사님의 말씀에 의하면 그것은 '사랑은 죽음보다 강하다.' 는 라틴어라고 합니다. 물론 그 말은 '성스러운 사랑은 죽음보다 강하다.' 라는 뜻이라고 합니다.

카트린 퐁텐은 그 조그만 공간에서 혼자 살며 레이스를 만들었습니다. 잘 알고 계실 테지만, 그 부근에서 만드는 레이스는 세계적으로도 가장 좋은 것이라고 알려져 있습니다. 이 할머니에게는 친구나 친척이 없었다고 하지만, 열여덟 살 때는 드몽 크레리라는 젊은 기사를 사랑해서 사람들 몰래 그 청년과 약혼을 했었다고 합니다.

하지만 이것은 카트린 퐁텐의 평소 행실이 삯일을 하는 다른 여자들과는 달리 품위가 있고, 백발이 된 뒤에도 어딘가 예전의 아름다움이 남아 있기 때문에 누군가가 꾸며낸 이야기라며 주위 사람들은 믿으려 하지 않았습니다. 할머니의 얼굴빛은 우울한 편이었으며 손가락에는 금 세공사에게 부탁해서 두 개의 손이 서로 맞잡고 있는 모양으로 만들게 한 반지를 끼고 있었습니다. 예전에 이 부근의 마을에서는 약혼식을 할 때면 그런 반지를 교환하는 것이 습관이었는데 대충 그런 반지였을 겁니다.

할머니는 성자와도 같은 생활을 하고 있었습니다. 하루의 대부분을 교회에서 보냈으며, 단 하루도 빠지지 않고 아침이면 성 유라리에서 6시에 행하는 성찬제를 돕기 위해 그곳으로 갔습니다.

어느 12월의 밤이었습니다. 카트린 할머니는 자신의 조그만 방에서 잠을 자고 있었는데 종소리가 들려와 잠에서 깨어나고 말았습니다. 의심할 여지도 없이 첫 번째 성찬제를 알리는 종소리였기에 경건한 할머니는 바로 준비를 한 뒤 아래층으로 내려가 거리로 나섰습니다. 어두운 밤으로 사람들 집의 벽도 보이지 않았으며, 캄캄한 하늘에서는 불빛 하나 찾아볼 수 없었습니다. 그리고 주위는 매우 조용했는데 멀리서 개 짖는 소리 하나 들려오지 않았으며 살아 있는 생물의 소리라고는 어디에서도 들려오지 않아 마치 사람이 살지 않는 곳처럼 느껴졌으나, 그래도 할머니가 길을 가자니 길가에 나뒹굴고 있는 돌멩이까지 하나하나 뚜렷하게 보여서 눈을 감고도 교회로 가는 길은 충분히 알 수 있었다고 합니다. 그렇게 논즈 거리와 파로아스 거리가 만나는 곳까지 별 탈 없이 갔는데 거기에는 묵직한 들보에 계통목(예수의 계보를 장식적으로 표현한 것)이 조각된 목조 건물이 서 있었습니다.

거기까지 가서 카트린은 교회의 문이 열려 있고 커다란

초(촛불) 여러 개가 새어나오는 것을 보았습니다. 걸어서 교회 문을 지나고 보니 자신은 이미 교회 가득 모여 있는 사람들 속에 섞여 있었습니다. 예배를 하러 온 사람들은 보이지 않고 거기에 모인 사람들 모두 벨벳이나 무늬가 들어간 피륙으로 만든 옷을 입고, 깃털이 달린 모자를 쓰고, 고풍스러운 검을 찬 사람들뿐이었기에 깜짝 놀랐습니다. 거기에는 손잡이가 황금으로 만들어진 기다란 지팡이를 짚고 있는 신사도 있었습니다. 레이스가 달린 모자를 코로넷 모양의 빗으로 고정시킨 부인들도 있었습니다. 성 루이스처럼 꾸민 기사들은 부인들에게 손을 내밀었고, 상대 부인들은 화장을 한 얼굴을 부채로 가리고 있었기에 하얀 분을 바른 이마와 눈가에 눈 화장을 한 것만이 보일 뿐이었습니다.

　그 사람들은 아무런 소리도 내지 않고 자신의 자리에 앉았는데 그들이 움직일 때 돌을 깔아놓은 바닥에서 발소리도 들리지 않았을 뿐만 아니라 옷이 스치는 소리도 들리지 않았습니다. 낮은 곳에서는 무명 소매를 덧댄 다갈색 재킷에 파란 양말을 신은 젊은 예술가 무리가, 얼굴을 살짝 붉힌 채 고개를 숙이고 있는 아가씨들의 허리에 팔을 감고 서로 친한 듯 장난을 치고 있었습니다. 또한 성수 부근에는 새빨간 속치마에 레이스가 달린 조끼를 입은 농가의 여자들이 가축처럼 움직이지도 않고 바닥에 앉아 있었습니다. 그리고 젊은이들이 그 여자들 뒤에 서서 커다란 눈으로 주위를 둘러보며 손가락에 모자를 끼워 빙글빙글 돌리고 있기도 했습니다. 이들 슬픔이 느껴지는 얼굴을 한 사람들은 뭔가 같은 목적을 위해 움직이지도 않고 거기에 모여 있는 듯했는데 어떨 때는 유쾌하게, 또 어떨 때는 슬프게 보였습니다.

카트린이 평소 늘 앉던 자리에 앉자 사제가 두 성직자를 데리고 성찬의 단에 오르는 것이 보였습니다. 그들은 모두 할머니가 처음 보는 성직자들이었으나 어쨌든 곧 성찬제가 시작되었습니다. 한없이 조용한 성찬제로 사람들 입술의 움직임은 보이나 그 목소리는 들리지 않았습니다. 종소리도 들리지 않았습니다.

카트린은 자기 주위에 있는 이상한 사람들의 주목을 받고 있다는 사실을 깨달았기에 살짝 얼굴을 돌리는 척하면서 가만히 옆 사람을 훔쳐보니 그 사람은 할머니가 예전에 사랑했던, 45년 전에 이미 세상을 떠난 기사 드몽 크레리였습니다. 카트린은 그 사람이라는 사실을 왼쪽 귀 위에 있는 조그만 반점과 기다란 눈썹이 양쪽 뺨에까지 그림자를 길게 드리운 것을 보고 알 수 있었습니다. 그는 금색 레이스가 달린 빨간색 사냥복을 입고 있었는데 그것은 성 레오나르도 숲에서 그가 처음으로 카트린을 만나 그녀에게 마실 물을 얻은 뒤 가만히 입맞춤을 해주었을 때의 그 차림이었습니다. 그는 아직도 젊고 훌륭한 풍모를 유지하고 있었으며 그가 미소를 짓자 여전히 아름다운 치아가 드러났습니다. 카트린이 낮은 목소리로 그에게 말했습니다.

"지난날의 제 친구……, 그리고 제가 여자로서의 모든 사랑을 바친 당신에게 신의 가호가 있기를……. 신께서는 당신의 마음을 따른 제 죄를 끝내 후회하게 하려 하시지만, 저는 이렇게 백발이 되어 생의 끝자락에 다다른 지금까지도 당신을 사랑했다는 사실을 후회한 적은 단 한 번도 없었습니다. 그런데 한 가지 여쭙겠습니다만, 옛날 옷차림을 하고 이 성찬제에 모인 저 사람들은 대체 어떤 분들이십니까?"

기사 드몽 크레리가 숨결보다도 가늘게, 하지만 맑은 목소리로 대답했습니다.

"저 남자와 여자들은 저희가 저지른 것과 같은 죄……, 동물적 연애를 한 죄로 신을 슬프게 한 사람들입니다. 연옥의 경계에서 온 영혼들입니다. 하지만 그것 때문에 신께 추방당한 것은 아닙니다. 저 사람들의 죄는 저희와 마찬가지로 무분별함에서 온 죄이기 때문입니다. 저 사람들은 지상에 있을 때 사랑했던 사람과 헤어져 있는 동안 저들에게는 가장 잔혹한 가책인 무관심이라는 고난을 받아 연옥의 정화(淨火)에 의해 깨끗해진 자들입니다. 저 사람들이 받는 사랑의 고통은 하늘에 있는 천사들에게는 가엾게 보일 정도로 불행한 것입니다.

저 사람들은 하늘의 가장 높은 곳에 계시는 신의 허락을 받아 1년에 하룻밤, 딱 1시간 동안만 자신들의 교구에 속한 교회에서 애인과 애인이 만날 수 있습니다. 저 사람들은 이곳에서 열리는 그림자의 성찬제에 모여 서로의 손을 잡는 것이 허락되었습니다. 제가 여기서 아직 세상을 떠나지 않은 당신을 만날 수 있게 된 것도 역시 신께서 내리신 하나의 기쁨입니다."

그 말에 대해서 카트린은 다음과 같이 대답했습니다.

"만약 제가 언젠가 숲 속에서 당신께 물을 드렸을 때처럼 아름다워질 수만 있다면 저는 기꺼이 죽음을 받아들이겠습니다."

두 사람이 낮은 목소리로 이런 이야기를 나누고 있는데 아주 나이 많은 성직자 한 사람이 동으로 만든 쟁반을 예배자들 앞으로 내밀어 헌금을 받기 시작했습니다. 예배자들은 그 안에 차례로, 오래전부터 사용되지 않았던 화폐를 놓았습니다. 6파운드짜리 에크 은화, 영국의 플로린 은화, 다컷 은화, 쟈코뷰스 금화, 로즈노블 은화 등이 소리 없이 쟁반 속으로 떨어졌습니다. 그 쟁반이 드디어 기사 앞으로 오자 그는 루이스 금화를 놓았는데 지금까지의 금화나 은화처럼 그것도 소리를 내지 않았습니다.

그리고 그 나이 든 성직자가 카트린 퐁텐 앞에 섰는데 카트린은 품속을 뒤져보았으나 1파딩의 동전도 가지고 있지 않

있습니다. 하지만 아무것도 넣지 않은 채 그대로 지나가게 하고 싶지는 않았기에 기사가 죽기 전에 그녀에게 주었던 반지를 손가락에서 빼서 그 쟁반에 던져 넣었는데 금반지가 쟁반 위에 떨어진 순간 엄숙한 종소리가 울리기 시작했습니다. 그 종소리의 울림 속으로 기사를 비롯하여 성직자와 사제, 여인들과 거기에 모여 있던 사람 모두가 사라져버리고 말았습니다. 불이 붙어 있던 초도 꺼지고 단지 그 카트린 퐁텐 할머니만이 어둠 속에 남아 있었습니다.

이렇게 이야기를 마친 관리인은 포도주를 단숨에 죽 들이켜더니 잠시 입을 다물고 있다가 이윽고 다음과 같이 다시 말했다.

"저는 아버지께서 몇 번이고 되풀이해서 들려주신 이야기를 그대로 말씀드린 것입니다만, 이건 정말 있었던 일이라고 생각합니다. 왜냐하면 이 이야기는 먼 옛날에 제가 알고 있던……, 지금은 이 세상에 없는 사람들의 모습과 특별한 풍습에 부합하기 때문입니다. 저는 어렸을 때부터 죽은 자의 일에 꽤나 관여를 해왔는데 죽은 자는 모두 자신이 사랑하는 사람들에게로 돌아가는 법입니다.

인색한 사람이 생전에 숨겨두었던 재물 부근을 한밤중에 배회하는 것도 역시 이런 이유 때문입니다. 그 사람들은 자신의 황금에 대해서 엄중한 감시를 하고 있는 것입니다. 죽은 자 역시 하지 않아도 될 일을 해서 자기 자신을 괴롭히고, 오히려 자신이 불이익을 당하게 되는 것입니다.

유령이 되어서까지 땅속에 묻어둔 돈을 파내는 모습을 보기란 그리 어려운 일이 아닙니다. 이와 마찬가지로 먼저 죽은 남편이, 세상에 남아서 타인과 재혼한 아내를 괴롭히기 위해 오는 일도 있습니다. 저는 살아 있을 때보다 죽은 뒤에 자신의 아내를 한층 더 철저하게 감시하고 있는 수많은 사람들의 이름까지도 알고 있습니다.

이런 건 옳지 않은 일입니다. 올바른 의미에서 말하자면, 죽은 자가 질투를 한다는 건 당치도 않은 일입니다. 제가 직접 본 일에 대해서도 말씀드릴 수 있는데, 남자가 미망인과 결혼한 경우에도 같은 일을 당하게 됩니다. 그런데 지금 말씀드린 카트린의 사연에 대해서는 다음과 같은 이야기가 전해지고 있습니다.

그 신기한 일이 일어난 이튿날 아침, 카트린 퐁텐은 자신의 방에서 시체로 발견되었습니다. 그리고 성 유라리 교구의 성직자가 헌금을 받을 때 쓰는 동으로 된 쟁반 안에서 두 개의 손이 서로 맞잡고 있는 모양을 한 황금 반지가 발견되었다고 합니다. 네, 저는 농담 같은 걸 하는 사내가 아닙니다. 자, 포도주를 더 드시지 않으시겠습니까?"